碧血黃金系列
于東樓
魔手飛環
武俠經典珍藏版 1
上
艷殺

目錄

第一回 市井藏龍

那間小酒鋪就在江岸對面的街角上。

店門很窄，牆壁上的石灰也已剝落，甚至門前連塊招牌都沒有，看上去毫不起眼，但在襄陽城北一帶卻極有名氣，只要提起江邊的「蕭家酒鋪」，幾乎無人不知，無人不曉，尤其那些靠碼頭討生活的年輕人，更是每天非到酒鋪打個轉不可，連他們自己也搞不清究竟是為了喝酒，還是為了去欣賞櫃檯裡那個年輕標緻的老闆娘。

老闆娘當然姓蕭，今年最多也不過二十五六，據說她幾年前便守了寡，所以背後大家都叫她蕭寡婦，久而久之便叫成了小寡婦。至於她的詳細來歷，從來就沒有人追問過，因為一個女人年紀輕輕就做了寡婦，總是件令人悲傷的事，像她這樣可愛的女人，誰又忍心讓她多回憶一次悲傷的往事呢？

現在，那小寡婦正杏面生春的坐在櫃檯裡。

店堂裡也早就坐滿了客人，每個客人看上去都很氣派，每張桌子上都擺滿了酒菜，奇怪的是那些客人既不喝酒，也不說話，一個個全都像中了邪，只眼巴巴望著店門口發呆。

時間一久，小寡婦俏臉不由拉了下來，悄悄把小伙計喚到跟前，呶呶嘴道：「二虎，問問那些人還要不要添點甚麼？」

小伙計二虎瞄了全店一眼，道：「老闆娘，妳有沒有搞錯？妳沒看到桌子上的酒菜連動都還沒動過？」

小寡婦沒好氣道：「動不動是他們家的事，咱們店裡座位有限，總不能只做這幾個人的生意。你看誰對咱們的酒菜沒胃口，馬上趕他走路。」

二虎遲疑道：「要不要收錢？」

小寡婦眼睛一翻，道：「甚麼話！不收錢，咱們吃甚麼？人照趕，錢照收，少一個子兒都不行。」

二虎抓著腦袋，剛剛走出兩步，忽然把腳縮住。

原來滿堂呆瓜似的酒客，這時竟已同時拿起杯筷，大吃大喝起來。還有個人大概是酒喝得太急，嗆得還直咳嗽。

二虎莫名其妙地回望著小寡婦，好像在等待她進一步的指示。

小寡婦卻以為那些人聽到了他們的談話而嚇得不敢不吃，正在滿意得合不攏嘴的時候，陡聞「砰」的一聲，店門已被人推開，只見三個身著黑衣、腰懸短刀的大漢，烏鴉般的擠了進來。

為首的那人黑黑的臉孔、矮矮的個子，腦門上一條刀疤紅裡透白，遠遠望去好像一隻喝醉酒的眼睛。後面那兩個人也都生得獐頭鼠目，一看即知絕非善類。

小寡婦一見這三個人，頓時翻了臉，蔥心般的手指指著為首那人惡叱道：「『三眼』陳七，你又跑來幹甚麼！」

「三眼」陳七只不過是城北一個小混混頭兒，眾人一聽好像全都洩了氣，喝酒的放下了杯子，吃菜的人也都懶洋洋的擱下筷子，人人臉現不屑之色。

陳七縮著脖子詭笑道：「老闆娘別誤會，我們兄弟今天可不是來白吃白喝的。」

二虎一旁搶著道：「是不是來付上次的酒錢？」

陳七理也不理他，湊到櫃檯旁邊，神秘兮兮道：「我今天是來談生意的。」

小寡婦嘴巴一撇，道：「我跟你這種人有甚麼生意好談？」

陳七大拇指朝後一挑，輕聲細語道：「不是妳，是他們。」

話剛說完，身後突然有人「呸」的一聲，重重的吐了口唾沫。酒店裡的人都嚇了一跳。

陳七八字眉一皺，轉回半張臉孔，冷冷道：「是哪位朋友吃了蒼蠅？」

角落上有個人應道：「老子也分不出你他媽的究竟是蒼蠅還是臭蟲，反正一看就叫人噁心。」

說話的是個虬髯壯漢，一件棗紅色的馬褂上滾著寬寬的金邊，胸前還繡了一枚拳頭大小的金錢。

陳七一瞧那人的打扮，立刻滿臉堆笑道：「我當是誰，原來是川西彭家塘的『索命金錢』彭光彭大哥，失敬，失敬！」

「索命金錢」彭光又是狠狠地「呸」了一口，道：「少套交情！憑你姓陳的這種角色，還不配跟老子稱兄道弟。」

陳七也不生氣，笑嘻嘻道：「是是是，論身分，論功夫，在下當然不配……不過在下也有一些本事，說不定對你彭大俠有點用處。」

彭光微微一怔，道：「哦？你有甚麼本事？」

沒容陳七開口，小寡婦已搶著道：「別聽他的，這人除了坑矇拐騙、白吃白喝之外，啥都不會。」

此言一出，頓時引起一陣嘲笑，連站在陳七身後的那兩名弟兄，都差點跟著笑出聲來。

陳七也只好陪著眾人乾笑，直等笑聲靜止下來，才慢慢道：「在下是在此地土生土長，人品雖然不濟，人頭卻比誰都熟，如果彭大俠到襄陽是為了找人，那……咱們可就有得談了。」

彭光聽得神情大動，急忙轉首朝中間座位上的一個手持煙袋的土老頭兒望去。

店堂中所有的客人，也幾乎同時將目光集中在那土老頭兒臉上。

那土老頭兒「叭叭」的抽了幾口煙，慢條斯理道：「陳七，你走運了，從今以後，你再也不必到處白吃白喝了。」

陳七呆了呆，道：「老人家的意思是……」

土老頭兒道：「如果一個人懷裡有花不完的銀子，你說他還會幹那種討人厭的事嗎？」

陳七忙道：「當然不會，當然不會。」

土老頭兒道：「現在我們剛好要找一個人，只要你能提供我們一點線索，你這筆生意就算做成了。」

陳七緊張得連聲音都有點發抖，道：「老人家請說，你們要找甚麼人？」

土老頭兒道：「我們要找的那個人姓葉，年紀嘛……應該跟你差不多。他一向喜歡喝最好的酒，喜歡抱最漂亮的女人……」說到這裡，又「叭叭」抽了幾口煙，若有意若無意的朝櫃檯裡的小寡婦瞟了一眼。

陳七苦笑道：「在下認識姓葉的多得不得了，十牛車都拉不完，而且每個人的嗜好都跟你老人家所說的差不多。男人嘛，有幾個不貪酒好色的？如果我有了錢，嘿嘿，我也……」說著，也回頭看了小寡婦一眼。

小寡婦猛地把櫃檯一拍，嬌叱道：「看甚麼？他媽的憑你也配！」

陳七脖子一縮，道：「是是是，我不配，我當然不配。」
四周又響起了一陣爆笑。
陳七往前湊了湊，道：「你老人家能不能說得詳細一點，那個人有沒有跟一般人不一樣的地方？」
土老頭兒不假思索道：「有。」
陳七急忙道：「是甚麼？」
土老頭兒笑了笑道：「那人的手特別巧，幾乎無所不能，可以說是江湖上近百年來最靈巧的一雙手。這種人，你認識幾車？」
陳七翻著眼睛想了半晌，忽然怪聲叫道：「哎！你們要找的莫非是鎖匠小葉？」
那土老頭兒輕輕把煙袋鍋兒一敲，道：「不錯，我們也懷疑是他。」
陳七哈哈一笑，道：「如果是他就好辦了，他就在廟口上擺攤子。走，我帶你們去找他。」
土老頭兒搖搖頭道：「他已經兩天沒有做生意了。」
陳七道：「他住的地方離這兒也不遠，咱們何不過去看看？」
土老頭兒道：「不必，他根本就沒回家。」
陳七道：「那他一定是窩在哪兒喝酒，說不定早就喝醉了。」
土老頭兒道：「他常去的酒鋪我們都找遍了，好像都沒見到他的人影。」

陳七沉吟著，又悄悄轉回頭，目光閃過小寡婦冷冷的臉孔，一直往樓梯口望去。

土老頭兒道：「你也不必往上瞧了，上面我們也查過，沒有。」

陳七道：「你們有沒有問一問？」

土老頭兒道：「問誰？」

陳七嘴巴歪了歪，悄聲細語道：「那個女人。聽說她跟小葉的交情好得不得了，說不定她曉得那小子藏在甚麼地方。」

土老頭兒道：「她肯說嗎？」

陳七笑了笑，聲音壓得更低道：「她當然不肯白說，不過像她這種女人，只要你們價錢出得夠，就算小葉是她漢子，她也照賣不誤。」

土老頭兒眼神一亮，道：「哦？依你看，那個姓葉的在她心目中大概值多少？」

陳七合計了好半天，才說：「我看有個十兩應該夠了。」

土老頭兒頭一點，煙袋往腰上一插，搖搖晃晃的走到小寡婦面前，甚麼話都還沒問，已先將一錠黃澄澄的純金元寶擺在櫃檯上。

身後的陳七倒先嚇了一跳，他真沒想到這個土老頭兒手面竟是如此之大。

小寡婦更是瞧得目瞪口呆，口水都差點流下來，那副模樣活像幾輩子沒見過黃金似的。

土老頭兒這才笑瞇瞇道：「數目雖少，但也有人辛苦十年都賺不了這麼多，現在只要妳肯說出那個鎖匠小葉的下落，這十兩金子就是妳的了。」

小寡婦一聽這話，反而把臉蛋兒扭過去，再也不瞧那金子一眼。

一旁的陳七直替她著急，唯恐那土老頭兒突然把金子收回去。

誰知那土老頭非但沒把金子收回去，反而又取出同樣大小的一錠元寶，將兩錠並排擺在一起，和顏悅色道：「這樣應該夠了吧？」

小寡婦一張俏臉整個都漲紅了，上牙咬著下嘴唇忍了又忍，最後終於忍不住拿起其中一錠掂了掂，又悄悄捧到嘴邊咬了一口。

土老頭兒含笑道：「妳放心，成色好，分量足，整整二十兩，一分一厘都不會少。」

陳七又急忙幫腔道：「老闆娘，差不多了，妳不要搞錯，這是金子啊！」

小寡婦好像又突然清醒了，「砰」的一聲將那錠金子放回原處，還不停的在搖頭。

就在這時，櫃檯底下突然伸出了一隻手，但見那隻手在檯面上匆匆一掠，兩錠金子便已失去蹤跡。

這突如其來的變化，不僅那土老頭兒驚得接連倒退幾步，整個店堂裡的客人也全部跳起來，有的把守門戶，有的堵住窗口，同時每個人都把衣襟敞開，露出了各種不同的暗器革囊，一副如臨大敵的樣子。

只有陳七和他那兩名弟兄仍在往櫃檯裡張望，似乎還想再多看那兩錠金子一眼。

那兩錠黃金，此刻正如一對鐵蛋般在那人強而有力的指掌間滾動。

那人年紀不過三十上下，身材修長，五官清秀，滿腮的鬍渣，看上去充滿了放蕩不羈的調調兒。

他懶散的斜倚在櫃檯角上，無精打采的掃了整個店堂一眼，然後便一聲不響的望著那土老頭兒，顯然是在等他道明來意。

那土老頭兒「咕」的嚥了一口唾沫，道：「請問……閣下莫非就是大名鼎鼎的『魔手』葉大俠？」

那人歪著頭，道：「你看像不像？」

土老頭兒道：「葉大俠好似天際神龍，很少有人見過他的廬山真面目，是以老朽才不得不冒昧請教，閣下究竟是不是人稱『魔手』的葉天葉大俠？」

那人笑了笑，道：「我從來沒做過行俠仗義的事兒，大俠這兩個字實在當不起。我是姓葉，單名剛好也是一個天字，過去嘛……也的確有人稱我『魔手』，不過那已是很久以前的事了……」

話沒說完，陡聞「轟」的一聲，所有的門窗全都關了起來，店堂裡頓成一片昏暗，同時一連串「颼颼」的聲音已自四面八方響起，顯然都是極其強勁的暗器破空之聲，目標當然是「魔手」葉天。

過了半晌，那聲音才截然而止，門窗也頓時齊開，店堂裡重又恢復了一片明亮。

葉天就跟原來一樣，依舊懶洋洋的倚在櫃檯上，那兩錠黃金也依舊在他掌中滾動著，整個人似乎連動都沒動彈一下，而他身邊的檯面上，卻已排滿了各式各樣的暗器，其中包括二十四把柳葉飛刀、十二只三棱鏢、十二支甩手箭，以及成堆的連環弩、黃蜂針、毒蒺藜、鐵鏈子和十枚黃澄澄的金錢鏢。

所有的暗器都分門別類，排列得整整齊齊，而且一樣不少，其中只有一種與原數不符，那就是彭光的十二枚金錢鏢中只有十枚陳列在櫃檯上，另外兩枚特大號的卻已不見。

所有的客人幾乎不約而同的發出一聲驚呼，躲在櫃檯裡的小寡婦伸頭一看，整個人都嚇呆了。

至於陳七和他那兩名弟兄，早就趴在桌子底下，直到現在都不敢爬出來。

那土老頭兒張口結舌的愣了好一陣子，才吐了口氣，道：「魔手神技，果然不凡，佩服！佩服！」

葉天把手上那兩錠黃金往小寡婦懷裡一拋，狠狠地伸了個懶腰，轉身就要上樓。

土老頭兒忙道：「葉大俠請留步。」

葉天回首道：「還有甚麼事？莫非你認為我這場表演不值二十兩金子？」

土老頭兒道：「值得，值得。」

葉天道：「既然值得，咱們正好銀貨兩訖，你還留我幹甚麼？」

土老頭兒連連拱手道：「過去我們不識葉大俠金面，為了辦別真假，才不得不出此下策。雖然稍嫌失禮，但若不如此，就無法領教葉大俠的神技，冒犯之處，務請葉大俠多多海涵。」

葉天道：「天下會接暗器的人並非只有葉某一個，你們又怎能以此來辨認真假？」

土老頭兒道：「武林中會接暗器的人固然不少，但能同時接下八種不同暗器的卻不多見，即使有，也絕對不可能如此從容，而且……」說到這裡，忽然笑了笑。

葉天略顯不安道：「而且甚麼？」

土老頭兒道：「而且在諸多暗器中，能分辨出質料的貴賤和重量，及時將其中最大的純金金錢鏢收藏起來的，普天下只怕也唯有葉大俠才能辨得到。」

葉天摸摸鼻子，道：「我被你們當靶子射了半天，少許收點壓驚費，難道也不應該嗎？」

土老頭兒道：「應該，應該，絕對應該。」

葉天似乎也覺得有點不好意思，乾咳兩聲，道：「其實我只是跟你們開開玩笑，這是人家吃飯的傢伙，我還能真的帶走嗎？」

說著，打懷裡掏出兩枚拳頭大小的金錢鏢，依依不捨的擺在櫃檯上，還嘆了口氣，才道：「好了，現在你們已經知道我是誰了，那麼你們又是誰？這兩天你們到處找我，為的又是甚麼？」

土老頭兒道：「老朽姓楊，木易楊，以後葉大俠就叫我楊老頭兒好了。」

葉天皺眉道：「楊老頭兒？這種稱呼未免對你太不敬了。」

楊老頭兒道：「葉大俠不必客氣，老朽只是一名僕人而已，這次尋找葉大俠，也是受了我家主人的吩咐辦事。與我同來的這些朋友，也都是我家主人請來幫忙的。至於他們的來歷，我想葉大俠看了他們的暗器和手法，應該比老朽知道得更清楚才是。」

葉天看也不看那些人一眼，只瞟著小寡婦手裡那兩錠黃金，半信半疑道：「你說……你只是個僕人？」

楊老頭兒道：「正是。」

葉天自言自語道：「僕人出手已如此大方，主人想必也不會小氣。」

楊老頭兒道：「那是當然，我家主人已備妥大批黃金，正準備跟葉大俠談筆小交易。」

葉天聽得不禁一怔。

小寡婦已眉開眼笑道：「用大批黃金談一筆小交易？」

楊老頭兒道：「不錯，任何人聽了都知道是筆很划算的生意。」

葉天忍不住又摸了摸鼻子，道：「有意思。」

一直趴在地上的陳七忽然爬起來，道：「小葉，恭喜你！這回你可走運了。」

站在一旁的「索命金錢」彭光大喝道：「放肆！『小葉』這種稱呼，也是你能叫的？」

陳七聽得直哆嗦，道：「是是是，在下一時叫溜了嘴，下次再也不敢了。」

楊老頭兒頭也不回，從懷裡取出一塊銀子，扔在地上，道：「你可以走了！」

陳七拾起來一瞧，不禁大失所望道：「不是金子啊？」

彭光冷笑道：「想要金子也行，只要你接得住，你要多少，我就賞你多少。」

陳七再也不敢嚕嗦，帶著兩名弟兄，抱頭鼠竄而去。

楊老頭兒這才緩緩走到葉天面前，低聲道：「如果葉大俠真認為有意思的話，何不跟我家主人當面談談？」

葉天道：「你家主人是誰，找我有何指教？」

楊老頭兒道：「這個嘛……老朽目前還不便奉告，一切等見面時即知分曉。」

葉天聳聳肩道：「連個姓名都不肯告訴我，你叫我怎麼跟他見面？」

楊老頭兒忙道：「只要葉大俠應允相見，今夜三更，我家主人自會在城南的李家大院親迎俠駕。」

葉天詫異道：「城南的李家大院？那不是一棟無人居住的廢宅嗎？」

楊老頭兒道：「正是。到時我家主人將掃徑張燈，敬候葉大俠光臨。」

葉天沉吟道：「既不知姓名，也不知意圖何在，偏偏又約我半夜三更在一棟廢宅見面，嘿嘿……」

他回望著櫃檯裡的小寡婦，苦笑說：「妳說這種約會我能去嗎？」

小寡婦緊抓著那兩錠黃金，迫不及待說：「為甚麼不能去？」

葉天訝然道：「咦！妳好像寡婦還沒做夠，妳不怕他們把我宰了？」

小寡婦俏臉一紅，道：「你胡扯甚麼？你是不是酒還沒醒，你難道沒看見人家又打躬又作揖、又付金子又受氣，哪一點像來宰你的？」

楊老頭兒立刻笑呵呵接道：「老闆娘說得對極了，如果我們真想對葉大俠不利，又何必帶著大把暗器來給葉大俠餵招？乾脆找幾個使刀用劍的殺手，豈不更加省事？」

小寡婦搶著道：「對，對，更何況人家說得清清楚楚，已準備好大批金子來跟你談筆小交易。這種划算的生意，你能不去嗎？」

一旁的二虎也突然道：「要是我，我鐵去。」

葉天開始托著下巴沉思起來，過了很久，才嘆了口氣，道：「看樣子我想不去也不成了。好吧！看在這二十兩金子份上，我就答應你們走一趟，不過咱們話可說在前頭，見面歸見面，這可並不表示我能幫你們甚麼忙，這點你們務必要先搞清楚。」

楊老頭兒喜出望外，道：「那是當然，老朽謹代表我家主人先行致謝。那麼，今夜三更，李家大院，葉大俠可千萬不要失約啊！」

第二回　賭命交易

三更，葉天準時趕到了李家大院。

李家大院原本是一座蒼松環繞的百年古屋，前後五進都是紅磚砌成的瓦屋，如今大部分的房屋都已倒塌，雕花漆彩的門窗更是破敗不堪，滿目蛛絲鼠糞，雜草叢生，顯得既荒涼又陰森，平日莫說夜晚無人敢去，便是白天，也是人跡罕至，一片寂寥。

可是今夜卻不同了，石階上青苔已刷得乾乾淨淨，由大門通往前院正房的小徑也鋪上了一層細沙，兩側野草全部鏟平，連沿路的樹枝也都剪得整整齊齊，一看就知道主人下了很大的功夫。

葉天剛剛踏上石階，楊老頭兒便已迎了出來。

他還是在酒鋪裡的那身打扮，臉上依然堆滿了微笑，手上提著一隻燈籠，和顏悅色，道：「葉大俠只有一個人來？」

葉天道：「難道你們還約了別人？」

楊老頭兒忙道：「不，我家主人只邀請了葉大俠一位客人。因為今夜之會，事關重大，不宜有其他人在場，老朽唯恐葉大俠帶著朋友來，所以才問一聲。」

葉天笑了笑，道：「你放心，我只有身上有銀子的時候才有朋友，這幾天正好囊中不豐，朋友早就都躲得不知去向了。」

楊老頭兒聽得哈哈一笑，似乎還有點不放心，舉起燈籠向四周照了一遍，才掩上大門，帶領著葉天直向前院走去。

前院正房簾幃低垂，看不見燈光，也不聞人聲。

楊老頭兒在門前停下，掀起厚厚的門簾，側身肅容道：「葉大俠請進。」

葉天道：「你家主人呢？」

楊老頭兒道：「正在廳中恭候。」

葉天微微皺眉道：「這種待客的方法，不嫌太冷淡了一點嗎？」

楊老頭兒連忙賠不是：「荒宅簡陋，人手欠缺，還請葉大俠多多包涵。」

葉天道：「你們邀來的那批暗器高手呢？」

楊老頭兒道：「為了防止有人窺探，都已埋伏在附近。」

葉天作了個無可奈何的表情，道：「既來之，則安之，既然主人不願迎客，客人只好自己進去了。」口裡說著，已推門跨了進去。

一進大廳，眼前頓時一亮，廳中不僅燈火通明，而且早已備了滿桌的小菜。最使葉天感興趣的，還是餐桌中間的兩只小小的瓷罈，只從瓷罈表面色調推斷，便知準是兩罈美酒無疑。

唯一使葉天不解的是，偌大的廳中就只坐著一個人，而那人見到他走進來竟然動都沒動。

那人整個身體都籠罩在一件雪白的長袍中，頭上也戴著白色的頭罩，只有兩隻眼睛露在外面，正在眨也不眨的瞪視著葉天。

葉天只掃了一眼，即知是個女人，而且極可能是個殘廢的女人，否則又怎麼會如此不懂禮貌呢？

這時楊老頭兒已將廳門關好，恭請葉天入座。

葉天咳了咳，道：「這位便是你家主人嗎？」

楊老頭兒道：「不錯，這正是我家姑娘。」

葉天頓了頓，道：「名字呢，能不能先告訴我？談起話來也好稱呼。」

楊老頭兒遲疑了一下，道：「我家姑娘複姓司徒，葉大俠就叫她司徒姑娘吧！」

葉天道：「何不請她把面罩取下來喝一杯？大家也好談話。」

楊老頭兒忙道：「我家姑娘不會喝酒，葉大俠只管自用，不必客氣。」

葉天一怔，道：「一個人不會喝酒，活著還有甚麼意思？」

楊老頭兒笑呵呵，道：「老朽也絕少沾酒，這一生也活得有意思得很。」

葉天笑笑道：「那麼就請她用點菜吧，邊吃邊談，總比這樣枯坐好得多。」
楊老頭兒道：「我家姑娘自幼不沾葷腥，這些酒菜，都是特地為葉大俠預備的。」
葉天嘆了口氣道：「這樣一來，咱們這筆交易恐怕就不好談了。」
楊老頭兒忙道：「為甚麼？」
葉天雙手一攤，道：「你約我一切與你家主人面談，而我所見到的，只是一個白布覆面的木頭人，你叫我跟她怎麼個談法？」
楊老頭兒急忙道：「我家姑娘身世坎坷，從未以真面目示人，不恭之處，務請葉大俠原諒。」
葉天道：「就算她不願以真面目示人，難道她是啞巴，連話也不會說嗎？」
沒容楊老頭兒回答，司徒姑娘已冷冷道：「這個人……就是你所說的甚麼『魔手』葉天嗎？」
她緩緩道來，語氣雖冷，聲音卻有如黃鶯出谷，悅耳動聽已極，葉天不由愣住了。
楊老頭兒尷尬的笑了笑，道：「正是。」
司徒姑娘道：「他真有江湖上傳說的那麼厲害？」
楊老頭兒道：「依老奴看來，只怕比傳說中還要厲害幾分。」
司徒姑娘不再說話，轉首望著葉天，目光中卻充滿了疑惑之色。
葉天也不多說，隨手拿起一只酒罈，輕輕在泥封上一彈，泥封剛好擊中湯匙，湯匙推動了一下筷子，筷子挑起扣在桌上的酒杯，酒杯凌空飛起，在空中翻了個身，正好落在他的手上。

他不慌不忙地倒了杯酒，脖子一仰，一飲而盡，脫口讚道：「哇！好酒。」

楊老頭兒笑瞇瞇道：「此酒得來不易，非一般佳釀可比，請葉大俠仔細品嚐，或可道出它的來歷。」

葉天雙唇咂動了一陣，道：「咦！這酒莫非是洛陽曹家麴坊的『千里香』？」

楊老頭兒笑道：「一點都不錯，葉大俠的確不愧是酒中神仙。」

葉天道：「可是曹家麴坊七年前已毀於大火，而這酒至少也該是二十年窖藏的珍品才對！」

楊老頭兒道：「葉大俠說得對極了，據說此酒最多也不會超過五十罈，自從曹家麴坊被焚，已成無價之寶。我家姑娘得知葉大俠善飲，費盡心力才搜購到這兩小罈，卻已足足花了千兩紋銀。」

葉天撫掌嘆道：「有此美酒，今夜已是不虛此行。」說完，便旁若無人般的一杯接一杯的喝起來。

楊老頭兒湊近司徒姑娘，低聲道：「姑娘認為這個人如何？」

司徒姑娘悄悄道：「嗯，好像還有點鬼門道。」

只聽「噗」的一聲，葉天竟將剛剛入口的酒整口噴出來，咳聲連連道：「姑娘真會說笑話！葉某這身功夫是經年累月苦練出來的，怎能說是鬼門道？」

司徒姑娘訝聲道：「哦？這種小手法，也能算是功夫？」

葉天聽得差點吐血，抖手將手中的酒杯打了出去，但見酒杯在空中劃了個半圓，「嗡」的一聲，又飛回他的手上。

身旁的楊老頭兒已忍不住讚道：「好功夫！」

葉天立刻道：「妳聽！這可不是葉某自吹自擂，卻是出自你們這位老管家之口。這都是道道地地的功夫，絕非甚麼鬼門道。」

司徒姑娘眼睛眨了眨，道：「咦？這倒有點像傳說中的回旋鏢法。」

楊老頭兒道：「不錯。據說這是暗器中最難練的一種手法，不論手勁、角度，都得掐得恰到好處，差一分都飛不回來。」

葉天猛地把頭一點，道：「對，還是老管家見多識廣。其實，我方才挑起酒杯的手法，遠比回旋鏢難練得多，而竟有人敢說這是鬼門道，豈不氣煞人哉！」

他一面說著，一面又倒了杯酒，一口氣又喝了個點滴不剩，神態傲慢至極。

司徒姑娘也不分辯，忽然取出一只月牙似的東西，道：「這種東西，你打出去能不能飛得回來？」

葉天斜瞥了一眼，道：「這是甚麼？看起來似刀非刀，似鏢非鏢，彎彎曲曲，像條眉毛，這玩意兒也能當暗器使用？」

司徒姑娘道：「為甚麼不能？這原本就是一種暗器呀！」
葉天接過來仔細一看，只見長度近尺，重量不輕，而且兩端尚有鋸齒般的紋路，不禁連連搖頭道：「這東西形狀極不規則，打出去能夠擊中目標已不容易，想讓它飛回來，只怕比登天還難。」
司徒姑娘淡淡說了聲：「是嗎？」隨手將那東西奪過去往外一甩，只見那東西搖搖擺擺的沿著牆壁繞了一圈，又呼呼有聲的轉回來。
司徒姑娘和楊老頭兒動也沒動，葉天卻慌裡慌張的抓起那兩只酒罈就地一滾，人已躲出一丈開外。
「噹」的一聲，那只東西剛好落在原先擺著酒罈的桌面上，旁邊一盤鹽酥蝦整個被打翻，灑得遍地都是。
葉天驚容滿面的走近餐桌，望著那只酷似月牙般的東西，不禁對司徒姑娘肅然起敬道：「原來姑娘的暗器手法竟然如此高明，真是失敬得很。」
司徒姑娘道：「葉大俠，你看走眼了。我從不使用暗器，更不懂得甚麼暗器手法。」
葉天呆了呆，道：「怎麼可能？方才這只東西不是明明飛回來了嗎？」
司徒姑娘道：「這又何足為奇！這種東西任何人丟出去都會飛回來。」
葉天一副打死他都不相信的樣子回望著楊老頭兒。
楊老頭兒笑瞇瞇道：「葉大俠如若不信，何不自己試試？」

葉天小心的抓起那東西，又小心的在手上比試了半晌，才狠狠地拋了出去。

楊老頭兒一見他出手的勁道，頓時發出一聲驚呼，道：「葉大俠小心！」呼喝聲中，已飛身將司徒姑娘撲倒在地上。

葉天微微怔了一下，尚未搞清楚是怎麼回事，頓覺寒光一閃，那東西已從耳邊挾風呼嘯而過，速度快如閃電，隨後是「砰」的一聲巨響，竟整個釘在殘舊的牆壁上，但見磚土紛飛，露在外邊的尾部仍在「嗡嗡」顫動不已。

葉天倒抽了口冷氣，駭然道：「我的媽呀！這東西的威力還真不小！」

司徒姑娘整理了一下頭罩，道：「如果在懂得使用的人手裡，威力至少還可以大上幾倍。」

葉天蹙眉自語道：「奇怪，如此霸道的暗器，我怎會沒有見過？」

楊老頭兒道：「也許葉大俠曾經聽過它的名字，只是未曾留意罷了。」

葉天道：「這東西還有名字？」

楊老頭兒道：「當然有，而且名頭大得很。」

葉天伸著脖子，豎著耳朵，一副洗耳恭聽狀。

楊老頭兒笑笑道：「葉大俠可曾聽過『殘月當頭落，神仙躲不過』這句話？」

葉天微微一震，竟不假思索道：「殘月斜斜飛，當者魂不歸。」

楊老頭兒道：「不錯，葉大俠見聞之廣，果非常人所能及。這正是當年『飛環堡』賴以雄霸武林的子母金環中的子環，也有人稱它為『殘月環』。」
葉天道：「這種暗器，不是早在百餘年前就絕傳了嗎？」
楊老頭兒沉吟著說：「也可以這麼說。」
司徒姑娘卻道：「其實絕傳的應該是『殘月十三式』，至於『殘月環』這種暗器，卻一直有人在使用。」
葉天道：「真的？」
司徒姑娘說：「當然是真的，而且那個人……就在襄陽。」
她語氣越說越冷，說到最後，竟充滿了憤恨的味道。
葉天微微愣了一下，忽然抓起酒罈，口對口的喝了幾口，然後嘴巴一抹，便默默的瞪視著那主僕二人，似乎已發覺難題即將開始，而且也料到這兩罈酒恐怕再也沒有機會喝了。
沉默了一會兒，楊老頭兒果然開口道：「實不相瞞，這次我們請葉大俠來，就是想把那個人逼出來。」
葉天小心翼翼道：「怎麼個逼法？」
楊老頭兒道：「只要葉大俠揚言手上握有這只殘月環，那個人很快就會露出原形。」
葉天道：「你的意思是說——那個人自會主動來找？」
楊老頭兒道：「不錯。」

葉天道：「他來找我幹甚麼？是不是要逼問我這只殘月環的來處？」

楊老頭兒道：「不錯。」

葉天道：「那麼我該怎麼辦？是帶他來見你，還是乾脆把他做掉？」

楊老頭兒略一遲疑，司徒姑娘已恨恨道：「殺！最好你能把那老匹夫碎屍萬段！」

葉天恍然道：「原來你們千金換酒，千方百計的把我找來，是為了讓我替你們報仇雪恨？」

司徒姑娘道：「不錯。」

葉天道：「錯了，你們找我來就是個天大的錯誤。第一，如果殘月環真如你們所說的那麼厲害，我鐵定不是那人的對手；第二，我不是大俠，也不是殺手，既不會替天行道，也不會為財賣命。我只是個小鎖匠，一個很安分、很膽小的小鎖匠，連偷東西都不敢，何況是動刀殺人！」

楊老頭兒和司徒姑娘聽得全都傻住了。

葉天嘆了口氣，道：「其實你們整個走錯了方向，你們根本就不該找我，你們找的應該是職業殺手。江湖上以殺人為業的人很多，像『鬼影子』侯剛、『獨臂刀』霍大鵬、『黑蜘蛛』石人龍等，個個都是響噹噹的角色，而且每個人都很有信用，絕對不會拿了錢不辦事。」

司徒姑娘也嘆了口氣，道：「不錯，他們的確都很有信用，可惜他們都死了，而且每個人都是死在殘月環的追擊之下。」
這次輪到葉天發愣了。他嘴巴張得大大的，卻一個字也沒說出來。
楊老頭兒立刻道：「這些年來，我們不擇手段的想除掉那個人，不僅是為了私仇，也是為了維護武林正義，因為那個人實在太沒有人性了。」
司徒姑娘也立刻接口道：「只可惜他手中那只殘月環太厲害，一般人根本沒有辦法接近他。我們再三磋商，才決定請葉大俠出馬，因為我們一致認為唯有你或許還有幾分機會。」
葉天急忙搖頭，道：「我也不行，你們千萬別把接收暗器看得太簡單，尤其像接殘月環這種東西，遠比你們想像的困難得多，因為我從未沾過這類暗器，對它的特性和走向全不瞭解，只憑手疾眼快是沒用的，去了也是白白送死。」
司徒姑娘道：「真的連一點機會都沒有？」
葉天道：「沒有，絕對沒有，所以這件事我實在愛莫能助，你們還是趕緊另謀他策吧！」
他不等對方開口，又道：「至於這餐酒，算我欠你們的，將來有機會，我一定加倍奉還。」說完，匆匆拱了拱手，急急忙忙朝外就走。
突然白影一閃，司徒姑娘已攔在他面前，道：「葉大俠請留步。」
葉天朝後退兩步，怔了一下，道：「咦？妳不是殘廢？」

司徒姑娘也怔了一下，道：「你看我哪一點像殘廢？」

楊老頭兒又已笑呵呵道：「那是葉大俠誤會了。我家姑娘只是不太喜歡在陌生人面前走動，其實……她的身子遠比一般人靈敏得多。」

葉天連連點頭，其實楊老頭兒不說，他也早就明白了。

司徒姑娘忽然語聲含怨道：「而且我也比一般人好客得多，我好不容易買得兩罈好酒，如果葉大俠只喝了幾口就走，你說我心裡會是甚麼滋味？」

楊老頭兒也緊接著道：「而且姑娘和我均非善飲之人，如此好酒，白白糟蹋掉，豈不可惜？」

葉天回頭瞄了那兩罈酒一眼，又舔了舔嘴唇，道：「你們的意思是……你們留我，只是為了請我喝酒而已？」

司徒姑娘道：「不錯。」

葉天道：「絕對不談殺人的事？」

楊老頭兒道：「不錯。」

葉天道：「你們待我實在不錯，好，恭敬不如從命，如此我就叨擾了。」

楊老頭兒不等他入座，便已滿滿的替他斟了一杯。

葉天一面喝酒，一面偷偷地瞟著兩人，唯恐他們又有甚麼新花樣。

三杯下肚，花樣果然來了。但見通往後進的廳門一開，一排彪形大漢魚貫而入，每個人手上都抱著一只木箱，箱子雖然不大，看上去卻十分沉重。

葉天停杯唇邊，愣愣地看著那些人將木箱整整齊齊的擺在地上，一一退了下去，才開口問道：「這是甚麼？」

楊老頭兒笑而不答，突然煙桿揮動，剎那間已將十只木箱全部挑開，但見金光奪目，滿室生輝，竟是滿滿的十箱黃金元寶，大小形狀均與楊老頭兒給小寡婦的那兩隻完全一樣。

葉天的眼睛頓時變得一片金黃，「啵」的一聲，一個失神，竟將手上的酒杯掉在桌子上。

他急忙一笑遮醜道：「好東西！這是我一生所見過的最好的東西！可惜我只有一條命，否則……我真想把它賣給你們。」

楊老頭兒笑著道：「葉大俠言重了。其實這事也並不像你想像的那麼困難。你過去沒有見過殘月環，摸不清它的特性，而現在……」

說到這裡，已將壁上的殘月環取下，擺在葉天面前，繼續道：「你手上已經有了一只，以你的天資，再加上你那雙巧手，琢磨個幾天，多少總可以摸到一點竅門，你說是不是？」

司徒姑娘也緊接道：「你不喜歡殺人也不要緊，只要你把那個人的殘月環弄到手就行了，其他的事，我們自會另作安排，絕不敢再勞你葉大俠動手，你看如何？」

葉天歪著腦袋想了半晌，道：「你們可知道那個人手上一共有幾只殘月環？」

楊老頭兒急忙道：「一只，只有一只。」

司徒姑娘也急忙道：「只要你把那只東西弄到手，這批黃金就是你的了。你不妨想想看，這一萬兩黃金夠你買多少酒，只怕你兩輩子都喝不完。」

葉天又仰起頭，將第一罈酒「咕嘟咕嘟」的整個喝光，又把第二罈打開猛灌了幾口，才長長吐了口氣，道：「好！看在這批金子份上，我就賭一次。成了，算我運氣好；不成，也是命該如此，誰叫我想發財呢？」說著，把那只殘月環往懷裡一揣，提著那罈酒就走。

楊老頭兒又叫道：「葉大俠慢走！」

葉天搖搖晃晃的轉回頭，道：「還有甚麼吩咐？」

楊老頭兒捧著一箱黃金，擺在他肩上，道：「這一箱，你先帶回去用吧！」

葉天受寵若驚道：「這算甚麼？」

楊老頭兒笑瞇瞇道：「就算是訂金吧！」

司徒姑娘也接著道：「至於其餘那九百錠元寶，我暫且替你保管，你隨時得手隨時來拿，保證一錠都不會少。」

葉天開心得嘴巴也已變成了元寶，一步一步小小心心的走了出去。他並不是怕自己摔跤，而是唯恐摔壞了肩上那箱可愛的元寶。

第三回　鬼捕神偷

冷月當頭，萬籟靜寂。淒迷的月光水銀般鋪在林邊曲折的小路上。

葉天沿著小路緩緩而行，嘴上哼著小調，心裡在不斷地盤算著肩上這箱金子可以置多少田產，折多少石大米，沽多少斤陳年花雕，買多少包胭脂花粉……

正在他算得暈頭轉向之際，忽然一條身影自路邊竄出，疾如閃電般欺近他身前，當胸就是一掌。

葉天雖有幾分酒意，身手倒還靈活，急忙閃身避過對方一擊，腳步尚未站穩，一股強勁的掌風又已襲到。

在萬般無奈的情況下，葉天只好一個「懶驢打滾」，雖從對方掌下逃過一劫，可是肩上那口箱子卻也「嘩啦」一聲摔在地上，整箱的金元寶滾了一地。

那條身影當場愣住，連手掌都已忘記收回，只愣愣地瞪著滿地的黃金發呆。

葉天一時也不知所措，不知該先出手反擊，還是該先把那些可愛的元寶收起來。

就在這時，又是兩條人影自林內飛撲而至。其中一人閃電般越過葉天頭頂，但見他手中鋼刀一閃，刀鋒直向突擊葉天的那條身影劈下。

慘叫聲中，那人好像尚未弄清楚是怎麼回事，便已糊裡糊塗的倒下去，剛好倒在那些元寶上。

夜更深，月色更加淒迷，四周死一般的沉寂。

那兩個人一前一後的將坐在地上的葉天圍在中間，後面那人刀尖還在淌著血，血水一滴滴的滴在黃金上，他卻看也不看那些金子一眼，只瞪著前面那個人，好像前面那個人只要遞個眼色，他就出刀。

前面那人刀不出鞘，面帶笑容，但從葉天的神態看來，此人顯然比後面那人更加可怕。

過了很久，前面那人才笑笑道：「小葉，看樣子，你的麻煩可大了。」

葉天乾笑兩聲，道：「可不是嘛？連龍四爺都看上了這箱東西，我的麻煩還小得了嗎？」

後面那人冷冷接道：「你錯了。四爺派我們出來，是為了殺人，不是為了金子。」說完「鏘」的一響，鋼刀入鞘，似乎敵意全消。

但葉天卻仍舊兩眼一翻一翻的看著前面那個人，動也不敢動一下。因為龍四爺是襄陽最有權勢的人物，他實在得罪不起，而前面那個人正是深受龍四爺倚重、人稱

「袖裡乾坤」的丁長喜，只有他才有資格替龍四爺講話，後面那人雖是號稱「江南第一快刀」的何一刀，但畢竟只是名殺手，殺手只能替龍四爺殺人，絕對不能替龍四爺講話。

所以葉天在等，非等丁長喜一句話不可。

丁長喜朝地上掃了一眼，淡淡道：「這點黃金算得了甚麼！莫說四爺，便是我們弟兄也未必看在眼裡。」

葉天這才鬆了口氣，道：「既然龍四爺對這箱東西沒興趣，那我就放心了。」

丁長喜道：「我卻有點不放心。」

葉天聽得不禁一怔。

何一刀冷冷接道：「他是在替你擔心，擔心你怎麼才能把這箱金子搬到小寡婦的樓上去。」

葉天道：「這有何難？扛上去就行了。」

丁長喜道：「可是從這兒到小寡婦那間酒鋪還有好幾里路，這段路你怎麼走？」

葉天道：「當然是一步一步的往前走。」

丁長喜搖頭、嘆氣。

葉天莫名其妙的回首看著何一刀。

何一刀道：「只怕你沒走出多遠，命也丟了，金子也不見了，這輩子再也見不到那個小寡婦了。」
葉天怔怔道：「為甚麼？」
何一刀道：「因為前面正有很多好朋友在等著你，每個人都是硬點子，而且每個人都好像對你這箱黃金的興趣大得不得了。」
葉天皺眉道：「奇怪，那些人怎麼知道我會帶著金子回去？」
何一刀道：「小寡婦的恩客洩露出去的。」
葉天一呆，道：「小寡婦的恩客？哪一個？」
何一刀道：「『三眼』陳七。」
葉天狠狠地吐了口唾沫，從懷中取出那罈「千里香」，「咕嘟咕嘟」的喝了幾口，又急忙收起來，好像唯恐那兩人向他討酒喝。
丁長喜這時才悠悠道：「看樣子，你恐怕只有一條路可走了。」
葉天道：「哪條路？」
丁長喜道：「跟我們合作。」
何一刀接口道：「對，只要有我們四爺替你撐腰，絕對沒有人敢動你一根汗毛。」
葉天想了半晌，才嘆了口氣，道：「好吧！你說，你們打算要多少？」
丁長喜道：「甚麼多少？」
葉天道：「金子。」

丁長喜道：「我不是跟你說過嗎？我們對你這箱金子一點興趣都沒有。」
葉天又是一怔，道：「你的意思是說……你們不要金子？」
丁長喜道：「不要。」
葉天道：「那你們想要甚麼？」
丁長喜道：「我們只想知道這箱金子的來路。」
葉天輕輕鬆鬆道：「這是人家送給我的。」
丁長喜道：「誰送給你的？」
葉天道：「一位姓楊的老人家，木易楊。」
丁長喜道：「就是帶著一群人到處打聽你的那個土老頭兒？」
葉天道：「不錯。」
丁長喜道：「你能不能告訴我，他千辛萬苦的尋找你，究竟為甚麼？總不會為了專程送一箱黃金給你吧？」
葉天想了想，道：「還有請我喝酒。」說著，忍不住掏出了那罈「千里香」，又「咕嘟咕嘟」的喝了幾口。
丁長喜不慌不忙道：「除了請你喝酒，還有沒有別的原因？」
葉天又想了半晌，道：「有。」
丁長喜道：「甚麼原因？」

葉天道：「跟我交朋友。」

何一刀聽得忍不住冷哼一聲，兩眼緊盯著丁長喜的臉孔。

丁長喜卻一點也不生氣，依然笑瞇瞇道：「為了交朋友，出手就是一箱黃金，這個楊老頭倒也闊氣得很啊！」

葉天道：「可不是嘛！」

丁長喜道：「像這種好朋友，我想我們四爺一定不願失之交臂。」

何一刀道：「哼，這種朋友不交實在可惜。」

丁長喜道：「能不能請你帶我們去見見他？你放心，我們只是先替四爺做個禮貌性的拜訪，絕對沒有別的意圖。」

何一刀立刻道：「好在李家大院就離這兒不遠，金子我幫你拿，如果你走不動，我揹你去，怎麼樣？」

葉天道：「你們既然知道地方，何不自己去？為甚麼一定要拉著我？」

丁長喜道：「因為你是他的朋友，有個朋友居中引見，總比冒冒失失闖去好得多，你說是不是？」

何一刀又道：「而且我們也等於是在保護你，你以為憑你那兩手收發暗器的功夫，就真能把這箱黃金扛回去嗎？」

丁長喜緊接著道：「就算你能平平安安的把金子扛回去，今後你也休想再有好日子過，除非有個強有力的人物站在你背後，而襄陽地面最有力的人物是誰，我想你應該比我還清楚，所以你除了跟我們合作之外，難道還有第二路可走嗎？」

葉天嘆了口氣，道：「沒有。」

丁長喜道：「那你還等甚麼？」

葉天道：「我在等你們把屍體搬開，我好收金子。」

× × ×

月影西斜，夜顯得愈加昏暗。

葉天扛著黃金，抓著酒罈，猶如識途老馬般穿過通往前院的小徑，直奔正房，邊走邊喊道：「有人嗎？有人在嗎？」

房裡一片沉寂，一點回音都沒有。

葉天停下腳步，繼續喊道：「楊老管家，楊老管家！」

房裡依然沒有一點回聲。

何一刀已忍不住冷冷道：「小葉，你在搞甚麼花樣？這種地方怎麼可能有人！」

葉天道：「為甚麼不可能？剛才我離開的時候，這裡還熱鬧得很。」

何一刀冷笑，眼瞟著丁長喜，好像只要丁長喜一歪嘴，他馬上就給葉天一刀。

丁長喜嘴角依然掛著微笑，和顏悅色道：「小葉，你最好看看清楚，你剛才來的真是這個地方嗎？」

葉天道：「當然是真的。這總不會為了騙你們，先請人來鏟草，再在小徑上鋪上一層細紗，然後再把路旁的樹枝也修剪得整整齊齊……」

說到這裡，他忽然把話縮住，臉上也變得好像碰到鬼似的，充滿了恐怖之色。因為他發現路旁根本就沒有樹，地上也沒有細沙，四周雜草叢生，連一絲修鏟過的痕跡都沒有。

何一刀又開始冷笑，丁長喜臉上的笑容也不見了。月色也顯得更黯淡，東方已隱隱現出了曙光。

葉天呆立良久，突然大步朝上房奔去。

何一刀不待丁長喜示意，人已縱身而起，身在半空，刀已出鞘，剛好落在葉天前面，大聲喝道：「你想溜！沒那麼簡單……」

話沒說完，只覺得身影一閃，葉天已擦身而過，同時身子一輕，整個人已被撞得翻了出去。等他站穩了腳，葉天已然衝上石階，「砰」的一聲，將兩扇門踹開。

廳中頓時塵土飛揚，隱約中仍可看見正中央果然擺著一張餐桌，但桌面上卻覆蓋著一層厚厚的灰塵，一看就知道已經很久沒有使用過了。

葉天飛快的將箱子和酒罈放在餐桌上，迫不及待的衝向裡面的牆壁，壁上果然也有一條傷痕，他看了又看，怎麼看都不像是一個多時辰前才留下的，以他的經驗推斷，這條傷痕少說也該有十多年了。

他長長地嘆了一口氣，在這種時候，他除了嘆息，還能幹甚麼？

何一刀已在身後大聲叫道：「姓葉的，你還有甚麼話說？」

葉天回轉身形，茫然地望著丁、何兩人，道：「看樣子，我好像是真的遇到鬼了。」

何一刀恨恨道：「你少跟我來這一套！你當我們弟兄是那麼好騙的嗎？」

葉天好像連話都懶得說，只做了個無可奈何的表情。

何一刀目光又立刻落在丁長喜臉上。

丁長喜正在冷笑，眼睛卻緊緊地盯著黑暗的牆角。

「颼」的一聲，何一刀已躥了出去，但見刀光閃動，還沒有認清對方是何許人，已接連劈出七刀，刀刀連環，聲勢凌厲已極。

對方也絕非等閒之輩，但見他身形遊走，雙掌翻飛，在凌厲的刀風之下，一點落敗的跡象都沒有。

突然，何一刀大叫一聲，接連幾個翻滾，退到了丁長喜身旁，一面捏著小腿，一面以鋼刀指著葉天，大吼道：「姓葉的，你這是甚麼意思？」

葉天聳肩道：「我是在救你啊！」

何一刀罵道：「放你媽的屁！不是你多事，老子早就把他宰了。」

葉天道：「問題是這個人絕對宰不得，否則你的麻煩保證比我還要大。」

何一刀呆了呆，回望著丁長喜，道：「那傢伙是誰？」

丁長喜也居然嘆了口氣，道：「看樣子，我們也好像遇到鬼了。」

說話間，只見一個身形瘦長、面色蒼白的中年漢子自黑暗中緩緩走了出來，身著寶藍色的長衫，腰繫血紅腰巾，腰間一塊鐵牌黑得發亮，一看就知道是公門中人。

何一刀失聲叫道：「『鬼捕』羅方！」

那人嘿嘿一笑道：「多年不見，想不到你還認得老朋友，難得，難得。」

何一刀頓時跳起來，道：「誰跟你是朋友！我從來就沒見過你，你少跟我套交情。」

「鬼捕」羅方重新打量他一陣，道：「咦？你不是『快刀』侯義？」

何一刀道：「『快刀』侯義算甚麼東西！我的刀是很快，但我叫何一刀，『江南第一快刀』何一刀。」

羅方道：「江南第一快刀？」

何一刀道：「不錯。」

羅方笑笑道：「長江後浪推前浪，一輩新人替舊人。幾年沒有過江，想不到江南又出了這麼一號人物，真是失敬得很。」

何一刀冷哼一聲，兩眼狠狠地瞪著羅方，目光中充滿了敵意。

丁長喜立刻哈哈一笑，道：「看來閣下果真是名滿京華的羅頭，幸會，幸會。」
羅方道：「『袖裡乾坤』的大名，我也久仰了。」
丁長喜忙道：「不敢，不敢。敢問羅頭，這次駕臨襄陽，是為了公事呢，還是為了私事？」
羅方笑而不答。
丁長喜又是哈哈一笑，道：「當然是為了公事，否則也不必深更半夜冒著風寒跑到這座荒郊廢宅來了。」
羅方道：「由此可見，吃我們這行飯也不容易。」
丁長喜道：「可不是嘛？」語聲微微一頓，又道：「羅捕頭這次遠道而來，莫非也是為了想追查這批黃金的來歷？」
羅方沉吟了一下，道：「據我所知，金子的來歷倒是沒有問題，問題是他們的目的。」
說完，三個人不約而同的朝葉天望去。
葉天急忙擺手道：「別看我，我啥都不知道。」
羅方道：「最低限度，你總該知道他們為甚麼找你吧？」
葉天道：「我是個鎖匠，你說他們找我還能有甚麼事？」
羅方道：「配鑰匙？」

葉天點頭道：「嗯。」

羅方卻搖頭道：「葉大俠，你倒也喜歡開玩笑。他們辛辛苦苦的找到你，出手就是一千兩黃金，只是請你配把鑰匙，這種話誰會相信？」

何一刀道：「鬼都不信。」

丁長喜笑瞇瞇道：「下這麼大功夫，花這麼大代價，如果真是為了配把鑰匙，恐怕也只有開官庫的鑰匙才能勉強撈回本。」

羅方笑笑道：「也許他們在打你們龍四爺的主意。」

丁長喜道：「我們龍府的庫房從來就沒有上過鎖，任何人都可以大搖大擺的走進去。」

何一刀道：「只要他有膽子。」

羅方悠然道：「龍府有你『江南第一快刀』這種人物在，當然沒有人敢去。」

何一刀不是傻瓜，當然聽出這是對他的諷刺之詞，不禁氣得牙根發癢，卻也不便發作。

就在這時，屋頂忽然發出一聲輕響。

何一刀腰身一擰，足尖在桌面上輕輕一點，人已縱了上去，掄起鋼刀，狠狠地就是一刀，好像要把一肚子的怨氣都發洩在這一刀上。

就在何一刀尚未落地的一剎那，只見灰影一晃，葉天已疾如星火般的掠過桌面，將那罈「千里香」撈在手中，人也無聲無息的穩穩落在地面上。

羅方忍不住脫口讚道：「好身手！」

何一刀這時方才落地，還以為羅方誇讚的是他，當下挽了個刀花，熟巧的將鋼刀還入刀鞘，臉上充滿了得意之色。

緊跟著一隻淌著血的死老鼠和灰塵、瓦片同時灑落下來，弄得四周一片狼藉，連那口裝滿元寶的木箱上也蒙上了一層灰塵。

突然「噗」的一聲，葉天又把剛剛入口的酒噴了出來，只聽他尖聲叫道：「哎喲！誰把我的酒換成了水？」

其他三人聽得不禁相顧愕然。

葉天隨手把酒罈一甩，一陣風似的撲向那只木箱，迫不及待的打開箱蓋一看，滿箱黃澄澄的元寶竟然全都變成了灰濛濛的鵝卵石。

這一來非但葉天傻了眼，連見多識廣的丁長喜都變了臉色，張口結舌的瞪著滿箱的鵝卵石，久久沒有吭聲。

天將破曉，遠處已傳來了雞鳴。

葉天長嘆一聲，道：「酒變成了水，金子也變成了鵝卵石，樹也搬了家，鋪在地上的沙子也都不見了，看來我是真的遇到鬼了。」

羅方道：「不是鬼，是人。」

葉天道：「是人？甚麼人有這麼大的本事？」

羅方道：「放眼江湖，能夠在我羅某面前把東西換走的人已寥寥可數，但能瞞過你『魔手』葉天的，普天之下恐怕只有一個。」

葉天摸摸鼻子道：「哦？此人是誰？」

丁長喜已截口道：「『神偷』楊百歲。」

羅方道：「不錯，除了此老之外，其他人絕對辦不到。」

一旁的何一刀叫道：「你們是說……『神偷』楊百歲已經到了襄陽？」

丁長喜點點頭。

何一刀緊緊張張道：「這件事非同小可！咱們得趕緊回去稟告四爺。」

丁長喜又點點頭。

何一刀連招呼也不打一個，轉身便已衝了出去。

丁長喜朝兩人拱了拱手，道了聲：「告辭了。」身形一晃也下了石階，轉眼便已消失在晨曦裡。

葉天目送兩人遠去，也不禁伸了個懶腰，道：「酒氣消了，發財夢也醒了，我也該打道回府了。」

羅方道：「葉大俠真的就想一走了之嗎？」

葉天呵欠連連道：「留在這裡也於事無補，還莫如早點回家睡大覺。」

羅方苦笑道：「這一箱金子可不是個小數目，以我羅某來說，辛苦大半輩子也未必能賺這麼多，白白丟了豈不可惜！」

葉天道：「就算我不走，他們也不會把金子送回來的。」

羅方道：「這可難說得很。」

葉天道：「羅捕頭的意思是……」

羅方道：「他們付給你黃金，是為了請你替他們辦事，對不對？」

葉天遲疑了一會兒，道：「就算是吧！」

羅方道：「是一件很困難的事，對不對？」

葉天想了想，道：「就算是吧！」

羅方道：「到目前為止，你還沒有替他們辦成，對不對？」

葉天托著下巴想了半晌，道：「就算是吧！」

羅方笑笑道：「如此說來，這箱金子他們是非送給你不可，就算你在家裡睡覺，他們也會把金子送到你床上去。」

葉天道：「照你這麼說，我更得早點回去了，說不定金子已經在床上等著我。」說著，拔腳朝外就走。

羅方忙道：「葉大俠請留步。」

葉天懶洋洋地轉回頭，一副不耐煩的樣子，道：「羅頭還有甚麼指教？」

羅方道：「你大可不必急著脫身，就算你晚一點回去，那個小寡婦也不會跑掉的。」

葉天乾咳兩聲，道：「羅頭真會說笑話。我急著趕回去，是為了等那箱金子，跟那個女人有甚麼關係？」

羅方又笑了笑，道：「你也不必再在我面前裝瘋賣傻了，其實你早就料定那箱金子他們非送還給你不可，對不對？」

葉天道：「羅頭未免太抬舉我了。如果我真的那麼精明，也不至於囚在廟口以配鎖為生了。」

羅方又笑了笑，道：「你『魔手』葉天是個甚麼人物，我非常清楚；你當年為甚麼退出江湖，我多少也有個耳聞。如果你不想惹上大是非，最好你能跟我開誠佈公的談一談，這樣對我們彼此都有好處。」

葉天聽得眉頭微微一皺，道：「你說的大是非，是指的甚麼事？」

羅方道：「很可能就是他們委託你的那件事。」

葉天道：「不可能，絕對不可能。」

羅方道：「為甚麼不可能？」

葉天道：「他們只是託我尋找一個人而已。」

羅方道：「他們託你找的是甚麼人，能不能告訴我？」

葉天一嘆道：「我是很想告訴你，可惜連我自己也不知道那個人是誰。」

羅方道：「你手上多少總該掌握著一些線索吧？」

葉天道：「沒有。」

羅方難以置信道：「真的沒有？」

葉天又遲疑了一下，道：「現在沒有。」

羅方道：「甚麼時候才有呢？」

葉天道：「等他們把金子送還給我，讓我痛痛快快花用一陣子之後，線索自然會冒出來，到時候就算你不想知道，恐怕都很難。」

羅方道：「哦？」

葉天道：「現在我能告訴你的只有這麼多，你再想知道其他的事情，只有耐心的等，不過我可以向你保證，日子一定不會太久。」

羅方無奈地點點頭，道：「好吧！君子不擋人財路，你不說，我也不勉強你，但有件事我覺得非常奇怪，很想聽聽你的看法。」

葉天道：「甚麼事？你說！」

羅方道：「他們為了接待你，動用了大批人手，從昨兒晚上一直忙到半夜，又鋪路又搬樹，又換門窗又打掃房屋，將裡外整理得乾乾淨淨，等你走了之後，又忙著把一切恢復原狀。按說他們託你辦事，不該再在你面前裝神弄鬼才對，他們這樣做，究竟是為甚麼？」

葉天道：「我想他們可能故意做給丁長喜和何一刀看的。」
羅方道：「他們又怎麼知道你會帶著那兩個人轉回來？」
葉天道：「他們可以請人通風報信，你想，像龍四那種人，他肯放過這種發財的機會嗎？」
羅方緩緩點了點頭，道：「依你看，他們的目標會不會是龍四？」
葉天道：「不是，他們的目標是整個襄陽，因為只要龍四插手追查這件事，整個事件就會喧嚷開來，他們忙了大半夜的目的也就達到了。」
羅方道：「有道理。」語氣微微一頓，又道：「還有一個小問題，想向葉大俠請教。」
葉天略顯不安道：「不敢，不敢。」
羅方慢慢走到被葉天甩掉的酒罈前面，足尖輕輕一挑，已將酒罈撈在手中，淡淡道：「這罈酒是怎麼回事？你為甚麼硬說它變成了水？」
葉天尷尬一笑，道：「我還以為做得天衣無縫，結果還是逃不過羅捕頭的法眼。」
羅方指著自己的鼻子，道：「不是眼睛，我的眼力還沒有那種火候。」
葉天恍然道：「原來是鼻子，那就難怪了。」
羅方道：「為甚麼？說吧！」
葉天乾笑兩聲，道：「我是看楊老頭年紀老了，搬得辛苦，忍不住幫他一手，以免他當場出醜。」

羅方搖首輕嘆道：「看樣子他們是找錯人了，他們未免太低估你『魔手』葉天了。」

葉天傲然一笑，道：「不，他們沒有找錯人，因為這件事除了我葉某之外，別人只怕連邊兒都摸不到。」

這時天色已亮，遠處又傳來幾聲雞鳴。

羅方突然道：「有人來了。」身形一轉，已緊貼在裡頭的房門旁。

一陣凌亂的步履聲由遠而近，「伊呀」一聲，房門已被啟開，三個人頭同時伸了出來。

葉天撲上去，伸手拎出其中一人，叫道：「『三眼』陳七！你的膽子倒不小，居然敢追到這兒來。」

陳七急忙嚷嚷道：「葉大俠手下手留情！小的是特地趕來找你的。」

葉天道：「找我幹甚麼？」

陳七瞟了羅方一眼，輕聲道：「小的是專程給你報信來的。」

葉天道：「報甚麼信？快說！」

陳七聲音壓得更低，道：「小寡婦被人用轎子抬走了。」

葉天神色微變，道：「被甚麼人抬走的？」

陳七又瞟了羅方一眼，甚麼話都不敢說，只伸出四個手指頭在葉天胸前比了比。

第四回　襄陽一霸

龍四爺是個很四海的人。

他從一個街頭小混混爬到今天這種地位，前後也不過二十年，他比一般人爬得快，是因為他的朋友多，朋友多機會也自然多。

當然，他的敵人也不少，其中最讓他頭痛的敵人，就是江邊的江老爺子。

他不喜歡殺人，但為了保障自身的權益，他非殺人不可。隨著他的勢力擴張，權益之爭日甚一日，殺的人愈來愈多，敵人自然也就愈來愈多。

為了情勢所逼，他非得借重道上朋友的力量不可，於是他開始廣交武林人物，凡是稍有名氣的角色，他總要想辦法搭上關係，甚至不惜重金將其網羅旗下。

所以當他聽了丁長喜的匯報，說在自己地盤上混了幾年的鎖匠小葉竟是江湖上鼎鼎大名的「魔手」葉天時，他恨不得打自己幾個耳光，深悔自己有眼無珠，險些錯過了大好人才。

他立刻派人去尋找葉天，同時叫人把小寡婦悄悄接回來，因為他手上多少也得先抓住點東西，以免被死對頭江老爺子捷足先登。

至於「神偷」楊百歲那種人物，他知道憑他跟江老爺子的身價，絕對不可能留住人家，但他還是派出大批人手去尋找楊百歲等人的落腳處，因為他知道楊百歲是來襄陽辦事，他想能替人家跑跑腿賺點金子也好。他現在人手多，開支大，銀子根本已經解決不了問題，他最需要的東西就是黃金。

誰知找了大半天，幾乎把襄陽翻過來，結果非但沒有發現楊百歲等人的蹤跡，連葉天竟也下落全無，這些人就好像突然消失掉一般。

只急得龍四爺像熱鍋上的螞蟻，既怕葉天被人挖走，又怕楊百歲把金子花在別人身上，最後只有派丁長喜親自出馬，專門尋找葉天，只要找到葉天，就可能問出楊百歲等人的下落。就算葉天不知道，起碼問題已解決了一半，而且也可對一直待在三姨太房裡的小寡婦有個交代。

直到掌燈時分，丁長喜才在弟兄們的口中獲知葉天正在城北的「醉紅樓」喝酒。丁長喜滿頭大汗的趕到「醉紅樓」，葉天早就枕在小桃紅的腿上，醉得人事不知了。

在襄陽，江南名妓小桃紅的名氣，絕對不在龍四爺之下，只要是男人，只要他經過「醉紅樓」門前，誰都忍不住要往樓上看一眼，都希望能意外的一睹小桃紅醉人的風姿。

但是有膽量上去的人卻不多，因為誰都知道她是江大少的人。江大少就是江老爺子的大公子，這間「醉紅樓」也是江老爺子的產業之一。

所以連「袖裡乾坤」丁長喜這種人物，上樓的時候都有點腿發軟，但跟在後面的何一刀卻滿不在乎的搶先走到小桃紅門前，連門也不敲一下，抬手就將房門推開來。

房裡已亮起了燈，小桃紅坐在燈光下。

粉色的燈光將小桃紅那張吹彈欲破的粉臉映照得益發嬌艷動人，丁、何兩人癡癡的呆立在門口，似乎連冒著風險急急趕來的目的都忘了。

小桃紅輕盼了兩人一眼，臉上一絲驚訝的表情都沒有，只將食指封在櫻唇上，示意兩人噤聲。

葉天正枕著小桃紅的粉腿，睡在軟綿綿的波斯地毯上，地毯上編織了紅色的桃花，每一朵都在燈光照射下吐著微光。葉天的臉色比桃花還紅，臉上掛著微笑，嘴中吐著輕鼾，睡得舒坦極了。

丁、何兩人看了看葉天，又看了看小桃紅，果然沒有出聲，而且還不約而同的點了點頭。

過了半晌，小桃紅才輕悄悄道：「你們兩位是小葉的朋友？」

丁、何兩人又不約而同的點了點頭。

小桃紅指了指身前的矮桌，道：「請進來坐，菜還沒怎麼動，酒好像已經沒有了，我這就叫人替兩位溫酒。」

丁、何兩人這才輕輕走進去。何一刀遠遠便已擺手道：「我們沒有時間喝酒，妳趕快把他叫醒，我們要把他帶走。」

小桃紅急忙道：「那可不行，他早就答應我今天留在這裡的。」

何一刀陡地臉色一沉，冷冷道：「他答應不答應妳，我不管，我說要帶他走就非帶他走不可。」

小桃紅粉臉繃了起來，指著何一刀的鼻子道：「你這個人太不講道理了！我是看在你是小葉的朋友份上，才請你進來，如果你再無理取鬧，可別怪我對你不客氣了。」

就在這時，葉天身子忽然動了動，像說夢話般的接道：「這個人妳最好對他客氣一點，人家可是『江南第一快刀』，據說刀法……好像快得很。」

小桃紅驚訝叫道：「他是『江南第一快刀』？那……『快刀』侯義算第幾？」

葉天仍然語聲含糊道：「侯義那個人涵養好，妳說他是第八快刀，他也不會在乎。」

小桃紅道：「那麼『雪刀浪子』呢？」

葉天停了停，道：「那就可能有麻煩了。」

何一刀喝道：「你說誰有麻煩？」

葉天依然閉著眼睛，揉揉鼻子道：「當然是『雪刀浪子』韓光。」

何一刀「哼」了一聲，似乎對葉天的答覆還算滿意。小桃紅卻是一副難以置信的模樣，連一直含笑不語的丁長喜的臉上都露出了懷疑之色。

只聽葉天微微嘆了口氣，繼續道：「雪刀浪子那個人毛病大得很，而且好像還有點潔癖，每次殺了人都要擦半天刀，非把刀擦得雪亮不可，你說這個人麻煩不麻煩？」

何一刀頓時暴跳如雷道：「你說甚麼？」

葉天好像突然被他驚醒般，翻身坐起來，道：「我說了甚麼？咦？丁兄，何兄，你們是甚麼時候來的？」

何一刀還想爭吵，卻被丁長喜示意攔阻下來。

只見丁長喜緩緩蹲在葉天面前，一副笑容可掬的樣子，道：「葉大俠，我們已經整整找了你一天了。趕快跟我們回去吧！我們四爺還在等著請你喝酒。」

葉天愣了愣，道：「你們四爺為甚麼請我喝酒？」

丁長喜道：「我們四爺是特意擺酒向你賠罪的。」

葉天道：「咦？你們四爺又沒有得罪我，為甚麼向我賠罪？」

丁長喜道：「我們四爺深悔自己有眼無珠，竟不知閣下是名滿江湖的『魔手』葉天葉大俠，這幾年龍府手下弟兄對葉大俠難免有失禮之處，試想以我們四爺一向敬重武林朋友的習性，他能不擺酒向你葉大俠賠罪嗎？」

葉天忙道：「這可不敢當，這些年葉某對四爺也不免有失禮數，請丁兄回去上陳四爺，就說改天葉某必定登門向四爺負荊請罪，你看如何？」

不待丁長喜開口，何一刀已搶著道：「不行，非今天去不可。」

葉天皺眉道：「為甚麼？」

丁長喜急忙賠笑道：「不瞞葉大俠說，我們四爺為了增添閣下的酒興，今天一早就已派人把蕭姑娘接到府裡，直到現在蕭姑娘還在三姨太的房裡候駕呢！」

葉天故作不解道：「哪個蕭姑娘？」

丁長喜偷瞄了小桃紅一眼，低聲道：「就是蕭家酒鋪的那位蕭姑娘。」

葉天作恍然大悟狀，道：「哦，原來你說的是小寡婦。」

丁長喜忙道：「對，正是她。」

葉天也悄悄瞄了小桃紅一眼，也壓低聲音道：「丁兄，說實在的，依你看，小寡婦和小桃紅哪個漂亮？」

丁長喜笑瞇瞇道：「春蘭秋菊各擅勝場，葉大俠的艷福確實不淺。」

葉天突然「哎喲」一聲，顯然是小桃紅在他大腿上狠狠地扭了一把。

丁長喜看得不禁哈哈大笑。葉天一面搓著大腿，一面也只好陪著連連苦笑。

何一刀卻在一旁冷冷道：「我勸你還是趁早跟我們走，否則就要樂極生悲了。」

葉天微微一怔，道：「這話怎麼說？」

何一刀道：「你也不想想這裡是誰的地盤，小桃紅是誰的人？你跑到這兒來尋歡作樂，豈不是自找倒楣？你當江家父子是那麼好惹的嗎？」

葉天眼睛一翻，道：「這是甚麼話！醉紅樓我又不是第一次來，小桃紅跟我的交情也不是一天兩天了，我怎麼從來都沒有倒過一次楣？」

小桃紅也道：「是啊！我跟小葉已經認識很多年了，早在江寧的時候，我們就是很要好的朋友。這件事上上下下全都知道，連江大少也清楚得很。」

葉天又道：「至於江家父子好不好惹，跟我更扯不上關係，我到這兒來照顧他們生意，也就等於是他們的衣食父母，如果他們經營的生意都沒人上門，他們江家豈不要喝西北風了！」

何一刀道：「可是你也別忘了，小桃紅是誰的女人！」

葉天翻翻眼，道：「是誰的女人？」

何一刀道：「當然是江大少的女人，這又不是秘密，凡是在外面跑跑的，哪個不知道？」

小桃紅立刻道：「胡說！如果我真是江大少的女人，我還會在這兒做生意嗎？」

何一刀依然很不服氣道：「可是……可是……」

丁長喜截口道：「不要可是了，那是小桃紅姑娘選擇客人的手段，假使沒有江大少這面擋箭牌，憑她的人品，這間醉紅樓早就被人擠垮了。」

葉天笑笑道：「還是『袖裡乾坤』高明，頭腦果然比一般人清楚得多。」

何一刀道：「果真如此，他們又何必派這麼多人來，難道你們還沒發現這裡已經被他們包圍起來了嗎？」

小桃紅吃驚道：「不會吧？」

何一刀道：「你朝外邊瞧瞧，你就知道會不會了。」

葉天道：「我想那是為你們來的，八成是怕你們鬧事，不得不作個防備。」

何一刀冷笑道：「如果是衝著我們弟兄來的，那可就好玩了。」

丁長喜道：「我認為一點也不好玩。」緊跟著又換了一副面孔，愁眉不展的看著葉天，道：「葉大俠，你可否賞我丁某一個薄面，跟我們回去一趟？我們四爺那邊倒還好說，人家蕭姑娘已經等了你一整天。如果請不到你的大駕，你叫我們弟兄如何向蕭姑娘交代？」

葉天嘆了口氣，道：「就算我答應陪你們回去，只怕我這兩條腿也衝不出去。」

何一刀道：「只要你肯去就好辦，你走不動，我揹你。你放心，憑這些人還攔不住我們。」

忽聽門外有人冷笑道：「那可不見得。」

說話間，一個身材微胖、面色紅潤的中年人寒著臉孔走進來，幾個手持刀劍的彪形大漢也隨之擁入。

小桃紅一見那人，急忙站起來，驚慌的喊一聲：「江大少……」

江大少看也不看她一眼，只瞪著何一刀，冷冷道：「姓何的，你太目中無人了，你當我們江家的人全是豆腐做的嗎？」

何一刀道：「是不是豆腐做的，一刀即知分曉。」話沒說完，上去就是一刀，刀鋒卻在江大俠的頭頂上突然頓住。

原來何一刀快，丁長喜比他更快，硬把他持刀的手腕牢牢扣住，口中狠狠叫道：「小何，你瘋啦！你出刀之前，難道就不能先看看清楚對方是甚麼人？」

這時江大少早已嚇得接連倒退幾步，身旁那些彪形大漢個個刀劍出鞘，排成一道人牆，同時護在江大少前面。

何一刀仍在作勢欲撲道：「不管他是誰，只要擋住我的路，我就一刀。」

丁長喜道：「你別忘了咱們這次的目的是接人，不是殺人。有人擋路，我們可以繞過去；正門不通，咱們可以跳窗口，只要能把葉大俠接回去，咱們的任務就算告成，何必多惹是非？」

葉天道：「丁兄說得有理，既然門不能走，咱們就只好跳窗口。」一面說著，一面歪歪斜斜的走向窗口，當真把窗戶打開來。

丁長喜急忙趕到他面前，道：「你還下得去嗎？」

葉天胸脯一拍，道：「沒問題，不過落地的時候，最好是有個人扶我一把。」

丁長喜道：「好，我先下去，我扶你。」語聲未了，人已縱出窗外。

窗外頓時傳來一陣喊殺聲，房裡卻靜如止水。幾名彪形大漢只顧盯著何一刀，連動都沒人動一下。

葉天慢條斯理地向小桃紅擺手作別，吃力地將一條腿搬上窗沿，身子往外一撲，竟頭下腳上的掉了下去，只嚇得小桃紅手捂著胸口，一顆心差點跳出來。

緊跟著「砰」的一響，何一刀穿窗而出，順手將窗戶帶上，動作之快，疾如閃電。房裡的人依然動也不動，似乎全被他的聲勢給鎖住了。

過了許久，江大少才從人牆中擠出，遠遠便已唉聲嘆氣道：「小桃紅，妳怎麼把他放走了？我不是告訴妳，這個人無論如何也得把他留住嗎？」

小桃紅跺腳道：「江大少，你講不講理！這個人分明是被你們嚇跑的，你怎麼反倒怪起我來？」

江大少忙道：「好吧好吧！我不怪妳。不過這個人跟妳是老交情，他下次再來的時候，妳一定要儘量影響他，無論如何不能讓他落在龍四手裡。」

小桃紅苦笑道：「這個你大可放心，像他那種人，誰想拴住他都不容易。」

江大少道：「妳的意思是說龍四也拴不住他？」

小桃紅道：「差遠了。」

江大少道：「我們江家呢？」

小桃紅猶豫了一下，道：「只怕也很難。」

江大少又嘆了口氣，口中喃喃地說著：「『魔手』葉天，『魔手』葉天……」隨手從矮桌上抓起一壺酒，打開壺蓋就朝嘴裡灌。

小桃紅急忙道：「江大少，那壺酒不能喝！」

江大少一怔，道：「為甚麼不能喝？」

小桃紅紅著臉，窘態畢露道：「那裡面裝的……不是酒。」

江大少莫名其妙道：「不是酒是甚麼？」一邊說著，一邊湊近一嗅，頓時將臉閃開，狠狠地把酒壺摔了出去。

「噹」的一聲，酒壺落地，一時水花四濺，騷氣衝天，人人為之掩鼻。

壺裡裝的顯然不是酒，而是一泡尿。

× × ×

葉天在丁、何兩人的扶持下，匆匆奔進了一條暗巷。巷裡沒有人，只有幾條狗對著三人狂吠。何一刀毫不考慮的衝上去，刀光連閃，吠叫之聲倏然而止，靜得葉天不禁打了個哆嗦，全身汗毛都豎起來。

丁長喜忽然一嘆，道：「這個人甚麼都快，只怕死得也會比一般人快。」

葉天也嘆了口氣，道：「只要他真的自認為是江南第一快刀，恐怕日子就不會太遠了。」

這時何一刀已連連催促道：「快！快走！這種地方不宜久留，被他們堵住就麻煩了。」

葉天忽然道：「別急，別急，我還有點事要辦。」說著，走到牆邊就把褲子拉開來。

何一刀發火道：「小葉，你是怎麼搞的！再過兩條街就到了，你就不能忍一忍，等回去再解？」

葉天邊解邊道：「那怎麼行？我第一次拜望四爺，總不能見面就給他一泡尿，像話嗎？」說完，自己都覺得不像話，不由縱聲大笑。

一旁的丁長喜也聽得一時忍俊不禁，一面笑著一面搖頭。

何一刀卻氣得橫眉豎眼，恨不得從背後把葉天劈成兩半。

淅淅瀝瀝的聲音中，陡聞巷口有人大喊道：「在這裡！三個都在巷子裡！」

又有另一個人叫道：「快通知弟兄們從那邊堵，千萬別讓他們跑掉！」

何一刀冷笑一聲，直向巷口黑烏烏的一片人影衝去，大有「雖千萬人吾往矣」的氣概。

接連兩聲慘叫幾乎同時發生，顯然又有兩個人死傷在何一刀的快刀之下。突然身後響起一陣暗器之聲，不待何一刀出刀，其他人影已相繼栽倒，倒地之前竟連吭都沒有吭出一聲。

何一刀不禁被這突如其來的變化嚇了一跳，匆匆矮身奔回，緊握著鋼刀東張西望，顯然是在搜索施放暗器的人。

葉天急忙紮緊腰帶，大叫道：「是自己人！千萬不可胡亂出刀！」

黑暗的屋頂上已有人打著四川官話道：「葉大俠不要慌張，當心尿在褲襠裡。」

葉天道：「我這人本事不大，膽子卻不小，像這種小陣仗，還不至於嚇得尿褲子。」

屋頂那人哈哈一陣大笑。

丁長喜已昂首道：「瞧閣下金錢打穴手法，莫非是四川彭家塘的彭光彭老大到了？」

屋頂那人道：「『袖裡乾坤』的眼光果然厲害，佩服！佩服！」

說話間，人已縱落在三人跟前，上下打量了何一刀一陣，道：「江湖上都說侯義的刀法如何之快，今日一見，方知名下無虛。」

葉天急忙道：「彭老大，這次你可看走眼了。」

彭光一怔，道：「他不是『快刀』侯義？」

何一刀大聲道：「侯義算甚麼東西！我的刀比他還快，我叫何一刀，『江南第一快刀』何一刀。」

彭光聽得整個愣住了。

葉天嘆道：「彭老大，我猜你一定想說長江後浪推前浪，一輩新人替舊人，幾年沒出四川，想不到江南又出了這麼一號人物，真是失敬得很。對不對？」

彭光又連連點頭道：「對極了，這正是我心裡想要說的話。」

葉天道：「遺憾得很，這種話今天一早就被人搶著用過了，你省省吧！」

彭光連連點頭道：「嗯，的確遺憾得很。」

葉天道：「還有一件事，我實在也很替你遺憾。」

彭光道：「甚麼事？」

葉天道：「你那幾枚金錢鏢，恐怕很難收回來了。」

彭光淡然一笑，道：「我方才用的只是普通的金錢鏢，收不回來也沒有關係。」

葉天道：「那十二枚真的呢？」

彭光道：「那種貨真價實的東西，除非碰到你葉大俠這種人物，否則還真有點捨不得出手。」

葉天嚥了口唾沫，道：「你的意思是說，那些東西很適合用在我身上？」

彭光道：「的確適合極了。」

葉天道：「好，你替我好好保管著，將來有機會，我一定把它如數收為己有。」
彭光道：「沒問題，你何時骨頭發癢，請隨時通知我，我絕對餵得你受不了為止，不過咱們醜話可說在前頭，這次我下手可是絕不留情。」
葉天道：「咱們就此一言為定，你可要小心把它收好，千萬不能丟掉。」
彭光道：「你放心，丟一個，賠兩個，到時候保證讓你悔不當初。」
說完，兩個相對冷笑。連丁長喜都被他們搞得糊裡糊塗，也不知這兩人究竟是仇人還是朋友。
巷外忽又傳來一片呼喝之聲，毫無疑問，一定是江家父子的手下又已追到。
彭光抓出一把金錢鏢，在手上掂了掂，道：「三位請便，這裡交給我了。」
丁長喜抱拳道：「如此就有勞彭大哥了。」說著，拖起葉天的手臂就走。
葉天走出幾步，忽然道：「等一等，我還有件事要問他。」
何一刀滿臉不耐道：「小葉，你究竟有完沒完？」
葉天道：「只說一兩句話，馬上就完。」話沒說完，人已到了彭光身旁，附耳道：「彭老大，你知道楊老頭兒現在在哪裡？」
彭光道：「當然知道，我剛剛才送他去醉紅樓。」
葉天呆了呆，道：「他去醉紅樓幹甚麼？」
彭光道：「當然是去找小桃紅。」

葉天臉色聲音全都變了，道：「他去找小桃紅幹甚麼？」

彭光「吃吃」笑道：「像他這種年紀還能幹甚麼？當然是去給你送金子。」

× × ×

房裡依然亮著燈，髒亂的四周已經收拾得十分整潔，殘席剩酒早就撤走了，換上來的是一壺上好的香茗。

小桃紅倚窗而坐，窗外萬家燈火，殺喊之聲早不復再聞，但她仍在眺望著遠處，臉上充滿了關切之色。

房門忽然啟開，有個人輕悄悄地走進來。

小桃紅頭也沒回，便已怨聲責怪道：「我不是告訴過你們，今晚誰也不准打擾我嗎？我很累，我要休息。」

只聽一個蒼老的聲音道：「如果是小葉的朋友，能不能使妳的精神好一點？」

小桃紅嚇了一跳，回首一看，更加心驚，原來說話的竟是一個土裡土氣的土老頭，左手拿著旱煙袋，右手拎著個小布包，活像剛剛從鄉下進城的土財主。

那土老頭遠遠端詳著小桃紅，兩眼瞇成一條細縫，笑嘻嘻道：「我想小葉一定在妳面前提起過我，我就是他很想見到的那個楊老頭兒。」

小桃紅急忙捂緊荷包，驚叫道：「你就是那個……『神偷』楊百歲？」

楊百歲依然笑嘻嘻道：「不錯，不過妳儘管安心，我今天不是來偷東西的，是來給小葉送東西的。」

小桃紅瞄了那小布包一眼，道：「你來送甚麼？」

楊百歲道：「其實也不是甚麼大不了的東西，只是一點點金子而已。聽說妳跟小葉的交情很不錯，妳能不能替我交給他？」

小桃紅急忙把窗門、房門通通關緊，又替楊百歲倒了杯茶，然後才坐下來，狠狠地點了點頭，算是向楊百歲作了答覆。

楊百歲也不嚕嗦，「砰」的一聲，將手上那個沉重的小布包擺在矮桌上。

小桃紅嚥了一口唾沫，道：「這是多少？」

楊百歲道：「一百兩。」

小桃紅難以置信道：「真金？」

楊百歲笑道：「當然是真金，這只是我要交給他的十分之一而已。」

小桃紅聽得臉都綠了，結結巴巴道：「你的意思是說，你要給他……一千兩金子？」

楊百歲道：「不錯，只是現在打他主意的人太多。為了他的安全，我不得不把這些金子分散開。我已經從早就往外送，直到現在還沒有送完呢！」

小桃紅急道：「你把金子都交給誰了？小葉知道嗎？」

楊百歲道：「小葉當然不知道，我現在還沒有機會見到他。不過我可以告訴妳，妳不妨把它記下來，偷偷交給小葉，千萬不要讓別人發現！」

小桃紅又狠狠地點了點頭，眼睛一眨一眨的看著楊百歲。

楊百歲道：「妳不要找枝筆來嗎？」

小桃紅道：「不用了，我的記性一向很好。你只要告訴我一次，我就不會忘記。」

楊百歲半信半疑的笑了笑，緩聲說：「我交給『石名園』石掌櫃一百兩，『李泰興』李老太太一百兩，『鼎盧』的小玉姑娘一百兩，『德記酒坊』陳小開一百兩，『太白居』錢大姐一百兩，『沁園春』曲師傅一百兩，『曹家居店』曹老闆一百兩，加上妳小桃紅姑娘的一百兩，一共是八百兩。」

小桃紅道：「還有二百兩呢？你打算交給誰？」

楊百歲道：「我正在想，如果我交給蕭家酒鋪那個小寡婦，不知合不合適？」

小桃紅「哼」了一聲，甚麼話都沒說。

楊百歲笑笑道：「不過那個小寡婦跟妳可不大一樣，我擔心把東西交到她手上，她會不會轉給小葉？」

小桃紅小嘴一撇，道：「那可難說得很。」

楊百歲又笑了笑，端起茶杯，只嗅了嗅，便已讚不絕口道：「嗯，好茶、好茶。」

小桃紅道：「你老人家倒蠻識貨，這也是小葉的好朋友城南和記茶莊的林老闆送來的，聽說是貢茶，市面上根本就買不到，他是特意送來給小葉解酒用的。」

楊百歲一面喝著茶，一面唏噓道：「其實小葉的每個朋友都不錯，就連好賭成性的陳小開和雁過拔翎的曹老闆也絕對不像背信忘義的人，唯獨那個小寡婦，是愈看愈不牢靠。我真有點奇怪，憑小葉的身價，怎麼會跟那種女人搞在一起？」說到這裡，又搖頭又嘆氣，眼角卻瞟著小桃紅，好像正在等著聽她的下文。

小桃紅果然醋勁十足道：「就是嘛！那個女人，說人品沒人品，要學問沒學問，長得又不是美若天仙，又不是哪家的千金大小姐。哼，你老人家說說看，她憑哪一樣可以配得上小葉？」

楊百歲聽得連連點頭，兩手忙著點煙，眼睛卻仍瞟著小桃紅氣憤的臉，一副還沒有聽夠的樣子。

小桃紅繼續道：「最讓人受不了的是她那副流裡流氣的調調，講起話來老兄老弟的，走起路來一扭一擺的，看上去江湖味道十足，真叫人噁心死了。」

楊百歲神情一動，道：「妳說……那個女人有江湖味道？」

小桃紅忙道：「是啊！江湖味道重得很，尤其當她端著盤子送酒送菜來的時候，你看她那副胳臂一晃一晃、腰桿一閃一閃的動作，像不像一個跑江湖賣解班子裡的走絲線的女人？」

楊百歲道：「嗯，的確有點像。」

小桃紅道：「豈止一點，簡直完全一模一樣！我看她八成就是那種出身，像她那種女人，給小葉當使喚丫頭我都嫌她粗手粗腳，何況是上床睡覺！」

楊百歲替她嘆了口氣，道：「可惜小葉自己不嫌，妳有甚麼辦法？」

小桃紅也嘆了口氣，道：「我就是不服這口氣！如果他看上的是鼎爐的小玉，我倒也沒話說，他卻偏偏迷上那個爛女人，我想起來就窩囊。」

楊百歲道：「這些話，妳有沒有跟小葉提起過？」

小桃紅忙道：「我當然不會在他面前提起這些事，否則他還以為我在爭風吃醋呢！」

楊百歲「叭叭」的抽著煙，眼睛不停的在打轉。

小桃紅道：「你老人家也不必為難，好在小葉的朋友多得很，再找一兩個可靠的也絕對不是難事。」

楊百歲搖著頭，道：「不，我想我還是把它交給那個小寡婦的好。」

小桃紅急道：「你明知道她不可靠，為甚麼還要交給她？那不是等於肉包子砸狗嗎？」

楊百歲猛抽幾口煙，冷笑道：「就算她真是條母狗，我也要砸一砸，不過我得想個辦法整整她，叫她知道我楊百歲可不像小葉那麼好騙。」

第五回　鷸蚌之爭

小寡婦已經醉了。

那張美若天仙的俏臉兒已紅得像新娘子的紅蓋頭，講起話來的調門也不若以往那般悅耳動聽，但她仍強打著精神，睜著朦朧的醉眼，頻頻向龍四爺敬酒。

坐在她身旁的葉天幾乎連喝酒的機會都沒有，好在他已不想再喝，這兩天喝得太多，已多到見酒就想反胃的程度。

龍四爺酒量不錯，但他是主人，他喝得比任何人都多，這時也不免有幾分醉意。

至於原本在旁邊作陪的三姨太，早就醉得人事不知，被丫鬟們扶了下去。

座中最清醒的就是丁長喜，他喝得少，手腳靈便，所以斟酒的總是他，喝酒的總是別人。

現在，小寡婦又顫巍巍的舉起酒杯，道：「四爺，來，乾杯！這一杯算我替小葉敬你的。他已經醉了，再喝下去，我就得揹他回去了……」說到這裡，接連打了兩個酒嗝，繼續道：「可惜我身子小，揹他不動，所以只好替他敬酒。」

龍四爺哈哈大笑道：「好，喝就喝！今天你們兩個別再回去，我非把你們灌醉不可。」說完，脖子一仰，酒已到了肚子裡。

小寡婦也不含糊，竟也一口氣把一杯酒喝了下去。

丁長喜連忙斟酒，剛剛把酒斟滿，小寡婦的酒杯已朝他舉起來。

小寡婦又打了兩個酒嗝，長長吐了口氣，道：「丁兄，這一杯我敬你，感謝你從小桃紅那兒把他給我抓回來。」

丁長喜忙道：「不敢當，不敢當，蕭姑娘慢慢喝，在下先乾為敬。」

小寡婦也痛痛快快的把脖子一仰，結果一半倒在嘴裡，一半卻從臉頰流進了領口。她居然一點感覺都沒有，口中還在喃喃罵道：「那騷貨真不要臉！明明知道人家有女人還要死纏著人家，哼，哪一天我非給她好看不可……」說到這裡，身子一軟，直向桌下滑去。幸虧葉天手快，一把抓住她，將她按在椅子上。

龍四爺呆了呆，又是一陣哈哈大笑道：「這女人喝起酒來不含糊，醉起來也乾脆，我龍四最佩服的就是這種人。」

丁長喜立刻接道：「在下對蕭姑娘也一向欽佩得很。以她一個年輕女人，能在城北那種雜亂的地方支撐下一間酒鋪，可實在不是一件容易的事。」

龍四爺點頭不迭道：「嗯，的確不容易。」

丁長喜忽然嘆了口氣，道：「像蕭姑娘這種人才，讓她埋沒在那種小酒鋪裡，也未免太可惜了。」

龍四爺聽得猛地一拍桌子，道：「對！幸虧你提醒我，你這番話倒教我想起了一個好主意。」

葉天像是知道又有問題要發生了，急忙將面前的酒一飲而盡，然後就默默的瞪著龍四爺，靜待他繼續說下去。

龍四爺果然對他興高采烈的道：「葉大俠，我看你乾脆叫她把那間小酒鋪收起來，到我的地盤來，我開一間全城最大的酒樓給她，我出錢，她出人；賺了錢二一添作五，賠了統統算我的，你看如何？」

葉天苦笑道：「四爺的主意的確不錯，可惜我不能替她作主，改天你不妨跟她直接談談看。」

龍四爺一怔，道：「你不能作主誰能作主？她不是你的女人嗎？」

葉天道：「就算她是我的女人，我也不便插手管這件事。」

龍四爺百思不解道：「為甚麼？」

葉天道：「那間酒鋪是她辛苦多年獨自經營下來的，我葉某既沒有出過一分錢，也沒有出過一分力，試想我有甚麼資格開口叫她收起來？」

丁長喜忙道：「葉大俠說的也有道理，好在這是一件一拍即合的事，蕭姑娘酒醒之後再作決定也不遲。」

龍四爺道：「好，就等她酒醒再說也不妨。」隨即大聲喝道：「來人哪！」

呼喝聲中，兩名大漢推門而入，同時通往內進的廳門內也有兩名僕婦應聲走進來。

龍四爺道：「替葉大俠和蕭姑娘準備臥房！」

葉天急忙道：「四爺且慢。」

龍四爺笑道：「葉大俠不必著急，我知道你還沒有喝夠，我馬上叫他們在廂房再開一桌，你就是喝到明天，龍四也奉陪到底。」

葉天道：「四爺誤會了，酒我是不能再喝了，我跟蕭姑娘今晚都非得回去不可。」

龍四爺道：「為甚麼一定要回去？我這兒的客房可乾淨得很，睡起來保證比那間小酒鋪樓上舒服多了。」

葉天道：「這個我知道，我們只是表面上不敢跟四爺走得太近，怕萬一江老爺子吃起醋來，她那間小酒鋪可就不好幹了。」

龍四爺道：「好在我們根本就不想再讓她幹下去，又何必在乎那個姓江的老烏龜？」

葉天道：「問題是四爺還沒有跟她談過，如果她還打算在那兒混下去，那豈不等於斷了她的生路？」

龍四爺看了一旁的丁長喜一眼，嘆了口氣，道：「好吧！我這就派人送她回去。但你可不能走，咱們今天非喝到天亮可。」

葉天連忙賠笑道：「我看四爺也放我一馬吧！我目前還不想搬家，而且今後我難免還要在城北一帶走動，萬一得罪了江家父子，你教我以後的日子還怎麼過？」

龍四爺哈哈一笑，道：「葉大俠倒也真會開玩笑！你說蕭姑娘怕他們倒也情有可原，憑你『魔手』葉天這四個字，莫說是江家那批飯桶，就算放眼武林，敢在你身上動手腳的又能有幾人？你未免太高抬他們父子了。」

葉天道：「話可不能這麼說，有道是明槍易躲，暗箭難防，我這個人十天少說也有九天醉，等哪一天我醉得跟她一樣的時候，他們隨便派個人給我一下，到時候我是怎麼死的恐怕都不知道。」說完，看了看身旁醉得人事不知的小寡婦，不禁深深嘆了口氣。

龍四爺愣了一會兒，猛然頓足道：「只怪我當年一念之仁，讓那老烏龜爬上岸，否則哪輪到他們父子在襄陽耀武揚威！」

丁長喜咳了咳，道：「四爺大可不必為這件事懊悔，當年我們若是硬把他們擠下江去，江家父子固然踏不上岸，但我們龍家也必然元氣大傷，絕對不可能創出今天這種局面。」

龍四爺道：「這些我都知道，可是他們江家最近愈來愈囂張了，尤其是那個江大少，簡直已不把我龍四看在眼裡。」

丁長喜笑笑道：「四爺就再忍忍吧，依我看，那個江大少也囂張不了多久了。」

龍四爺道：「這話怎麼說？」

丁長喜道：「據順安堂楚大夫的車伕老王說，江老頭兒的病情好像很不樂觀，能夠再拖個一年半載就算很不錯了。」

龍四爺聽得眉頭一皺，道：「江老頭兒的病情，跟我們有甚麼關係？就算他明天就死，對我們也不見得有甚麼好處。」

丁長喜道：「但也絕對沒有壞處，可是對江大少的影響可就大了。」

龍四爺一怔，道：「為甚麼？」

丁長喜道：「因為江老頭兒雖然想順理成章把他的寶座傳給他的兒子，但他手下卻有一批人跟他的看法不太一樣，他們認為江家的事業應該傳給一個腳踏實地的人掌管，絕對不能交在一個花花大少手上。」

龍四爺道：「哦？那麼他那批手下又屬意於甚麼人呢？江老頭兒只有一個寶貝兒子，他們總不會擁立一個外人吧？」

丁長喜道：「說起來也不算外人，他們所冀望的是他的女婿孫濤。」

龍四爺道：「就是那個碼頭工人出身的傢伙？」

丁長喜道：「不錯。」

龍四爺道：「這件事江大少知不知道？」

丁長喜道：「他當然知道，所以他最近才招兵買馬，拚命收買武林人物，表面上是跟我們分庭抗禮，實際上他要對付的人卻是他的妹夫。」

龍四爺道：「這消息可靠嗎？」

丁長喜道：「我這是從各方面搜集來的資料，然後再經過多方面的查證，我想應該不會有錯。」

龍四爺得意地笑了笑，道：「如果真有此事，那江大少果然囂張不了多久了。」

丁長喜道：「到那個時候，這臺戲怎麼唱，就看你四爺的了。」

龍四爺再也忍不住哈哈大笑起來，邊笑邊向葉天舉了舉杯，道：「來，葉大俠，繼續喝，不要為了這些無聊的事掃了咱們的酒興。」

葉天忙道：「四爺，我看今天已經差不多了，咱們還是改天再聚吧！」

龍四爺道：「那怎麼可以！桌上的酒還沒光，而且我還有事情要跟你商量。」

葉天不得不把酒匆匆倒在嘴裡，然後小小心心道：「但不知四爺要跟我商量甚麼事？」

龍四爺沉吟著道：「其實也沒甚麼，我只是想問問你今後有何打算？」

葉天攤手苦笑道：「我還會有甚麼打算？還不是跟往常一樣，渾渾噩噩的混日子！」

龍四爺道：「莫非廟口那個生意，你還想繼續做下去？」

葉天道：「當然要做下去，否則哪來錢買酒喝？」

龍四爺道：「可是葉大俠，如今你的身分已經暴露，那種路邊生意，你真的還能做嗎？」

葉天道：「為甚麼不能做？那一帶都是我的老主顧，他們總不至於因為我是『魔手』葉天，就不再照顧我的生意吧？」

丁長喜立刻接口道：「那當然，依我看，生意一定會比以前更好。」

龍四爺不解道：「為甚麼？」

丁長喜道：「葉大俠在江湖上是個家喻戶曉的傳奇人物，我想平日仰慕他的人一定不在少數，為了一睹『魔手』葉天的廬山真面目，就算鑰匙沒有丟，也一定有很多人要趕去配個一兩把。」

龍四爺恍然笑道：「有道理，照你這麼說，我那群老婆兒女恐怕也要跑到廟口去湊熱鬧了。」

丁長喜突然壓低聲音，笑瞇瞇道：「如果那個楊老頭兒肯出面的話，那就更妙了。」

葉天一怔，道：「我的生意干楊老頭甚麼事？」

丁長喜道：「他可以幫你把襄陽城裡的鑰匙統統偷光，到時候大家排著隊，花加倍的價錢，也非去照顧你的生意不可。」

葉天也居然瞇起眼睛，低聲道：「如果你們四爺也肯幫個小忙，那就更有趣了。」

龍四爺愣愣道：「我能幫甚麼忙？」

葉天道：「你可以幫忙把其他的鑰匙攤統統趕走，生意全留給我一個人做，那我不就發了？」

丁長喜忙道：「等一等，我先幫你仔細算算，一把鑰匙就算兩分銀子好了，十把兩錢，一百把二兩，一千把二十兩，一萬把二百兩……」

葉天苦笑著打斷他的話，道：「不必算了，我這雙魔手再快，一天也配不了五十把，想賺二百兩銀子，談何容易！」

丁長喜道：「所以我認為用你這雙手賺這種辛苦錢，實在太不划算了。」

龍四爺這才開竅道：「對，這種生意不做也罷。」

葉天看看自己的手，嘆了口氣，道：「可是憑我這雙手，除了替人家開開鎖配配鑰匙之外，我還能做甚麼？」

丁長喜道：「為甚麼一定要用手賺錢？」

葉天道：「不用手用甚麼？」

丁長喜道：「用腦筋，用名氣，用關係，甚至於用錢，我相信都比用手賺得多。」

龍四爺又是一拍桌子，道：「對！你這番話又提醒了我，咱們索性開家鏢局，以葉大俠在江湖上的名氣，一定無往不利。」

葉天急忙搶著道：「多謝四爺美意，不瞞你說，我對江湖生涯早就厭倦了，否則我也不會跑到襄陽來了。」

龍四爺想了想，又道：「開間酒坊怎麼樣？葉大俠對酒很在行，而我甚麼生意都有，就是還沒有插腳這一行。」

葉天苦笑道：「四爺，你就饒了我吧！如果真讓我開酒坊，貨沒出門，我的人就先醉死了。」

龍四爺無奈地端起酒杯，道：「來，咱們邊喝邊想，我這個人酒醉的時候往往比清醒的時候聰明得多了。」說完，也不知是自我解嘲，還是真的開心，竟又縱聲大笑，連杯中的酒都晃了出來。

就在這時，酣睡中的小寡婦忽然挪動了一下，口中喃喃膩語道：「小葉，別喝了，快來睡吧！」

但見她秀眉微蹙，櫻唇半啟，語調中還充滿了責怪的味道。

三人聽得全都一愣，不約而同的屏氣噤聲，生怕把她吵醒。

小寡婦換了個姿態，酣睡如故，蹙起的眉尖也逐漸舒展開來，睡得比先前更加香甜，三人這才同時鬆了口氣。

葉天趁機站起，朝龍四爺抱拳道：「四爺的隆情盛意，我十分感激，但我這人生性懶散，實在不是塊做大生意的料子，你就不必再為我傷腦筋，也讓我在襄陽再無拘無束的過幾年吧！」

龍四爺聽得不禁又是一愣，目光很自然的又向丁長喜望去。

丁長喜乾笑兩聲，道：「這件事也不妨改天再作決定，今天的酒好像也喝得差不多了，而且有蕭姑娘睡在旁邊，葉大俠就算不走，也必定喝得心神不安，我看還莫如早一點送他們兩位回去的好。」

龍四爺作了個無可奈何的表情，道：「好吧！你去吩咐他們把我的車套好，順便交代老金一聲，叫他路上走慢一點，千萬不要把蕭姑娘顛醒。」

丁長喜應命匆匆而去。

葉天這才如釋重負般的鬆了口氣，連忙將小寡婦扶起，連拖帶抱的朝外就走。

誰知小寡婦竟在這時又膩聲膩語道：「等一下，你總得先讓我洗個澡嘛！」

她一邊說著，還一邊掙扎，一副賴著不肯走的模樣。

葉天被她弄得手足失措，不知如何是好。

龍四爺忍了又忍，最後還是忍不住大笑起來。

葉天唯恐她在龍四爺面前再說出甚麼不雅的話，急忙把她往肩上一扛，大步奔出廳門，直到下了臺階，仍可聽到龍四爺的暢笑之聲。

一路上馬車果然走得很慢，小寡婦睡得非常安穩，回到蕭家酒鋪，已近午夜時分。

葉天把小寡婦扛進小樓上的臥房，第一件事就是替她準備了一盆洗澡水，然後徹底的把她剝光，將她整個浸泡在熱水中。

小寡婦只長長地呼了口氣，連眼睛都沒有睜一下，又在水中睡著了。

葉天就坐在距離澡盆不遠的靠椅上，手裡把玩著楊百歲交給他的殘月環，目光不時的向臥房四處察看。

他總覺得今晚房裡有異樣，一時卻找不出原因何在。

遠處江濤拍岸之聲連綿不斷，窗外的風鈴在夜風吹舞下也不停地「叮叮」作響。

葉天眼皮開始漸漸沉重，終於在不知不覺中墜入夢鄉。

也不知睡了多久，突然被小寡婦一聲尖叫驚醒，兩眼尚未睜開，人已到了澡盆旁邊。

只見小寡婦正杏目圓睜的瞪著他，臉上充滿了驚愕之色。

葉天飛快地環視四周一眼，道：「妳是否發現有人在偷看妳？」

小寡婦囁嚅道：「不是人，是……是……」

葉天又匆匆回顧一眼，道：「是甚麼？」

小寡婦甚麼話都沒說，只將雙手從水中伸出，每隻手上抓著一隻金元寶，就跟昨天楊百歲給她的那兩只完全一樣。

葉天頓時笑口大開道：「這可好，鴨子在水裡能下蛋，妳在水裡居然會下金元寶。」

他一面說著，一面挽起袖子在水裡摸撈，結果甚麼都摸到了，就是摸不到第三只金元寶。

小寡婦動也不動，兩眼依然緊盯著他，道：「這兩只元寶……不是你故意擺在水裡嚇我的？」

葉天那隻手意猶未盡的仍在水中摸索著，道：「我要嚇妳，也會把它擺在妳的枕頭裡，叫妳睡覺的時候剛好嚇得暈死在床上，何必叫它泡在水裡……」

小寡婦聽得身子微微一顫，慌忙從澡盆裡跳出來，咬著嘴唇想了想，才將手裡的元寶交給葉天，然後赤條條的便朝床上撲去。

原來楊百歲送給她的那兩只元寶，正是藏在床頭的枕頭裡，她急於想知道那兩只元寶還在不在。

就在她抓起枕頭那一剎那，陡聞頭頂「喀」的一聲響，天花板竟然自動裂開，一堆黃澄澄的東西自裂縫中「撲落撲落」的滾下來。

葉天正想衝過去將她拉下床，但卻突然停住腳步，因為他發現小寡婦忽然變了，她竟然在那些黃澄澄的東西落下來之前，宛如一隻靈貓似的躥了出去，雪白的身子整個懸在牆壁上，就像被黏住一樣，動也不動，全身的水珠自腳趾成串的滴落在地板上。

那些黃澄澄的東西全部都撒落在床上，當然全都是十兩一只的金元寶，最後又落下一個已鬆開的小布包，包裡一捲寬約四寸的紅綾彩帶猶如巨蛇般的攤滾在黃金上，紅黃相映，耀眼生輝。

葉天卻連看也不看床上一眼，只張口結舌的死盯著貼在牆壁上的小寡婦。

小寡婦也在呆呆地望著葉天，臉色紅一陣白一陣，平日那張能言善語的小嘴，此刻就像被縫起來一樣。

過了很久，葉天才和顏悅色道：「妳在牆壁上冷不冷？要不要給妳送床被子上去？」

小寡婦這才自牆壁上滑落下來，直挺挺地站立在牆邊，連語氣都變得有點生硬道：「你為甚麼不問我？」

葉天淡淡道：「妳想叫我問妳甚麼？」

小寡婦道：「至少你應該問問我是誰。」

葉天興味索然的搖搖頭，無精打采地坐回到靠椅上，半晌沒有吭聲。

小寡婦急道：「難道你不想知道我的真實姓名和出身來歷？」

葉天想了想，忽然道：「我只想知道兩年前妳為甚麼拚命勾引我？」

小寡婦呆了呆，道：「你……你胡說！分明是你千方百計的討好我，你怎麼說我勾引你？」

葉天又想了想，道：「我還想知道，當年『鬼影子』侯剛在臨死之前，究竟跟妳說了些甚麼。」

小寡婦整個人傻住了。

葉天立刻道：「妳總不會推說妳根本就不認識『鬼影子』侯剛這個人吧？」

小寡婦幽幽了嘆口氣，道：「原來你早就摸過我的底了。」

葉天道：「我是個膽子很小的人，如果我沒有摸清妳的底細，我敢上妳的床嗎？」

小寡婦不禁有點氣憤道：「這就是你當初討好我的目的？」

葉天搖著頭道：「不是。我的目的遠比這件事單純得多。」

小寡婦道：「你說，你索性全都說出來，你的目的究竟是甚麼？」

葉天道：「我當時只不過想弄清楚，妳為甚麼給我機會讓我接近妳。比我條件好的人很多，妳為甚麼偏偏選上我？」

小寡婦道：「你既然實話實說，我也不妨老實告訴你，我給你機會，因為你是『魔手』葉天，否則你就是想碰碰我的床邊也休想。」

葉天道：「哦？」

小寡婦停了停，又道：「請你不要誤會了我的意思，我這麼說，絕對不是因為你的條件不夠。」

葉天道：「那是為甚麼？」

小寡婦道：「因為我根本就不是那種人，不是一個隨便跟男人上床的人。」說到這裡，一陣悲從中來，淚水如決堤般的灑落在雙手緊抱著的枕頭上，那模樣著實惹人愛憐。

葉天是個很懂憐香惜玉的人，忍不住走到床邊，隨手抓起被角輕輕一抖，滿床的黃金沒動，鋪在黃金下面的一床薄被卻已拉在手裡，動作熟巧而自然，連點聲音都沒有。

小寡婦看得連哭都忘記了，直到葉天把薄被披在她身上，又將她抱到那張靠椅上，她仍在發呆。她實在不明白那麼多的黃金，為甚麼連一床被子都壓不住。

葉天卻若無其事的在旁邊一隻凳子上坐下來，道：「現在妳總可以告訴我，妳如此重視『魔手』葉天的原因何在？」

小寡婦用被角擦擦眼淚，道：「那是侯剛死前交代的，他叫我務必找到你。」

葉天一副難以置信的樣子，道：「甚麼！是侯剛叫妳找我的？」

小寡婦點點頭，道：「嗯。」

葉天又搖頭又苦笑，還嘆了口氣，道：「我對侯剛的作為雖然不欣賞，但他的眼光還真不錯，居然知道我這個人可靠，臨死之前還交代讓妳跟我，這一點實在不得不令人佩服。」

小寡婦輕輕踹了他一下，道：「你又胡扯甚麼？他只是叫我找你，並沒有叫我跟你。我跟你……是因為我自己願意，干他甚麼事？」

葉天道：「哦，原來是這樣的，可惜，可惜。」

小寡婦莫名其妙道：「可惜甚麼？」

葉天道：「可惜妳把讓我佩服他一下的理由都給毀掉了。」

小寡婦白了他一眼，道：「其實侯剛原來是個很不錯的人，他入那一行，並非自甘墮落，而是被當時的環境逼進去的。」

葉天道：「哦？」

小寡婦輕嘆一聲，幽幽道：「殺手生涯，痛苦無比，幾乎時時刻刻都籠罩在死亡的陰影下，不是殺人，就是被殺，那種恐怖的日子，絕對不是一般人可以忍受的。」

葉天道：「既然如此，妳為甚麼不勸他早一點收手呢？」

小寡婦道：「我當然勸過他，而且他自己對那種隨時都可能沒有明天的生活也早就厭倦了，他也想安定下來，所以他每次接到生意，都發誓是最後一次……」

說到這裡，又嘆了口氣，繼續道：「結果真正的最後一次，卻是在他決定放棄那件任務、潛返家裡的途中，被人糊裡糊塗的殺死在路上。」

說完，還不斷地搖頭嘆息，好像對「鬼影子」侯剛之死感到十分沉痛。

葉天沉思了一會兒，道：「他有沒有告訴妳，他為甚麼忽然放棄那件任務？」

小寡婦稍許猶豫了一下，道：「因為他無意間發現了一個極大的秘密。」

葉天道：「甚麼秘密？」

小寡婦緊盯著他的臉，道：「就和你所知道的完全一樣。」

葉天一怔，道：「我知道甚麼？」

小寡婦又輕輕踹了他一下，道：「小葉，你是怎麼搞的？事到如今你還跟我裝甚麼！」

葉天兩手一攤，道：「我甚麼都沒有裝，我真的甚麼都不知道。」

小寡婦俏臉一板，道：「你騙我！如果你真的甚麼都不知道，那你隻身跑到襄陽來幹甚麼？一住就是幾年，你所期待的是甚麼？」

葉天道：「我並沒有期待甚麼，我到襄陽，只是想暫時甩掉江湖是非，找個沒有人認識我的地方，逍遙自在的過幾年，而妳呢？」

小寡婦道：「我？」

葉天道：「嗯，妳和『鬼影子』侯剛都是外地人，妳不替侯剛奉靈返鄉，反而老遠的跑來襄陽落戶，而且在這種鬼地方一混就是三四年，妳除了有很特殊的理由之外，還能作何解釋？」

小寡婦連吭都沒吭一聲，只默默的瞪著葉天。

葉天道：「所以我認為最可能的理由，就是『鬼影子』侯剛在死前曾經交代過妳甚麼，妳為了達到目的，才苦苦的守候在這裡，對不對？」

小寡婦黯然道：「你能夠瞭解到這種程度，足證明你已經追查我很久了，也許你當初接近我，就是為了追查這件事。」

葉天即刻道：「妳錯了。我從來就沒有追查過妳，連方才我說曾經摸過妳的底也是假的，其實我過去對妳根本就一無所知，而且我認為也沒有知道的必要。」

小寡婦道：「你又在騙我，如果你真的對我一無所知，又怎麼會曉得我和侯剛的關係？」

葉天道：「那是因為我看到妳的獨門兵刃『十丈軟紅』。」

說著，朝床上那條紅綾彩帶指了指，繼續道：「『十丈軟紅』蕭紅羽在北道武林也是個小有名氣的人，而她是『鬼影子』侯剛的老婆又不是秘密，這種事還能難倒我這個老江湖嗎？」

小寡婦聽得不禁幽幽一嘆，目光也自然而然的落在那捲紅綾上。「十丈軟紅」蕭紅羽雖曾是她引以為傲的名字，但現在聽來，卻遙遠得恍如隔世，連她自己都有一種陌生的感覺。

葉天也忽然一嘆，道：「『十丈軟紅迎風飄，快如閃電利如刀』，方才我說妳小有名氣是不公平的，其實妳的名氣還比一般武林人物響亮多了。尤其是那句歌謠，幾乎三尺孩童都能琅琅上口。妳年紀輕輕，能夠闖出偌大名氣，實在很了不起，連我

『魔手』葉天都偷偷地佩服妳，妳知道嗎？」
蕭紅羽俏麗的臉上漸漸有了笑意，目光中也開始流露出振奮的神采。
葉天輕輕咳了咳，道：「現在妳總可以告訴我，妳留在襄陽真正的目的了吧？」
蕭紅羽道：「我已經告訴過你了，我第一個目的就是找你。」
葉天道：「第二個目的呢？」
蕭紅羽道：「我在等殺死侯剛的那個人，因為他遲早都會來襄陽的。」
葉天道：「妳等他幹甚麼？」
蕭紅羽道：「我要替侯剛報仇。」
葉天搖搖頭，道：「小寡婦，妳有沒有搞錯？『鬼影子』侯剛是職業殺手，生死都要認命，哪裡還談得到報仇二字！」
蕭紅羽道：「但是他不一樣，他這個仇，我是非報不可！」
葉天道：「為甚麼？」
蕭紅羽道：「因為我欠他的，如果當初不是我重病，途中急需銀子救命，他根本就不會入那一行，也不可能有如此悲慘的下場。」
葉天沉默。
蕭紅羽卻拉著他的胳臂，不斷地搖著頭道：「小葉，你替我想想看，這個仇，我能不替他報嗎？」

葉天道：「妳當然可以替他報。」

語聲一頓，又道：「我就怕妳仇沒有報成，反而賠上一條命。」

蕭紅羽微微一怔，道：「我想不會吧！」

葉天嘆道：「妳那麼想，是因為妳不知道對方的厲害，尤其他所使用的兵刃霸道無比，憑妳這條漂漂亮亮的『十丈軟紅』是絕對應付不來的。」

蕭紅羽道：「所以我才找你，只要你幫我對付他那柄飛刀，我就有機會取他性命。」

葉天搖頭苦笑道：「有兩件事我要告訴妳，第一，殺死『鬼影子』侯剛的凶器不是飛刀，那種東西叫做殘月環，至少要比飛刀厲害一百倍；第二，就算我幫妳，妳也報不了仇，因為殘月環那種東西太過詭異，連我也摸不清它的路數，去了也不見得管用。」

蕭紅羽好像根本就不相信葉天的話，仍在搖撼著他的胳臂，道：「小葉，別唬我好不好？天下哪有你『魔手』葉天破不了的暗器！」

葉天沉重的嘆了口氣，道：「小寡婦，如果妳不想做雙重寡婦的話，希望妳能相信我，我發誓絕非在妳面前危言聳聽。試想，殘月環如果真的那麼好破，何以連『鬼影子』侯剛那種身手的人，都難在環下逃出性命？」

蕭紅羽聽到這裡，才突然將拉著葉天胳臂的手縮回來，尖聲道：「咦！我記得我並沒有告訴你侯剛是怎麼死的，你怎麼知道他是死在……殘月環的追殺之下？」

葉天道：「是楊老頭兒告訴我的。」

蕭紅羽呆了呆，道：「楊老頭兒何以知道『鬼影子』侯剛的事？」

葉天道：「據說當年僱請侯剛的人就是他們。他們那批人好像已經尋找那個凶手很久了。」

蕭紅羽道：「你有沒有聽說他們為甚麼尋找那個凶手？」

葉天沉吟著道：「表面上跟妳一樣是為了報仇，但據我猜想，一定還有更重要的原因。」

蕭紅羽迫不及待道：「甚麼原因，你知道嗎？」

葉天道：「到目前為止我還不知道，除非妳把侯剛對妳說的秘密全部告訴我。」

蕭紅羽聽得不但將嘴巴閉起來，連目光也急忙閃開，連看也不再看葉天一眼。

葉天卻往前湊了湊，道：「小寡婦，我勸妳儘快把肚子裡的秘密說出來，否則就來不及了。」

蕭紅羽用眼角瞟著他，道：「為……為甚麼？」

葉天道：「我擔心楊老頭兒那批人隨時都可能殺妳滅口。」

蕭紅羽嚇了一跳，道：「你胡說甚麼！他們有甚麼理由要殺我？」

葉天道：「因為他們已經發現了妳是『鬼影子』侯剛的未亡人，而且也一定會懷疑妳留在襄陽的動機。以他們過去那種不擇手段的作風，我相信他們絕對不會甘冒洩密的風險而輕易的放過妳。」

蕭紅羽臉色大變，披在身上的薄被也已滑落而猶不自覺，只緊張地望著葉天，道：「你怎麼能夠確定他們已經發現我是『鬼影子』侯剛的未亡人？你可有甚麼根據？」

葉天兩眼瞄著她潔白如脂的酥胸，拇指卻朝後一比，道：「妳看到那些黃金了吧？」

蕭紅羽點點頭，胸前的兩點嫩紅也跟著微微顫動。

葉天似乎對她的答覆很滿意，摸摸鼻子，又道：「那只是他們答應付給我酬勞中的一小部分，我替他們辦事，他們付我黃金，本是天經地義的事，但他們送來的方式卻有點問題，妳說是不是？」

蕭紅羽又點點頭。

葉天又摸摸鼻子，道：「幸虧妳身子靈便，輕功也頗具火候，所以才逃過一劫，否則縱然骨頭不斷，多少也要受點皮肉之傷，妳說是不是？」

蕭紅羽繼續點頭。

葉天也更加滿意，道：「妳想，如非他們對妳的身分起了極大的疑問，他們會如此大動手腳，非逼妳現出原形不可嗎？」

蕭紅羽搖頭。

葉天狠狠地在自己頭上敲了一下，道：「笨！這麼簡單的話，怎麼會問錯！」

蕭紅羽一怔，道：「你說甚麼？」

葉天忙道：「沒甚麼，沒甚麼。」

蕭紅羽莫名其妙道：「你今天是怎麼搞的？講起話來嚕哩嚕嗦，前言不搭後語，你是不是昨兒晚上的酒還沒有醒？」

葉天拚命地揉著鼻子，道：「酒是醒了，眼睛卻好像有點醉了。」

話一說完，便已忍不住笑了起來。

蕭紅羽這才發覺是怎麼回事，一面將薄被拉好，一面大發嬌嗔道：「小葉，你太過分了！在這種時候，你還忍心開我玩笑！」

葉天急忙止住笑聲，道：「好，好，妳別生氣，我這就言歸正傳。」

蕭紅羽似乎氣猶未消，仍在恨恨地瞪著他。

葉天又往前湊湊，道：「妳猜那個楊老頭兒是甚麼人？」

蕭紅羽給他個不理不睬。

葉天笑笑道：「老實告訴妳，他就是江湖上出了名的老薑，人人見了頭痛的『神偷』楊百歲。」

蕭紅羽忍不住叫了起來：「真的？」

葉天道：「當然是真的，妳想，像他那種人看過妳的『十丈軟紅』，還會猜不出妳是誰嗎？既然猜出妳是誰，還會不知道妳跟『鬼影子』侯剛的關係嗎？既然知道妳跟侯剛的關係，就一定會懷疑妳留在襄陽的動機；既然對妳留在襄陽的動機都起了疑心，他們唯一的做法就是儘快殺妳滅口。妳認為我的分析有沒有道理？」

蕭紅羽既沒有點頭，也沒有搖頭，只呆呆的看著葉天，一句話也不說。

葉天立刻道：「不過妳也不必擔心，這件事包在我身上。只要妳把那個秘密說出來，我就有辦法對付他們，保證他們連一根汗毛都不敢動妳。」

蕭紅羽這才嘆了口氣，道：「其實我並不想瞞你，這兩年我心裡非常矛盾，不告訴你又覺得可惜，告訴你又怕你白白丟掉性命。金銀財寶固然人人都愛，但終歸是身外之物，只有性命才是最重要的……」

話沒說完，就聽「叭」的一聲，葉天已狠狠在大腿上拍了一下，叫道：「寶藏！原來大家都是為了傳說中的那個寶藏來的。」

蕭紅羽道：「不錯。」

葉天道：「那『鬼影子』侯剛所發現的秘密，也就是那批寶藏的地點在襄陽？」

蕭紅羽道：「不錯。」

葉天緊張的摸摸鼻子，道：「他有沒有告訴妳在襄陽的甚麼地方？」

蕭紅羽一面整理了一下披在身上的薄被，一面搖著頭道：「沒有，我相信到目前為止還沒有人知道，包括楊百歲那批人也不知道。」
葉天道：「何以見得？」
蕭紅羽道：「如果他們知道的話，早就挖寶去了，哪裡還有閒情拿大把的黃金來砸我？」
葉天緩緩地點頭，道：「有道理，很顯然他們也在等。」
蕭紅羽道：「等甚麼？」
葉天道：「等那個凶手的出現，好像一切關鍵都在那個凶手身上。」
蕭紅羽不安地挪動了一下身子，道：「莫非他們也是來報仇的？」
葉天道：「如果只是為了報仇，又何必興師動眾，帶著大批黃金來找我？那個凶手再厲害，有那批人也足夠對付了，何況其中還有『神偷』楊百歲那種頂尖高手在內，妳不覺得有點奇怪嗎？」
蕭紅羽道：「嗯，的確有點奇怪。」
葉天道：「妳可以把原因告訴我嗎？」
蕭紅羽漲紅了臉，道：「你不要總是懷疑我好不好？我怎麼會知道原因？」
葉天道：「我並不懷疑妳，我只是想跟妳研究一下他們找我的目的而已。」
蕭紅羽道：「難道他們付給你這麼多金子，還沒有說出叫你幹甚麼？」
葉天道：「他們只叫我把凶手引出來，然後再把他那只殘月環弄到手裡，交易就算完成。」
蕭紅羽急道：「你既不知道凶手是誰，又不知道殘月環是甚麼樣子，這筆交易怎麼能完成得了？」
葉天不慌不忙又把殘月環取出來，道：「這就是殺死『鬼影子』侯剛的那種凶器，也就是殘月環。」
蕭紅羽神色大變，道：「你這個東西是從哪裡弄來的？」
葉天道：「是楊百歲交給我的。」
蕭紅羽道：「他交給你這個幹甚麼？」
葉天道：「當誘餌用的，只要凶手知道我手上有這個東西，他自然會來找我，我只要坐在家裡等就好了，一點都不費工夫。」
蕭紅羽道：「如果真的這麼簡單，他何必花大把的金子叫你幹？他自己不會坐在家裡等嗎？」
葉天道：「問題是要把凶手手上那一只殘月環也弄到手，楊百歲雖然武功了得，要想接這種東西，只怕他還差一點。」
蕭紅羽忽然又抓住他的手臂，道：「小葉，我看這筆交易我們還是放掉吧！」
葉天道：「為甚麼？」
蕭紅羽道：「因為楊百歲那傢伙顯然是在騙你。」

葉天笑笑道：「他能騙我甚麼？除非這些金子是假的。」
蕭紅羽道：「金子當然不會假，但那個凶手的殘月環卻絕對不止一只。」
葉天訝聲道：「咦！妳怎麼知道的？」
蕭紅羽道：「是侯剛告訴我的，他就是死在凶手的第二只殘月環之下。」
葉天熟巧的將殘月環在掌中翻轉著，道：「像這種東西多幾只也不足為懼，到時候來個照單全收就行了，也用不著嚇得生意都不敢做。生意不做是要退錢的，把這些可愛的元寶統統退回去，豈不可惜？」
蕭紅羽瞟著那些黃金，愁眉苦臉道：「可是就算你把所有的殘月環全都收回去給他們，他們也絕對不可能放你走的。」
葉天道：「不放我走幹甚麼？是不是想讓我幫他們去挖寶？」
蕭紅羽道：「不是挖寶，是開門。」
葉天道：「開甚麼門？」
蕭紅羽道：「是一扇很難開的門，我們就姑且叫它寶藏之門吧！」
葉天更加驚訝地望著她，道：「啊呀！妳知道的好像還真不少，這些莫非又是侯剛告訴妳的？」
蕭紅羽沒說話，只點點頭。
葉天道：「妳究竟還知道些甚麼？能不能一起告訴我？」

蕭紅羽道：「我還知道那扇門好像是當年號稱『江湖第一巧匠』的公孫甚麼親自督造的。」

葉天神色一震，道：「『巧手賽魯班』公孫柳！」

蕭紅羽連連點頭，道：「不錯，正是他。」

葉天急忙追問道：「還有呢？」

蕭紅羽道：「還有，據說那扇門的結構玄奇無比，而且還佈滿了機關，若非精通此道的高手，縱然破門而入，也無法進入寶庫，說不定還落個庫毀人亡，所以那些人才遲遲不敢動手，非得先找到你不可。」

葉天愣了一會兒，道：「妳所謂的據說，究竟是根據甚麼人說的？」

蕭紅羽道：「當然是公孫柳自己說的。」

葉天失聲苦笑道：「小寡婦，妳也真敢開玩笑！那位『巧手賽魯班』公孫柳至少已經死了一百年，他還怎麼說得出話來？」

蕭紅羽急道：「當然不是他親口說的，是有人發現了他生前的一冊隨筆手稿，那冊手稿對那扇寶藏之門的事跡記載得十分詳細。」

葉天恍然的點點頭，又道：「既然對此事記載得如此詳細，就應該有那扇門坐落的正確方位才對！」

蕭紅羽道：「好像沒有，他們能夠猜出那批寶藏在襄陽，也是根據公孫柳生前的行蹤推算出來的。」
葉天又點了點頭，道：「還有呢？」
蕭紅羽道：「沒有了。我知道的就只有這麼多。」
葉天道：「鑰匙呢？妳是不是忘了告訴我鑰匙在哪個人手上？」
蕭紅羽道：「甚麼鑰匙？」
葉天道：「當然是寶藏之門的鑰匙。」
蕭紅羽道：「對呀！沒有鑰匙怎麼開門？」
葉天道：「妳仔細想想看，侯剛在臨死之前，有沒有跟妳提起過這兩個字？」
蕭紅羽蹙眉咧嘴的想了一會兒，道：「沒有，絕對沒有，我想那扇門也許根本就沒有鑰匙。」
葉天搖頭，苦笑，沉默了很久才道：「難怪他們用大批黃金釣著我，原來後面還有這麼一件苦差事。」
蕭紅羽也只有跟著他苦笑，一副愛莫能助的樣子。
葉天忽然將掌中的殘月環又轉了轉，道：「現在就只剩下一個問題了。」
蕭紅羽道：「甚麼問題？」
葉天道：「為甚麼楊百歲那批人非要先把殘月環弄到手不可？就算他們之中有人跟凶手有深仇大恨，也大可延後再了結，眼前還有甚麼事比尋寶更重要的呢？」

蕭紅羽道：「是呀！」
葉天道：「所以他們一定有非先找到那個凶手不可的理由。妳猜猜看，那個理由究竟是甚麼？」
蕭紅羽果然抱著腦袋想了半晌，突然叫道：「我知道了！是鑰匙，那些殘月環一定都是開啟寶藏之門的鑰匙！」
葉天搖頭道：「不可能。」
蕭紅羽道：「為甚麼不可能？」
葉天道：「如果真是那扇門的鑰匙，至少也應該是百年以上的古物，而這只殘月環，表面上看來雖然陳舊，實際鑄造的年代，最多也不過三五年而已。」
蕭紅羽道：「那麼鑰匙就一定是在凶手手上。」
葉天沉吟著道：「這倒可能，不過要想證實這件事，就非得等到凶手找上門來不可了。」
蕭紅羽忽又愁眉苦臉道：「小葉，你真的有把握對付那個凶手嗎？」
葉天道：「咦，方才妳不是還對我蠻有信心，怎麼一下工夫又變了？」
蕭紅羽指指他手裡的殘月環，道：「方才我還以為是普通的飛刀，現在……我愈看這個東西愈不對，心裡總覺得有點怕怕的。」
葉天笑笑道：「妳放心，這種東西還難不倒我，只要給我一點時間，哪怕三五天也好。」

說完，那只殘月環又開始在他掌指間翻滾，動作靈巧而熟練，看上去就像玩了很多年一樣，任何人都不會相信這東西在他手上只不過僅僅一天的時間而已。

蕭紅羽在一旁看得已經癡了，幾乎連眼前的凶險都已忘掉。

突然，葉天掌中的殘月環停了下來，蕭紅羽目光也飛快的投在遠遠的紙窗上。

窗外的風鈴依然「叮噹」作響，遠處江濤拍岸之聲，依然連綿不絕於耳。

蕭紅羽陡然將薄被往後一翻，手掌輕輕在葉天肩上一按，人已無聲無息的落在床前，雙足剛剛著地，「十丈軟紅」已如靈蛇吐信般的飄出，直向窗口飄去。

只聽「啵」的一聲，窗戶已被紅綾頂開，緊接著是三聲清脆的聲響，然後又是「啵」的一聲，窗戶重又自動關閉，那條十丈紅綾也已層層疊疊的飄回到蕭紅羽手上。

從頭到尾只在剎那之間，輕快的動作、優美的姿態，鮮艷的紅綾和雪白的胴體揉合成一幅連續詭異的奇景，連見多識廣的「魔手」葉天也不禁嘆為觀止，他做夢也想不到一條軟軟的紅綾，竟能發揮出如此驚人的效果。

蕭紅羽卻連一絲得意的神色都沒有，反而惘然若失的返回葉天面前，輕輕一嘆道：「這幾年我疏於練功，火候比以前差得太遠了。幸虧來的不是厲害角色，否則後果真是不堪設想。」

葉天看看那條紅綾，又看看她的臉，道：「怎麼？沒有殺死？」
蕭紅羽搖首道：「我只打了他三記耳光。」
葉天失笑道：「為甚麼只打三下？那傢伙半夜三更來偷看妳，實在可惡，應該多打幾下才對。」
蕭紅羽黯然道：「以我現在的功力，能夠連打三下已經很不錯了，再打下去，只怕連收回的力道都沒有了。」
葉天憐惜的將她摟進懷裡，道：「妳也不要難過，以後不妨多下點功夫，說不定妳這條『十丈軟紅』還能幫上我的大忙。」
蕭紅羽道：「真的？」
葉天道：「當然是真的，有妳這條『十丈軟紅』跟我配合，包管連楊百歲那老傢伙都讓他吃不了兜著走。」
蕭紅羽身子忽然一顫，道：「方才那個人會不會是楊百歲派來殺我滅口的？」
葉天道：「不會，那老傢伙用金子砸妳，就是在投石問路，在他還沒搞清妳和我的關係之時，他絕對不敢貿然下手。」
蕭紅羽想了想，道：「會不會是那個凶手先派人來探路的？」
葉天搖頭道：「也不可能，目前只有楊百歲那批人知道我手裡有殘月環，在殘月環沒有露面之時，他不可能先來找我。」

蕭紅羽沉吟了一下，又道：「會不會是江大少派來的人？我想我們深夜才從龍府回來，那傢伙心裡一定很不是滋味，說不定會派個人來探探消息。」

葉天道：「這就有可能了，也只有他手下那批貨色，才會如此不自量力。」

說話間，樓下忽然響起一陣凌亂的敲門聲，聲音不大，卻很急，而且敲門的顯然不止一個人。

蕭紅羽蹙眉道：「這麼晚怎麼還有人來敲門？」

葉天道：「八成是妳的客人酒癮發了，半夜三更來找酒喝。」

蕭紅羽道：「不可能，我的客人都知道我的脾氣，只要店門一關，絕對沒有人敢來敲一下。」

葉天道：「那就一定是來找我的。」

蕭紅羽道：「我也這麼想。」

葉天揀她肉多的地方輕輕搓了兩把，笑著道：「如果妳不想光著屁股見人，我勸妳最好還是趕緊把衣裳穿起來。」

蕭紅羽這才依依不捨地離開葉天的懷抱，隨便找了件衣裳穿在身上，裙帶尚未繫好，樓下已經有了動靜。

只聽二虎扯著嗓子喊道：「小葉！外面有三個很像人的傢伙找你，你要不要見？」

葉天漫應一聲，無可奈何的站起來，轉身就想下樓。

蕭紅羽急忙趕上去，一手抓著裙腰，一手拉住他，道：「你先等一等，我還有話跟你說。」

葉天道：「甚麼話？妳說。」

蕭紅羽指著床上那堆黃金道：「這些東西怎麼辦？」

葉天道：「當然是收起來，那批寶藏不過是空中樓閣，只有到手的金子才是真的。」

蕭紅羽一副六神無主的樣子，道：「我知道，可是……這麼許多，你叫我收在哪裡？」

葉天道：「收在哪裡都可以，可千萬不要擺在天花板上，免得砸傷了妳叫我心疼。」說完，笑哈哈的打開房門，匆匆走下樓去。

× × ×

昏暗的油燈下，只見「三眼」陳七和他兩名弟兄正呆呆地等候在店堂裡。

葉天未曾開口便先嘆了口氣，因為他實在有點同情陳七。

陳七的臉雖然有點紅紅的、胖胖的，但他還是硬擠出些笑容，道：「葉大俠，小的又給你送信來了。」

葉天道：「既然是來送信，為甚麼大門不走，偏偏要爬窗戶？這不是自找楣倒嘛！」

陳七忙道：「是是是，小的下次再也不敢了。」

葉天道：「這次又來送甚麼信？」

陳七道：「葉大俠，你的朋友快死了。」

葉天一怔，道：「我哪個朋友？」

陳七道：「德記酒坊的陳小開。」

葉天大吃一驚，道：「他害了甚麼病？」

陳七道：「他不是生病，他是快輸死了。」

葉天鬆了口氣，道：「原來你說的是賭錢！」

陳七道：「不錯，現在還在賭著。」

葉天笑笑道：「那倒不必替他擔心。他們家有的是錢，輸個幾百兩銀子還死不了人。」

陳七摸著發胖的臉，道：「可是……他輸的不是銀子。」

葉天詫異道：「不是銀子是甚麼？」

陳七道：「是金子，十兩一個的金元寶，就跟小寡婦……不不，就跟老闆娘那兩只完全一樣。」

葉天愣住了。

陳七和他那兩名弟兄也一聲不吭，七隻眼睛眨也不眨的瞪著葉天，其中一個人想打個呵欠都硬是忍了回去。

過了很久，葉天才突然笑瞇瞇道：「陳七，你看那些元寶可不可愛？」

陳七道：「當然可愛。」

葉天道：「你不想要一只？」

陳七道：「當然想，想得連覺都睡不著。」

葉天道：「好，你現在就跟我走，我發誓非幫你贏一個回來不可。」

第六回　賭場風雲

「笑臉」金平的笑臉上永遠掛著微笑，不論是輸還是贏，好像永遠都對他的情緒沒有影響。

他曾經在山西太原府一副牌贏過四十萬兩銀子，逼得寶通錢莊的顏二公子自刎當場，鮮血噴了他滿身滿臉，但鮮血後面仍舊是一張笑臉。

他也曾一夜之間把人都輸給「梅花老九」，從那天起，他便跟著梅花老九浪蕩江湖，飽嚐風霜之苦，但他臉上的笑容卻從來沒有一天消失過。

現在，他正面帶微笑地看著對門的陳小開。

牌已經垛好，骰子已經抓在金平手上，只等陳小開把金子押上去，牌局即可開始，所以在場的幾十隻眼睛全都看著他，每個人的神色都急得不得了。

只有「笑臉」金平不慌不忙，臉上的笑容反而比先前更動人。

陳小開黃豆般大的冷汗珠子一顆顆的滴在手中的元寶上。

這已經是他最後一只元寶，其他九只整整齊齊的排列在「笑臉」金平面前，旁邊還只剩下一點空隙，彷彿正等著他手中那只元寶入座。

就在這時，突然有隻手掌搭在他的肩膀上。

陳小開回頭一瞧，立刻尖聲叫道：「小葉，你怎麼現在才來！你簡直把我害慘了。」

葉天笑嘻嘻道：「你倒說說看，我是怎麼害你的？」

陳小開理直氣壯道：「我昨晚是專程出來給你送金子的，跑了好幾處都找不到你，所以只好來這裡等著，我料定你遲早一定會來的。」

葉天道：「我這不是來了嗎？」

陳小開拭了把汗，道：「只可惜你來得晚了點，我已經掉下去了。」

葉天道：「掉下去多少？」

陳小開嘆了口氣，道：「九十兩。」

一旁的「三眼」陳七立刻加了一句：「金子。」

葉天哈哈一笑，道：「我當甚麼大不了的數目，害得陳小開直冒冷汗，原來只不過區區九十兩金子。怕甚麼？別讓大家傻等，押！」

陳小開朝四周掃了一眼，壓低聲音道：「可是……這些金子是你的。」

葉天大聲道：「我的你的還不是一樣？有道是錢財如糞土，仁義值千金。你我相交多年，你說，我小葉是把金子看得比朋友還重的人嗎？」

陳小開道：「不是。」

「三眼」陳七也搭腔道：「當然不是。」

葉天道：「既然如此，你還遲疑甚麼？俗語說得好，有賭不為輸，在輸贏未定之時，可不能自己先洩了氣。」

陳小開道：「可是……這已經是最後一只了。」

葉天在腰間一拍，道：「你放心！你那裡光了，我還有。我的輸光，咱們再回去拿，怕甚麼？」

陳小開猛地把頭一點，二話不說，「砰」的一聲，將最後一只元寶押了下去。

「笑臉」金平的骰子已經離手，兩粒骰子在雪白的檯布上轉了又轉，眼看著已是七點，突然其中一粒一翻，竟然變成了九點。

陳小開牌一入手，便咧著嘴巴笑起來，用胳臂肘頂了葉天一下，悄聲細語：「小葉，牌風轉了，你等著收錢吧！」

過了一會，「笑臉」金平果然喊道：「上下通吃，只賠天門！」

幫莊的收錢很快，賠錢也不慢，在一陣亂哄哄的騷動中，一只元寶已送到陳小開面前，只高興得陳小開連鼻子都笑歪了。

「笑臉」金平卻含笑瞄著葉天，淡淡道：「這位朋友好手法。」

葉天也淡淡一笑，道：「彼此，彼此。」

說話間，幫莊的已將場中料理完善，高聲大喊道：「下注的請快，莊家可要封門了！」

喊聲一停，骰子又已擲出。

這次兩粒骰子竟連轉都沒轉一下，便已四平八穩的停在檯子上。

一陣凌亂的配牌聲響後，只聽金平又已喊道：「上吃下走，獨賠天門！」

他聲音拉得很長，調門中充滿了無奈，但臉上卻還是堆著微笑。陳小開面前的元寶已經變成四只，不待莊家把牌垛好，就已全部押在上面。

「笑臉」金平看也不看那四只元寶一眼，只笑視著陳小開身旁的葉天，道：「在下金平，還沒有請教這位朋友高姓大名？」

葉天道：「我姓葉，樹葉的葉，分量可比閣下那個金子輕多了。」

「笑臉」金平笑道：「客氣，客氣。」

站在葉天身後的「三眼」陳七又已接道：「單名一個天字，就是天天發財的天。」

「笑臉」金平嘴上道著「久仰」，臉上掛著微笑，眉頭卻不禁皺了一下，那神情，好像發覺這個名字很熟，一時又想不起曾經在哪兒聽過。

「三眼」陳七又已在葉天耳後悄悄道：「他就是郎字號中的頂尖高手『笑臉』金平，你可要當心點。」

陳七一名弟兄也湊上來，道：「聽說他後面還有一個『梅花老九』，比他更厲害。」

葉天不斷地在點頭，目光卻盯住在牌局上，從開門、擲骰子、分牌，一直到把牌攤開，他似乎動也沒動。

但結果「笑臉」金平只無精打采地喊了兩個字：「通賠！」當然他臉上依然掛著笑容，只是笑容裡多少摻雜著一點苦澀的味道。

陳小開面前的元寶轉眼已變成八只，開心得似乎連姓甚麼都忘了，連回頭看葉天一眼也不看，便統統推了上去，好像算定這一副牌也非贏不可。

「笑臉」金平慢條斯理地把開過的牌排列在賭檯的左上方，然後又把未曾開過的那十六張牌往前推了推，卻遲遲不肯開門，也不肯碰那兩粒骰子，只面含微笑的望著葉天。

葉天也昂然回望著他，既不臉紅，也不心虛，神態極其自然，反倒是陳小開和周圍的那些賭客，各人臉上都現出急躁之色。

就在這時，嘈雜喧鬧的大廳忽然沉靜下來，其他幾桌正在進行的牌局也頓時變成暫停狀態，每個人都不約而同地將目光投向最靠裡的一間房門上。

但見門簾輕挑，驚鴻乍現，一個年約三十的美貌女子搖曳生姿地走了出來，身後跟隨著兩名手捧托盤的小廝，托盤中滿裝的黃金竟無人盼顧，所有的眼神全都集中在那美貌女子明艷照人的臉蛋上。

那美貌女子穿著華麗，儀態端莊，一路緩緩走來，直走到「笑臉」金平那一桌才停住腳步。

「笑臉」金平已讓出座位，親自將座墊翻轉過來，畢恭畢敬的請那女子入座。

在場所有的人全都傻眼了，就連葉天這種老江湖也不免瞧得目瞪口呆，一時硬是摸不清她的路數。

那女子方一坐定，就像個男人一樣，朝四周一抱拳，嬌聲道：「各位鄉親大家好，我先作個自我介紹。我姓梅，道上的朋友都叫我『梅花老九』，不知各位有沒有聽說過？」

此言一出，舉座嘩然，好像每個人都沒想到「梅花老九」竟是一個如此美貌的女子。

葉天忍不住也在自己腦門上敲了一下，他曾經聽過不少有關「梅花老九」的事跡，沒想到一時糊塗，居然沒能猜出是她。

梅花老九又已繼續道：「各位有興趣的話，不妨過來押兩把，押金子賠金子，押銀子賠銀子，如果輸光了，就算比比手指頭，我梅花老九也照收不誤……」

說到這裡，突然有人截口道：「押人成不成？」

梅花老九嬌笑道：「那就得看是誰了。」

有個人一拍胸脯，道：「我怎麼樣？」

梅花老九瞟了他一眼，道：「你不成，如果是對面這位朋友，倒是可以談一談。」

她一面說著，兩道炯炯有神的目光已經落在葉天臉上。

葉天摸摸鼻子，道：「君子不奪人所好，人，我可不敢贏，我這兒還有一百兩金子，如果芳駕不嫌注小，咱們倒可賭一把。」

梅花老九聽得微微怔了一下，立刻道：「好，就賭一百兩。朋友你贏了，只管往上翻，如果輸了，你就是呵口氣，我梅花老九也收了。」

葉天將懷裡的兩只元寶也掏了出來，往陳小開面前一擺，然後在他肩上輕輕拍了拍，意思當然是要他讓位。

但陳小開卻說甚麼也不肯站起來，反而衝著葉天橫眉豎眼道：「小葉，你是怎麼搞的！我手氣正順的時候，怎麼可以換人？你有沒有賭過錢……」

沒等他把話說完，陳七那兩名弟兄已經一左一右，硬把他從後面拎了出來。

「三眼」陳七也把座墊翻了個面，還在上面拍了拍，然後才請葉天落座，那副神態比「笑臉」金平對梅花老九還要恭謹幾分。

葉天大模大樣的坐定，不慌不忙的道了聲：「請。」

梅花老九指著檯面上那尚未開過的十六張牌，道：「就玩這副如何？到現在為止，我可是連牌都還沒碰過。」

葉天道：「好，就是這一副，大牌都沒出來，咱們正好賭賭手氣。」
梅花老九顧盼左右，道：「上下兩門怎麼樣，要不要順便一塊兒搏搏看？」
雖然她的聲音很好聽，長相也迷死人，但每個人聽了都搖頭，因為她是梅花老九，誰也不願意把白花花的銀子白白送出去。
只有一個人不同，他突然解開錢袋，把所有的銀子統統倒在葉天面前，嘴裡還念念有詞道：「這回梅花老九可碰到了對手，這種銀子不贏，可是白不贏。」
連葉天自己都覺得奇怪，不知甚麼人竟對他如此有信心，回首一看，不禁啞然失笑，原來是賺錢比任何人都容易的「神偷」楊百歲。
有些人被楊百歲說得貪念大動，忍不住把賭注轉到天門上。有人開始，就有人跟進，片刻間葉天面前不但大擺長龍，而且頭尾還都拐了彎，上下兩門卻全都空了下來。
梅花老九一直面帶微笑地在等，直等到所有的賭注都押定了，才將骰子隨隨便便的擲了出去。
骰子似乎尚未停穩，她的手已經落在最後一副牌上，結果擲出來的果然是兩點。
眾人心裡不免先起了個疙瘩，每個人都覺得這副牌凶多吉少，只有楊百歲仍如沒事人兒一般，「叭叭」的抽著旱煙袋，臉上的笑容比梅花老九和「笑臉」金平兩個人加起來的還要多。

剎那間梅花老九已將牌配好，而葉天卻還在慢慢地摸，四張牌反覆摸了幾遍，才往檯子上一攤，道：「天地配虎頭，外帶小丁三、四四，但不知是我死，還是莊家死？」

在場的人都是個中老手，個個聽得臉色大變，有的在偷偷跺腳，有的在搖頭嘆氣，陳小開也開始在背後大發牢騷。

連「三眼」陳七和他那兩名弟兄都在依依不捨的瞟著那些黃金，好像在跟那些黃金作最後的惜別。唯獨楊百歲沉得住氣，只見他一面抽煙，一面在清理錢袋，一副等著收錢的模樣。

奇怪的是，梅花老九的臉色也並不好看，既不開口，也不揭牌，整個人都僵在那裡。

葉天似乎等得有點不耐煩，客客氣氣催促道：「芳駕的牌有沒有配好？如果配好了，能不能請妳揭開來讓大家瞧瞧？」

梅花老九這才冷冷一笑，道：「好，好，我今天算是碰到高人了。」

葉天摸摸鼻子道：「好說，好說。」

梅花老九目光如利劍般瞪了葉天一陣，突然大聲道：「金平，替我把這副牌收起來，一張都不能少，賭注照賠。今天的牌局就到此為止。」說完，轉身就走了，了無來時那種高雅、端莊的名家風範。

「笑臉」金平也拎著骨牌退了下去，臨走還衝著葉天笑了笑。所有的賭客都莫名其妙的望著葉天，每個人都捧著大把銀子，卻沒有一個人知道這些銀子是怎麼贏進來的。

陳小開不等大家開口，便已搶先追問道：「小葉，這是怎麼回事？分明是她贏定的牌，為甚麼牌都不揭就賠錢？」

葉天笑笑道：「也許她根本就不敢揭牌。」

陳小開道：「為甚麼？」

葉天道：「可能是因為她的牌太大，生怕揭開來把你陳小開嚇壞了。」

陳小開急道：「你鬼扯甚麼！揭不揭牌干我甚麼事？而且她的牌是大是小，你怎麼知道？你又沒有看到她的牌。」

葉天道：「我可以猜。」

陳小開道：「你倒猜猜看，她手裡拿的究竟是甚麼牌？」

葉天道：「前面是甚麼且不去管它，後面那兩張牌，依我看鐵定是至尊寶。」

陳小開一副難以相信的樣子道：「小葉，我看你一定是喝得太多，把腦筋喝糊塗了，如果她後面拿的真是至尊寶，這副牌裡豈不是出了兩個丁三？」

葉天笑道：「這就對了，這是你今天晚上說的最清醒的一句話，正因為這副牌裡出了兩個丁三，所以莊家才揭不開牌，明白了吧？」

陳小開明白了，所有的人都明白了，於是四周立刻響起了一陣亂哄哄的議論聲。

楊百歲卻在這時笑呵呵地湊上來，道：「葉大俠，你的手腳倒也真不慢，居然能在梅花老九面前搞出這種名堂，可實在不簡單。」

葉天居然嘆了口氣，道：「我這也是逼得沒法子，為了你老人家，我非這麼做不可。」

楊百歲怔了怔，道：「為我？」

葉天道：「是啊！」

楊百歲哈哈大笑道：「葉大俠真會開玩笑！我這點賭注只怕連你的零頭都比不上，你怎麼可以把這筆人情硬栽在我頭上？」

葉天理直氣壯道：「這跟賭注大小沒有關係，我賭得大，是因為我輸得起，就算輸光也會有人趕著替我送金子來，可是你老人家就不同了，偌大的一把年紀，萬一再把老本輸光，以後靠甚麼過活？你想這種錢，我能替你老人家輸掉嗎？」

楊百歲聽得只有苦笑連連道：「這麼說，老朽還是非承你葉大俠這份情不可了？」

葉天道：「那倒不必，只希望你老人家下次再給我送東西，可千萬不要擺得太高，萬一砸傷了那個小寡婦，我忙著照顧她都唯恐不及，哪還有閒情幫你老人家辦事？」

楊百歲乾笑道：「這事好辦，老朽以後特別留意就是了。」

葉天又道：「還有，請你老人家務必吩咐手下，絕對不可向小寡婦下手，我這個人死心眼得很，萬一她有個三長兩短，我在傷心之下，說不定當天就帶著金子離開襄陽，到時候你們可不能怪我拐款潛逃。」

楊百歲忍不住「叭叭」的猛抽了幾口煙，道：「好，葉大俠儘管放心，從現在起，蕭姑娘的安全問題包在我身上。就算她半夜打床上掉下來，摔斷了胳膊扭了腿，老朽也負責把她治好，你看如何？」

葉天道：「這樣一來，我就可以安心為你老人家辦事了。」

楊百歲道：「老朽也有一個小請求，不知葉大俠可否賣給我一個老面子？」

葉天道：「甚麼事？你老人家只管吩咐。」

楊百歲低聲道：「我們拜託你的那件事，要辦就得快。老朽帶來這批人，開銷大得不得了，一天少說也得幾百兩銀子，拖下去實在吃不消。」

葉天笑笑道：「你老人家放心，這件事我也不想再拖下去。」

楊百歲道：「你打算甚麼時候開始行動？」

葉天道：「我現在坐在這裡，就是在等。」

楊百歲道：「等甚麼？」

葉天道：「等出手的機會。只要那些賭場保鏢一出來，好戲即可登場。」

楊百歲滿意的點了點頭，又道：「還有一筆小賬，我想趁著這個空檔跟你清一清。」

葉天一怔，道：「甚麼小賬？」

楊百歲先把煙袋往腰上一別，然後鄭重其事的向葉天拱手道：「昨夜在李家大院，多蒙葉大俠扶了我一把，叫我沒有當場出醜，我非常感激。」

葉天忙道：「好說，好說。」

楊百歲繼續道：「幸好剛才我也還了你一把，咱們剛好兩相扯平，誰也不欠誰。」

葉天瞧他那鄭重的樣子，不禁詫異道：「這等小事，你老人家何必如此認真？」

楊百歲長嘆一聲，道：「你認為是小事，我卻認為大得不得了！不瞞葉大俠說，我這一生最怕的，就是欠人家的人情債，這些年來，我幾乎都是為了還不完的人情債在到處奔波，所以我一欠下人家的人情債就頭痛，夜晚連覺都睡不安穩。」

葉天道：「原來如此。」

楊百歲又道：「我方才所說的還了你一把，也許葉大俠還不明白指的是哪件事？」

葉天道：「正想請教。」

楊百歲回頭一指，道：「你看最靠裡邊的那張檯子，是不是一直在賭著？」

葉天道：「不錯，賭得還蠻起勁。」

楊百歲道：「如果那副牌裡少了個丁三，你想他們還賭得起來嗎？」

葉天恍然道：「難怪他們一直沒有出聲，原來我拿的那張牌，你老人家早就幫他們補上了。」

楊百歲立刻道：「錯了，不是幫他們，是幫你葉大俠。」

葉天苦笑著道：「是是。」

楊百歲緊接道：「如果我沒幫你把那張牌及時補上，他們難免會為少了一張牌而嚷嚷起來，梅花老九聽了，心裡必定起疑，那個時候你再想在她面前耍花樣，恐怕就不容易了。」

葉天忙道：「你老人家分析得對極了，這個人情我領了，咱們這筆債就此一筆勾銷，你看如何？」

楊百歲這才爽爽快快道：「那太好了，我現在總算可以回去安安穩穩睡一覺了。」說完，又向葉天拱了拱手，回頭就走，誰知走出幾步，忽然又轉了回來。

就在這時，十幾名氣勢洶洶的大漢已自門外一擁而入，先將所有的出路堵住。

葉天不慌不忙道：「『三眼』陳七，這些金子你抱得動嗎？」

陳七笑嘻嘻道：「再多十倍也沒問題。」

葉天道：「小心跟在我後面，人和金子一樣都不能丟。」

陳七拍胸道：「葉大俠放心，這點小事還難不倒我們弟兄三個。」

葉天站起來，先伸了個懶腰，然後左手將嚇得臉色發青的陳小開一抓，右手已將那只殘月環甩出。

「咻咻」連聲中，廳內明亮的燈火剎那間已滅掉一半，殘月環已烏光閃閃的飛回葉天手裡。

四周頓時響起一片驚呼，有的人已開始朝門外跑。

葉天一面拖著陳小開往外走，一面又將殘月環甩了出去。

× × ×

幾個人在黑暗中連擠帶閃，終於衝出了大廳。葉天停也不停，身形一縱，已經帶著陳小開越過高牆，落在一條無人的巷道中。

陳小開大驚失色道：「我的天哪！原來你竟是個……飛賊！」

葉天笑瞇瞇道：「你說錯了一個字，不是飛賊，是飛俠。」

說話間，「三眼」陳七已連人帶金子同時摔落在地上，緊跟著兩聲驚吼自牆裡吼到牆外，原來是陳七那兩名弟兄被人從裡邊扔了出來，結結實實的摔在葉天腳下，半晌動彈不得。

葉天急忙抬首一瞧，發現竟是「索命金錢」彭光正站在牆頭跟他招手，不禁哈哈一笑道：「彭老大，你這人財運不濟，沒趕上賺錢的機會，實在可惜。」

彭光道：「老子不想賭錢，只想吃紅。」

葉天環顧左右道：「甚麼叫吃紅？」

「三眼」陳七和他那兩名弟兄同時搖頭。

陳小開卻已說道：「你們怎麼這麼笨！吃紅的意思就是……」

葉天不等他說完，已把他的嘴捂住，道：「我明白了，吃紅的意思，就是叫我們趕緊走路。」

「三眼」陳七接道：「而且走得越快越好。」

陳七的一名弟兄也道：「最好是跑。」

另一名弟兄立刻道：「而且絕對不能回頭。」

彭光聽得哈哈大笑道：「原來你們這群龜兒子都是重財輕友之輩，老子方才算白救你們了。」

葉天忙道：「你救的是他們，可不要把葉某也罵在內。」

彭光得意道：「你想置身事外恐怕也不容易，你不要忘了，這已經是我第二次替你解圍了。」

葉天一副滿不在乎的調調，道：「第二次第三次都無所謂。有一件事我不得不先表明，我這個人跟楊老頭不一樣，從不還人情債。如果你想讓我欠你的，最好是用點別的方法。」

彭光笑瞇瞇道：「哦？你看應該用甚麼方法呢？」

葉天眼神一轉，道：「譬如說你把腰裡那十二只真傢伙扔給我，我想我一定會感激得不得了。到時候你別說想吃紅，就算你想吃朝天椒，我也會託人從你們家鄉帶來給你，而且又快又好，保證你吃了還想吃，吃光了還要流口水。」

彭光果然嚥了口口水，道：「你不要操之過急，不妨慢慢地等，遲早有一天我一定會送給你，到時候你想不要都不行。」說罷，躍下牆頭，哈哈大笑而去，邊笑邊回頭，邊回頭邊笑，那副神情，簡直已經到了得意忘形的地步。

葉天莫名其妙，望著他的背影，直待他去遠，才帶著陳小開及陳七弟兄朝相反的方向走去，一面走一面想，愈想愈不對，總覺得彭光神態怪異，其中必有蹊蹺，不由停住腳步，道：「等一等，讓我仔細考慮一下。」

四個人同時回頭看著他，沒有一個人吭聲，一副唯他馬首是瞻的樣子。

葉天想了想，道：「『索命金錢』那傢伙肚子裡一定有鬼。走，我們跟過去瞧瞧。」

陳小開皺眉道：「可是往那邊走，愈走愈遠，只怕到天亮也回不了家。」

葉天道：「晚一點回家有甚麼關係？難道你不想看看那傢伙葫蘆裡賣的究竟是甚麼藥？」

陳小開想了想，道：「好吧！你說去就去吧，誰叫我是你的朋友呢！」

陳七弟兄三人不待吩咐便已邁開腳步，好像已經跟定了葉天似的。

×　×　×

空蕩蕩的大街整個沉睡在月色裡。

街道兩旁的店鋪早就打烊歇市，連專賣夜點的「老張湯圓」攤位都已收起來，只剩下掛在攤位角上的一盞破舊的油紙燈籠仍在夜風中搖晃，除此之外，就再也看不到活動的東西。

「三眼」陳七走在最前面，一路上東張西望，邊走邊道：「奇怪，我明明看到他走進這條大街，怎麼一轉眼就不見了？」

陳小開瞄了身旁的葉天一眼，道：「那傢伙也會飛，說不定又飛到哪家的屋頂上去了。」

葉天笑笑，甚麼話都沒說。

陳七卻立刻將目光抬起，開始向高處搜索，剛剛走出幾步，忽然身形一顫，連抱在懷裡的金子都差點滑落在地上。

原來這時突然有隻黑貓自「老張湯圓」的油布棚上躥起，躥上隔壁的屋脊，轉瞬間便已逃得無影無蹤。

陳七吐了口氣，道：「我當是誰躲在上面，原來是一隻貓。」說完，又想往前走，卻被葉天一把拉住。

眾人不禁被葉天突如其來的舉動嚇了一跳，不約而同的縮到他的身後，慌裡慌張的四下張望。

葉天的眼睛眨也不眨地緊盯在「老張湯圓」的布棚裡。

棚裡靜靜悄悄的，沒有一點響聲。

葉天卻忽然冷笑著道：「是哪位朋友躲在棚裡？出來透透氣吧！」

棚裡依然沒有回音，只有一顆白白的東西從裡邊拋了出來，「叭」的一聲落在葉天腳下，眾人定睛一看，竟是一張骨牌，骨牌上只有三個點，正好是剛剛逼得梅花老九無法揭牌的那張小丁三。

陳七把那張骨牌撿起來，還狠狠地在地上「呸」了一口，道：「我當是何方神聖，原來只不過是江大少手下的保鏢而已。」

聽他的語氣，好像一夜之間連升了好幾級，平日想擠在江大少下面做個嘍囉都不可得，如今竟連高高在上的保鏢都已不放在眼裡。

陳七那兩名弟兄也不約而同發出一聲冷笑，而且還把手掌搭在刀柄上，似乎隨時都打算跟江大少的手下大幹一場。

只聽棚裡有個人接連咳嗽幾聲，冷冷道：「我不認識甚麼薑大少蔥二小姐，我只認識梅花老九。」

眾人聽得同時一愣。

月光淡照下，但見一個修長的身影自棚內緩緩走出，一邊走著，一邊還在咳嗽。

葉天一看那人的扮相，眉頭就是一皺，腳下也不由自主的朝後退了一步。

陳七等人也跟著往後退了退，所有的目光都集中在那人身上。

那人臉色很蒼白，頭髮也有些凌亂，身上一件藍布儒衫已洗得藍裡透白，看上去活像一個久試不第的落拓文人，但他懷裡卻抱著一柄刀，一柄黑色的刀。

葉天又開始搖頭、苦笑，嘴裡喃喃道：「難怪那龜兒子笑得開心，原來他早就知道有人在等我。」

陳小開不禁嘆了口氣，道：「方才給那傢伙吃點紅就好了。」

葉天道：「沒有用的，就算我們走另外一條路，他也會在前面等著我們。」

陳小開呆了呆，道：「這個人……是不是很厲害？」

葉天點頭，毫不猶豫的點頭。

「三眼」陳七忽然湊上來，低聲道：「葉大俠小心，這人極可能是傳說中的『雪刀浪子』韓光。」

葉天道：「你猜得一點不錯，除了他之外，還有誰會使用如此怪異的刀？」

那柄刀的樣子的確有點怪異，黑色的刀鞘，黑色的刀柄，連刀柄上繫著的刀衣也是黑色的，任何人看了都不免會產生一種不吉祥的感覺，但「雪刀浪子」韓光卻視如珍寶般的把它抱在懷裡。
黑色的刀衣在風中飄曳，「雪刀浪子」韓光從飄曳的刀衣後面輪流打量著幾個人，最後兩道森冷的目光終於落在葉天的臉上。
葉天也正在凝視著他，眼神中或許有點同情和遺憾，卻絕對沒有一絲畏懼之色。
過了好一會，韓光的目光中忽然有了暖意，輕咳兩聲道：「金子留下，人可以走了。」
陳小開立刻道：「這二百兩金子裡，有一百二十兩是我們的本錢，你總不能讓我們全留下吧？」
韓光依然看著葉天，道：「我今天不想殺人，希望你們不要逼我。」
陳七的一名弟兄卻不知天高地厚，挺著胸膛道：「賭錢有輸有贏，各憑本事，梅花老九在江湖上也是個有名的人物，怎麼會如此沒有氣量？」
另一名弟兄也道：「既然輸不起，又何必在賭場裡稱字號？乾脆去搶錢莊算了。」
韓光冷笑道：「你們說得不錯，賭錢有輸有贏，各憑本事。梅花老九賭錢，一向都憑真本事，絕不使詐。誰在她面前使詐，誰就是欺侮她。任何人只要敢欺侮她，我和我的刀絕不坐視，一定要替她討回公道。」
葉天也冷笑一聲，道：「陳七，把金子拿給我！」
陳七稍稍遲疑了一下，依依不捨地把那包金子交到葉天手上。

葉天立刻將布包解開，任由那二十只元寶翻落在腳下，只將那塊布抖了抖，隨手扔給了韓光。

韓光抄在手裡卻不禁暗吃一驚，原來那塊布竟然很有勁道，幾乎脫手飛出，他這才發覺葉天也非泛泛之輩，不得不對葉天另眼相看。

葉天淡淡笑了笑，說：「這塊布是給你擦刀用的，你最好盡量把刀擦得乾淨一點。我這個人也有點潔癖，即使被殺，也不喜歡跟你刀上的那些髒血混在一起。」

韓光怔了一下，道：「原來你早就知道我是誰！」

葉天道：「你『雪刀浪子』韓光又不是無名小卒，如果我看了你這把刀再認不出你是誰，我這半輩子的江湖豈不是白混了？」

韓光道：「好，好，很好！」將刀往背上一繫，「鏘」的一聲，雪亮的鋼刀已然出鞘；另一隻手將那塊布也抖了抖，果真小心翼翼的擦了起來。

葉天道：「至於這些金子，你有本事只管來拿。就算你把這五條命也一起拿走，我們也絕對沒有怨言。」

韓光一面擦著刀，一面說：「好，好，很好。」說著，將刀舉起，雪亮的鋼刀在月光照射下發著閃閃的寒光，就如同他的名字一樣。

陳小開看得連身子都縮得矮了一截，陳七弟兄三人卻各自挺胸收腹，好像已經下定決心，要跟葉天共同進退。

韓光似乎已對鋼刀的亮度十分滿意，耍了個刀花，冷冷道：「朋友請亮兵刃吧！」

葉天揮手讓陳七等人閃開，另一隻手已將殘月環甩出，同時足尖連連踢動，幾點金光已疾如流星般直向韓光飛了過去。

韓光身形微微一晃，已避過兩只金光閃閃的元寶，緊接著「叮」的一響，又將第三只磕飛，人已欺近葉天面前，正想一刀劈下去，猛覺腦後風生，急忙將頭一側，只覺得有個黑呼呼的東西自耳際呼嘯而過，剛好飛到葉天伸出的手掌上。

葉天動也不動的站在那裡，手上握住殘月環，臉上充滿了譏笑。

韓光匆匆回顧一眼，又死盯著那只殘月環看了一陣，冷冷道：「雕蟲小技，難登大雅之堂，有甚麼值得得意的！」

葉天也冷笑一聲，道：「請你再看清楚一點，這究竟是不是雕蟲小技？」說著，足尖連挑，第一只元寶剛剛飛出，第二只便以更快的速度追了上去。

兩只元寶在空中「叮」的一撞，方向突然改變，竟分從韓光兩旁疾飛而過，飛出很遠才落在地上。

韓光再也笑不出來了，只愣愣地望著葉天，連吭也不吭一聲。

葉天道：「如果葉某這點玩意是雕蟲小技，那麼閣下的刀法又算甚麼？梅花老九和『笑臉』金平那些垛牌和擲骰子的手法又算甚麼？」

韓光突然一驚，道：「你說你……貴姓？」

「三眼」陳七已在遠處喊道：「葉，樹葉的葉。」
陳七一名弟兄接道：「單名一個天字，就是天天殺人的天。」
另一名弟兄立刻道：「江湖上都稱他為『魔手』葉天，你有沒有聽說過？」
陳小開也居然喊道：「告訴你吧！他比你還要——厲害！」
韓光又接連咳嗽了幾聲，道：「我當甚麼人如此囂張，原來是你。」
葉天道：「囂張這兩個字不敢掠人之美，閣下還是留著自己用吧！」
韓光忽然嘆了口氣，道：「想不到大名鼎鼎的『魔手』葉天，竟會跑到賭場裡去詐賭騙錢，真是可嘆啊可嘆！」
葉天也嘆了口氣，道：「更想不到素有俠名的『雪刀浪子』韓光竟然淪落到當賭場保鏢，真是可悲啊可悲！」
陳七又接口道：「更想不到他居然為了搶奪人家一點點黃金又擦刀又殺人，真是可惡啊可惡！」
陳七那兩名弟兄不約而同的猛一點頭，好像對陳七的說詞極為讚賞。
韓光冷冷一笑，臉色顯得更蒼白，語調也更森冷道：「如果你真是『魔手』葉天，我勸你最好是趕緊拿出你的兵刃來。我想你也應該知道，憑你這些小巧的伎倆，絕對不是我『雪刀浪子』韓光的對手。」
葉天低下頭考慮了一會，突然喊道：「陳七！」

陳七不但應聲得快，腳也蠻快，一下子就已湊到葉天面前。

葉天道：「想辦法替我找根棍子來。」

陳七道：「是不是打狗的棍子？」

葉天道：「不對，是打人的棍子，越長越好。」

陳七想也沒想，直向「老張湯圓」的油布棚奔去，不久就把老張撐棚用的一根一丈多長的竹竿扛了過來。

葉天皺著眉頭比了半晌，突然抽出陳七的刀，「鏘鏘」兩聲，將頭尾各砍掉一段，剩下差不多有一人高，才把刀還回去，然後一面比劃著，一面望著抱刀而立的韓光，道：「咱們真的要為這點金子拚一場嗎？」

韓光道：「有何不可？『雪刀浪子』韓光和『魔手』葉天為了二百兩金子拚得你死我活，聽起來倒也蠻有意思，說不定會為武林中留下一段佳話。」說完，又是一陣咳嗽，咳得連腰都彎了下去。

葉天在等，一直等到他恢復常態才道：「我看還是改天吧！」

韓光道：「可以，金子留下，人走。」

葉天「嗡」的一聲，手中竹竿抖了個圈，道：「請！」

韓光也道了聲：「請。」一個字尚未說完，人已躥到葉天跟前，「唰唰唰」就是三刀。他不僅人快刀快，而且鋼刀舞動虎虎生風，跟他虛弱的外表全然不同，好像只要一刀在手，就整個變了一個人似的。

葉天接連倒退幾步，避過韓光一輪猛攻，隨即揮動竹竿，以竹作棍，開始節節反擊，一時刀光棍影，殺得難解難分。

陳七等人全都看呆了。尤其是陳小開，過去只知道葉天酒量很好，從來都沒想到他會武功，而且居然還如此了得，不禁又驚又喜，又有些擔心，因為葉天是他的好朋友，他當然不希望好朋友慘死在別人刀下。

就在這時，場中忽然起了變化，但見葉天身形微側，竹棍下垂，專以棍端撥擊韓光雙脛，忽左忽右，喏喏有聲，遠遠望去宛如兩隻翅膀，展翼欲飛。

韓光一面跳躍閃躲，一面冷笑道：「這就是你們江陵葉家『相思棍法』裡的那招『花落人獨立，微雨燕雙飛』嗎？老實說，實在不怎麼樣。」

葉天也不講話，出棍卻更加快速，而且從足脛部分逐漸上移，連大腿內側也變成了他的攻擊範圍。

韓光不得不縱身避讓。就在他身體下降、鋼刀劈出的一剎那，葉天陡然吆喝一聲，猛地抬腳踢在自己的竹棍上，竹棍頓時彈起，直向韓光持刀的手腕踹去。

但見韓光人刀同時飛出，葉天也尾隨而起，兩人在空中一觸即分，雙雙落在地上，韓光依然鋼刀在手，而葉天的竹棍卻只剩了半截。

韓光甚為得意，剛想昂首大笑，卻急忙把笑聲嚥了回去，人也連連倒退了三四步。原來這時他才發覺被自己斜斜劈斷的那根竹棍的尖端，正如一桿槍似的停在自己胸前，只要葉天將竹棍往前一送，後果將不堪設想。

葉天當然沒有動，只瞇著眼瞧著他，好像正在欣賞他驚惶失措的模樣。

韓光舒口氣，道：「好一招『待月西廂下，迎風戶半開』！『魔手』葉天的『相思魔棍』可比葉夫人的『相思棍法』高明多了。」

葉天一驚道：「你跟家母動過手？」

韓光說道：「那已經是很久之前的事了，那時候我還年輕，比你現在還年輕。」

葉天將半截竹棍一扔，道：「我想你當時一定是做了甚麼壞事，否則家母不可能出手。」

韓光遲疑了一下，道：「其實也沒甚麼，我只不過多跟盧二小姐說了幾句話而已。」

葉天聽得捧腹大笑道：「你膽子倒不小，居然動起我阿姨的腦筋來了！」說完，指著韓光又是一陣大笑，笑得前仰後合，連眼淚鼻涕都笑了出來。

韓光一聲不響的站在原地，直等他笑夠，才突然喊了聲：「陳七！」

陳七嚇了一跳，愣愣地望著韓光，也不知是答應好，還是不答應好。

韓光道：「麻煩你再替他找根棍子來，這次要找結實一點的，最好是棗木做的，免得一砍就斷。」

陳七抓著腦袋正在為難，高處忽然有人道：「你們看這根怎麼樣？」說話間，「索命金錢」彭光已自牆頭一躍而下，手上居然抓著一根木棍，看上去果然很結實，而且極可能是棗木的。

葉天瞟了那棍子一眼，道：「你又跑來幹甚麼？這次又想要甚麼花樣？」

彭光將木棍一掄，道：「這次甚麼花樣都沒有，我是專程給你送這個來的。你不要瞧不起這根棍子，這是我剛拿八兩銀子才從四海通鏢局的何鏢頭手裡買過來的，我出他七兩他都不賣。」

葉天想了想，忽然搖頭笑道：「你拿回去自己用吧！我不想承你這份情。」

彭光急道：「這筆人情不算，是我心甘情願送給你的，總可以吧？」

葉天瞟著他，道：「奇怪，你為甚麼變得如此好心腸？有沒有特殊原因？」

彭光掃了韓光一眼，道：「其實也沒甚麼大不了的原因，我只是不太喜歡這個人而已。」

葉天打破砂鍋問到底道：「你為甚麼不喜歡他？是不是跟他有過節？」

彭光猛一跺腳，道：「好吧！既然你一再追問，我就告訴你，我不喜歡他的名字……而且他也不喜歡我的名字。前兩年他居然派人通知我，硬叫我改名字，你說像話嗎？我『索命金錢』彭光在江湖上也不是無名之輩，他怎麼可以對我如此無禮！」

葉天恍然道：「既然如此，你為甚麼不給他點厲害瞧瞧？」

彭光嘆道：「我本來也想賞他兩文，可是楊大叔卻不准我輕舉妄動，我有甚麼法子？」

葉天笑笑道：「好吧！我就為你出口氣，不過你可要弄清楚，以後是你欠我的，可不是我欠你的，行不行？」

彭光忙道：「行，行，只要你替我狠狠給他幾下，你說甚麼都行。」

葉天這才接過木棍在手上掂了掂，面對著韓光，道：「這次你可要小心點，這一根和上一根的味道可是完全不同了。」

韓光卻瞧著葉天後面，搖手道：「今天恐怕不行了。」

葉天詫異道：「為甚麼？」

韓光咳了咳道：「有個討厭的人來了，我不想見他，所以我要先走一步。」說完，回頭就走，一邊走還一邊咳嗽。

葉天轉身一瞧，只見一頂小轎自遠處搖搖晃晃的奔了過來，轎裡正有人喊道：「都是自己人！住手，住手！」

陳七大吃一驚：「啊呀！是江大少來了。」

彭光一聽，招呼也不打一聲，縱上屋頂，飛躍而去。

葉天眉頭也不禁一皺，道：「趕快把金子收起來，咱們也走。」

片刻間，陳七已將金子捧到葉天面前。

葉天沉吟了一下，道：「陳七，有勞你們弟兄跑一趟，幫我把這包金子送還梅花老九。」

陳七一怔：「這是我們贏來的，為甚麼要送還給她？」

葉天道：「雪刀浪子是個好朋友，我們總得給他留點面子。」

陳七囁嚅著道：「可是……可是……」

葉天道：「你放心，我答應你們的絕對少不了。」

陳七道：「是不是想辦法再贏回來？」

葉天搖首道：「這次不是贏，是賺。我敢向你保證，這次至少也要替你賺兩個回來。」

第七回　殘月乍現

葉天踏著輕鬆的步伐，穿過江家祠堂的一座小樹林。

夜風陣陣，樹影婆娑，林中隱含著濃烈的肅殺氣氛。

走著走著，葉天突然停住腳步。

他沒看到甚麼，也沒聽到甚麼，但是他有種敏銳的感覺，感覺出林中躲藏著一位不受歡迎的朋友。

果然，他那種特殊感覺還未完全消失，已見到紅帶飄動，緊跟著，「鬼捕」羅方從一棵大樹後面現出身來。

那條深紅色的腰帶以及懸掛在腰帶上的鐵牌，等於是「鬼捕」羅方的獨家招牌。

葉天淡淡一笑，道：「沒想到會在這裡遇上羅頭，請問有何見教？」

羅方道：「我是在保證葉大俠的安全，自從你離開賭場大門開始，就已處處危機，這一點，葉大俠心裡一定明白。」

葉天道：「聽羅頭口氣，好像整個江湖的英雄好漢都要殺我似的，大概羅頭是在開我的玩笑吧？」

羅方道：「不是開玩笑，我很正經。」

葉天笑笑道：「自從我離開賭場開始，羅頭是不是一直在暗中跟蹤我？」

羅方道：「不錯。」

葉天道：「那你就應該明瞭一切經過，我在賭場所贏得的黃金，全部都叫陳七替我還回去了，身上連個銅子兒也不曾剩下。像我這樣的窮光蛋，還怕被人謀財害命嗎？」

羅方含笑道：「葉大俠，我看不是我在跟你開玩笑，而是你在羅某面前故意裝糊塗。」

葉天道：「你應該說我真的糊塗，羅頭，鼓不打不響，話不說不明，有話就請你明白告訴我吧！」

羅方神色嚴謹道：「我想他們是為了殘月環。」

葉天摸了摸鼻子，道：「我以為是甚麼不得了的事，原來是為了那個東西。」

羅方睜大了眼睛，道：「這件事情還小嗎？」

葉天淡然道：「那只不過是一塊破銅爛鐵而已，根本就算不了甚麼。」

羅方對他端詳再三，看不出他是故意裝蒜，但又不敢相信他是真的這樣灑脫。

葉天又道：「羅頭對殘月環有興趣嗎？」

羅方搖了搖頭，道：「我對殘月環不感興趣，只想循線找到它的主人。」

葉天含笑道：「所以你就盯上我，希望因今晚殘月環兩次出手而引出它的主人，好讓你撿現成的便宜，對不對？」

羅方爽朗一笑，道：「羅某的確是有這個意思，順便保護葉大俠的安全，當然也是實情。」

葉天微笑不語。

羅方緊接著道：「當然，以羅某的這點三腳貓功夫，竟說要保護『魔手』葉天葉大俠的安全，未免太過不自量力，但是明槍容易躲，暗箭最難防。葉大俠不妨當作身邊多帶一雙眼睛，我想應該不會有甚麼妨礙。」

葉天道：「多謝羅頭的美意，只怕一旦凶險來臨，等到羅頭準備出手搶救時，我的吃飯傢伙早就跟我的身子分了家。」

羅方聽得神情一愣。

葉天指手朝兩丈遠近處的樹梢上指了指，道：「那裡埋伏了兩名準備狙殺我的凶手，可惜現在他們已經死了。」

羅方順著他的手勢望去，林內光線雖暗，但是透過樹葉的隙縫，的確看到了兩條半蹲半趴的人影。

葉天接著又道：「看來我的運氣倒還不壞，如果不是哪位仁兄替我鏟除了這裡的陷阱，怎麼還能在此和你聊天？」

羅方沒有理會葉天，就在原地一個「旱地拔蔥」，像隻狸貓似的躥上那棵大樹。

誰知突然悶哼一聲，又從樹上倒栽下來。

同時只見一個身影，一式「飛燕投林」，越過羅方頭頂，輕飄飄的落在葉天面前。只憑這種輕巧的身法，就已不難猜出此人正是分開不久的「神偷」楊百歲。

不論楊百歲在何處現身，手裡總會拿著那根三尺來長的旱煙袋，現在也是一樣，不過所差的是煙袋窩只冒青煙而不冒火。

不去吸它，當然不會冒火。

這位名震江湖的第一神偷，此刻竟然哭喪著臉，額頭上直冒汗珠，衝著葉天悔恨交加道：「葉大俠，我對不起你！我該死，我給你磕頭賠罪……」

他可不是說著玩的，話沒說完，便要跪在地上磕頭。

葉天慌忙將他托起，驚訝道：「楊老，你這是怎麼啦？我可承受不起。有話慢慢說，究竟發生了甚麼事情？」

楊百歲張了張口，話沒說到正題，竟又懊惱連聲：「這……這叫我如何說得出口嘛！這件事不僅將我神偷那塊招牌砸成粉碎，而且連累了葉大俠。我該死！我混蛋！我……」

他那神情，恨不能找個地洞鑽進去。

葉天急忙幫他扶正了手上的旱煙袋，將煙嘴塞進他的口中，道：「楊老，你先抽兩口煙，定定情緒，不管栽了多大觔斗，不論闖了多大的禍，說出來，好讓我們仔細商量，光著急是沒用的。」

楊百歲倒也聽話，用力「叭叭」地一連抽了幾口煙，縷縷輕煙從他口中噴出，果然他的心情漸漸平靜下來。

葉天只是靜靜地望著他，等他回答。

楊百歲仍舊面帶愧容，半晌才道：「事情發生在你方才展露殘月環之後，簡直使我擔心到了極點……」

葉天含笑道：「楊老擔心過了頭，我是不會讓殘月環隨便傷人的。」

楊百歲緊接著道：「我倒不怕殘月環傷人，怕的是引起人們覬覦之心，不擇手段，巧取豪奪，所以……」

葉天截斷他的話道：「楊老還是擔心過頭了，就憑今夜在賭場中露出的那批魑魅魍魎，我還沒將他們放在心上。」

楊百歲道：「當然，那些人要想從葉大俠手中奪走殘月環，只怕他們還沒有這麼深的道行，但是如果再有還沒露過面的更高強對手呢？」

葉天微怔道：「楊老指的是誰？」

楊百歲道：「當然是指殘月環的主人。」

葉天道：「楊老跟殘月環的主人照過面了？或者發現他已潛伏暗中，正在準備伺機下手？」

楊百歲搖頭道：「沒有，都沒有。」

葉天道：「既然甚麼跡象都沒見，豈不變成杞人憂天了？」

楊百歲道：「葉大俠，這可不是我楊老頭兒危言聳聽，殘月環的主人一向神龍見首不見尾，是個非常神秘的人物，如果等到有了跡象再作防備，恐怕就來不及了，所以我就，我就……」

葉天道：「你就怎樣？」

楊百歲硬著頭皮道：「我就來個移花接木，讓葉大俠懷中的殘月環臨時搬搬家，神不知鬼不覺的搬到我的懷中來了。」

葉天帶笑道：「乾脆說由你偷去暫時保管，豈不簡單明瞭？」

楊百歲點頭道：「不錯，當時我是這種想法，等到風平浪靜之後，我會立刻歸還葉大俠。」

葉天朝那兩具屍體看了看，道：「謝謝楊老對我的照顧。現在危機已過，殘月環可以還給我了。」

楊百歲卻期期艾艾道：「本來是要還給葉大俠的，不料我剛剛發現、發現、發現……」

葉天心急的道：「楊老，請你不要吞吞吐吐的，你究竟發現了甚麼？」

楊百歲抬手抹了一下額上的汗珠，硬著頭皮道：「我忽然發現藏在懷裡的殘月環竟不翼而飛了！」

葉天絲毫不以為意，仍舊含笑道：「楊老說笑了，殘月環是不會長出翅膀自己飛走的，這種玩笑開得並不高明。」

一顆顆豆大的汗珠順著楊百歲的鼻樑流了下來，他也顧不得去擦，用手指著自己道：「葉大俠，請你看看我的這副狼狽相，心裡急得如同熱鍋上的螞蟻，還會有心開你的玩笑嗎？」

葉天朝他端詳了片刻，道：「的確不像。」

楊百歲道：「當然不像，因為這根本就不是開玩笑，而是事實，只是我沒直接說出是被別人從我懷中偷偷摸走的而已。」

葉天摸了摸鼻子，道：「『神偷』楊百歲懷中的東西居然會被別人摸走，這件事情如果傳揚出去，恐怕讓人的鼻子都會笑歪。」

楊百歲唉聲嘆氣道：「我該死！我混蛋！不知是哪個缺德鬼下的手？讓我『神偷』楊百歲的一世英名付諸流水。葉大俠，這件事情請你千萬不能張揚出去。」

葉天又皺起眉頭道：「恐怕很難，這是一件紙包不住火的事情，萬一司徒姑娘問起，我將怎樣回答才好？」

楊百歲道：「只是暫時守秘而已，請你給我幾天時間，就是拚了老命，我也要將殘月環找回來。」

葉天道：「好，我答應你。」

楊百歲苦笑道：「葉大俠，我楊百歲最怕欠人人情，這個臭脾氣你是知道的。」

葉天點點頭。

楊百歲道：「不管殘月環找得回來找不回來，葉大俠的這份情我算欠定了。」

葉天含笑道：「好像我們之間虧欠剛剛扯平，現在又將楊老套住，實在有點不好意思。」

楊百歲嘆氣道：「大概是生來決定我要虧欠葉大俠的吧！」說著，目光又轉到「鬼捕」羅方臉上，道：「羅頭能不能也暫時替我保密幾天？」

羅方道：「楊老指的是甚麼事？」

楊百歲道：「就是方才我跟葉大俠所談的那件事。」

羅方摸著腦袋，道：「我方才摔得頭昏腦脹，根本就甚麼都沒聽到。」

楊百歲連道：「好，好。」說完，人已倒射而出，俐落得就像一隻猿猴，轉眼便已消失在夜色裡。

羅方忍不住讚道：「此老好快的身法！」

葉天卻輕輕搖著頭，道：「比年輕時候慢多了，無論手腳都慢多了。」

羅方斜視了葉天一陣，道：「那只殘月環丟掉，葉大俠好像一點都不擔心？」

葉天笑笑道：「就算真的丟掉，也輪不到我來擔心，何況……」

他一面說著，一面已不慌不忙的從懷中取出了那只殘月環，在指間翻動起來，動作熟巧已極。

羅方愣愣地瞧了半晌，才哈哈大笑道：「神偷碰到魔手，看來楊老這個觔斗栽得還真不小。」

葉天嘆了口氣，道：「楊老真的老了，如果在十年前，莫說我『魔手』葉天，就算比我高明十倍的人，也休想把他偷到手的東西再摸回去。」

羅方點點頭道：「那倒是實情，不過葉大俠能從現在的楊老懷裡把東西摸回來，已足見高明了，如此我也可以放心去辦我的事去了。」說罷，朝葉天抱了抱拳，也飄然而去。

葉天似乎也鬆了口氣，手上把玩著殘月環，緩緩穿出樹林，剛剛走出幾步，忽然停了下來。

夜色深沉，萬籟俱寂，陡聞一陣「咻、咻……」之聲，由遠而近，剎那間已自葉天面前一閃而過，顯然正是一只和他手中那只一樣的殘月環。

葉天急忙一個倒翻，重又退回林中，抬首一看，但見不遠的一個小土堆上，正站著一個瘦長黑影，那只馭空而飛的殘月環，也剛好投入了那個黑影手中。

那黑影一步一步的走下土堆，行動看似假裝緩慢，速度卻快捷無比，轉眼便已到葉天面前。

只見那人渾身上下都籠罩在一襲寬大的黑袍之內，披頭散髮，面色蒼白，一看即知是戴著面具，此刻正閃動著精光熠熠的眼神，緊緊地盯著葉天。

葉天急忙往後縮了幾步，故作瀟脫的笑了笑，道：「閣下莫非就是殘月環的主人？」

那黑袍怪人冷冷道：「你大概就是『魔手』葉天吧！」

葉天挺胸道：「不錯。」

黑袍怪人伸手道：「拿來！」

葉天道：「你想問我拿甚麼？」

黑袍怪人道：「就是你手上的那只殘月環。你既已知道我是殘月環的主人，還不趕快把它還給我？」

葉天一聽，反而把殘月環揣起來，道：「且慢，我剛才只不過是猜測之詞，你究竟是不是殘月環的主人，還難說得很。」

黑袍怪人道：「我有殘月環為證，這還假得了嗎？」

葉天笑笑道：「我也有，如果誰有殘月環，誰就是殘月環的主人，那我們可有得扯了。」

黑袍怪人怒目狠聲道：「我不跟你作口舌之爭！現在只有兩條路讓你選擇。」

葉天道：「哪兩條路？」

黑袍怪人道：「獻出殘月環，青山不改，綠水長流，以後行走江湖，不論何處相遇，飛環堡都會將你當作貴賓看待。」

葉天帶笑道：「能做飛環堡的貴賓，倒是一項很大的榮寵，可惜葉某自幼浪蕩江湖，一向懶散慣了，閣下美意實難領受，我想知道另一條路又是如何？」

黑袍怪人的面頰抽搐了一下，道：「死！」

葉天的笑容依舊道：「不錯，『殘月當頭落，神仙躲不過』，何況葉某根本不是神仙，的確可能會在殘月環下身首異處。」

黑袍怪人道：「錯了，殘月環一出手，雖然神鬼難逃，但卻不會用來對付閣下。」

葉天一聲驚呼道：「那又為何？」

黑袍怪人道：「因為你是『魔手』葉天。我曾親眼目睹你在蕭家酒鋪施展過的那手絕活，電光石火間連接近百件不同種類的暗器，令人嘆為觀止。除非『殘月十三式』絕學重現，否則，光憑殘月環還奈何不了你。」

葉天一笑道：「多謝坦誠相告，現在我可放心了。」

黑袍怪人道：「你先不要得意，縱然不用殘月環，你還是死定了。」

葉天搖頭，道：「那也未必，不瞞你說，現在就算我想死，只怕還有人不答應呢！」

黑袍怪人道：「我叫你死你就得死，誰敢不答應？」

這時遠處忽然有人接道：「我楊百歲第一個就不答應。」

原來竟是「神偷」楊百歲去而復返，這時正在先前黑袍怪人出現的小堆上抽煙。

黑袍怪人少許遲疑了一下，獰笑道：「好，今天我就放你一馬，下次再碰到，就沒這麼便宜了……」

話沒說完，已擰身縱上樹梢。但見幾棵老樹的枝葉同時一陣搖動，顯然林中埋伏的不止一人，這時也隨同那黑袍人相繼退去。

直待林中整個靜下來，楊百歲才不慌不忙走到葉天面前，直道：「好險，好險！」

葉天忙道：「這個黑袍怪人，八成就是你們要找的那個傢伙，白白把他放走，豈不可惜？」

楊百歲搖著頭道：「我們要找的不是他，那個人年紀比他大得多，而且身材也不一樣。」

葉天道：「你的意思是說，這個黑袍怪人並非殘月環的主人？」

楊百歲依然搖頭道：「不是，有殘月環的人不止一個，並非每個人都是殘月環的主人。」

葉天咳了咳，道：「他手裡那只殘月環，會不會是楊老遺失之物？」

楊百歲「叭叭」地抽了兩口煙，沉吟著道：「不像，我雖然沒有親眼看到他使用殘月環的手法，但只在遠處聽到聲音，就可斷定那只殘月環在他手中已經有很長的一段時日了。」

葉天聽了好像安心了不少，道：「原來楊老是被那聲音引回來的。」

楊百歲道：「不錯，我因為生怕葉大俠遇險，所以才趕了回來，如非我發現林內還有埋伏，我們合力把他那只奪過來，倒也可以充充數。」說完，還嘆了口氣。

葉天又乾咳兩聲，道：「你那只殘月環，究竟被誰摸走，難道一點頭緒都沒有？」

楊百歲搖頭道：「沒有，如果被我查出是哪個王八羔子動的手，不將他活剝了才怪！」

葉天摸摸鼻子，道：「我勸你最好不要動火氣，萬一傳揚出去，恐怕你會更加找不到頭緒了。」

楊百歲道：「這裡是荒郊野外，除了你我之外，還會有誰？」

葉天道：「那可難說，所謂大路上講話，草窩裡有人，還是小心一點為妙。」

楊百歲緊張兮兮地四下看了一眼，寒夜將逝，四野雖極荒涼，但卻並無可疑之處。

葉天含笑道：「楊老對於懷中的殘月環被人摸走，真的沒有一點頭緒？」

楊百歲道：「那還假得了？」

葉天道：「如果真的這樣，不妨去找陳七。」

楊百歲神情一怔，道：「葉大俠是指『三眼』陳七？」

葉天點頭道：「不錯，陳七雖然被人看成是隻過街老鼠，但是他在襄陽城內地頭熟、眼線廣，也許他能提供線索。」

楊百歲眼神一亮，道：「好，多謝葉大俠指點迷津，現在我就去找陳七碰碰運氣。」說完，拱了拱手，轉身便走。

葉天摸了摸懷裡的殘月環，臉上露出得意的微笑，又邁開大步，直朝蕭家酒鋪的方向而去。

× × ×

蕭家酒鋪門外依然亮著燈，門裡卻是一片漆黑。

葉天進了店門，輕輕的把門閂好，好像唯恐將店裡的人吵醒。

他剛剛走了幾步，忽然發覺一個圓圓的東西迎面飛來，但聽「噗」的一聲裂開，香甜四溢……

葉天一雙魔手曾經接過無數暗器，而現在他接到的，竟是一個熟透了的哈密瓜。

他還只當是蕭紅羽跟他開玩笑，毫不猶豫的咬了一口，還不停地讚嘆道：「嗯，道地的吐魯番名產，能在襄陽吃到這種東西，的確不容易，妳是從哪裡弄來的？」

突然堂內燈火大亮，幾盞油燈同時被人點起，一陣銀鈴般的笑聲自樓上響起，道：「這些人都是來找你的，你自己應付吧！」

說話的當然是蕭紅羽，這時她正坐在樓梯上，那條「十丈軟紅」也正拿在手上，卻一點出手的意思都沒有，一副隔山觀火的模樣。

葉天這才注意到店堂裡站著五六個裝扮奇異的女子，其中只有一個人坐著，而且是坐在桌子上，身材特別矮小，打扮也特別嬌艷，此刻正咧著嘴望著他。

其他那幾個人，顯然是她的隨從侍女。

葉天迷惑的望著那小女人，道：「妳們來找我，有甚麼指教？」

那小女人「咯咯」笑道：「你放心，我們不是來找你麻煩的，否則我就不會賞你一個又香又甜的哈密瓜了！」

葉天只好苦笑道：「這麼說，我還得謝謝妳了？」

那小女人道：「那倒不必，只希望你能識相一點，否則下次賞你的，就不是這種東西了。」

葉天感到很有趣，帶笑道：「那妳準備賞我一個甚麼？」

那小女人道：「賞你一顆榴火彈，那可比哈密瓜難吃多了。」

聽到「榴火彈」三字，葉天不由暗吃一驚，但他仍然保持慣有的鎮靜，微笑道：「聽說榴火彈是塞外完顏世家的獨門暗器，落地爆炸，威力驚人，不知芳駕所指的是否就是此物？」

那小女人道：「不錯，看來閣下倒還有點兒見識。」

葉天道：「可惜葉某沒有見過，以後若有機緣，倒想試試完顏世家的榴火彈能否逃得過葉某的一雙魔手？」

那小女人鄙笑道：「奉勸閣下最好放棄這種愚蠢的想法，那很危險！」

葉天道：「哦？」

那小女人道：「相試之後，恐怕閣下的那雙魔手就要報廢了。」

葉天帶笑道：「葉某還是不太相信，最好能讓事實證明。」

那小女人笑中帶怒道：「既然這樣，那就讓你試試。」

隨著話聲，一顆圓不溜秋的東西又朝葉天飛來。

這次鐵定不是哈密瓜，它在燈光下晶光閃爍，體積很小，來勢勁疾，葉天立刻全神凝聚……

「魔手」能不能接「榴火彈」？這是一次嚴峻的考驗，葉天並無十足把握，坐在樓梯上面的蕭紅羽更是心驚肉跳。

這是一場關係著葉天一世榮辱的演變，生死俄頃，不料正當現場氣氛緊張得令人窒息時，竟又出現了意外的變化。
疾如流星的小圓球竟在中途爆炸，「嗶剝」聲中濃煙瀰漫，完全遮斷了葉天與酒鋪間的視線。
小圓球化成碎片，瞬息之間便已無影無蹤。
對於無影無蹤的東西，哪怕葉天是「魔手」中的「魔手」，也是照樣抓不著的。
濃煙在晚風吹送下漸漸散去，葉天才鬆了口氣，道：「多謝姑娘賞臉，剛才我已見識過了完顏世家的榴火彈。」
那小女人道：「你覺得如何？」
葉天笑了笑道：「非常失望，還不如孩童玩的沖天炮。」
那小女人道：「錯了，剛才我沒擲出榴火彈，否則，你就不會站在這裡跟我講話了。」
葉天愕然道：「哦？」
那小女人接著道：「因為一開始我就聲明過了，我們是朋友，不是敵人，榴火彈是專門對付敵人用的，它會造成很大的傷亡。」
葉天含笑道：「多謝姑娘手下留情。姑娘既然擁有榴火彈，想必跟完顏世家有著深厚淵源？」
那小女人道：「不錯，我叫完顏如姬，這次來到中原，還請葉大俠多多關照。」

完顏如姬——倒是一個相當動聽的名字。

葉天閃動眼神，在她臉上掃了掃，詫道：「完顏世家雄踞塞外，威名顯赫。葉某只不過是個擺攤糊口的小鎖匠，不論身分、地位、交情，八竿子也打不到一起。委屈姑娘深夜在此相候，不知為了何事？」

完顏如姬道：「真人面前不說假話，當然是跟殘月環有關。」

葉天微笑道：「真沒想到，威鎮塞外的完顏世家，居然也對殘月環發生興趣。」

完顏如姬道：「怎麼，難道葉大俠認為我們不配？」

葉天道：「姑娘誤會了，我的意思是姑娘晚來一步，要是姑娘親眼看到方才江家祠堂後面那一幕，妳就不會來找葉某了。」

完顏如姬道：「你的意思是說，我該去找黑袍怪人？」

葉天暗吃了一驚，道：「方才發生的事情，姑娘已經知道了？」

完顏如姬道：「看到了，可是我卻認為你那裡應該還藏有一只。」

話已逼到刀口上，葉天立刻凝神戒備。

完顏如姬朝他斜瞄了一眼，嗔道：「少要窮緊張！我對你的殘月環可沒興趣，如果有心奪取，我們就不是朋友了。」

葉天尷尬一笑道：「對，早就應該讓我嘗到了榴火彈的滋味，怎麼還能讓我這樣輕鬆的站在這裡跟妳講話？」

完顏如姬大剌剌的道：「你知道就好。」

言下之意，好像只要「榴火彈」一出手，葉天就要死定了。

葉天忽然皺起眉頭，道：「那我就搞不明白了，姑娘既然針對葉某而來，卻又對我的殘月環似乎並無太大興趣，這豈不是自相矛盾嗎？」

完顏如姬道：「這是因為你對殘月環知道得太少了，否則你就不會這樣問我了。」

葉天道：「對於殘月環來龍去脈，姑娘究竟又知道多少呢？」

完顏如姬道：「至少我知道當年飛環堡流落在江湖上的殘月環共有七只，你所擁有的一只如果不是假貨，應該有六只流落在別人手中，這種情形你知道嗎？」

葉天愣住了，根據神偷楊百歲的說法，流落對方中的殘月環只有一只，蕭紅羽根據死者侯剛的關照，則又認為不止此數，如今完顏如姬一口道出共有七只，究竟哪種說法才正確呢？

完顏如姬似已看破了葉天心中的狐疑，接著又道：「請你不要懷疑，我的說法是絕對不會有錯的，這也正是我對你的那只殘月環毫無興趣的最大原因。」

葉天迷惘道：「這話又是怎麼說呢？」

完顏如姬道：「『七星連環』才能展現殘月環的神妙，僅僅一只，根本不會發生任何效用。」

葉天道：「所謂『七星連環』，是指必須湊齊七只殘月環而言了？」

完顏如姬道：「不錯。」

葉天道：「黑袍怪人所擁有的那只是真是假？」

完顏如姬道：「可能也是真的。」

葉天道：「另外的五只分散在何人手中，姑娘知道嗎？」

完顏如姬道：「當然知道，否則我憑甚麼和你談論合作！」

葉天道：「姑娘請道其詳，我願洗耳恭聽。」

完顏如姬帶笑道：「唷！說的比唱的還要好聽，充其量我不過只有這麼多的籌碼，如果就這樣一股腦兒掏了出來，萬一葉大俠一腳將我踢開，我的願望豈不是要泡湯了？」

葉天含笑道：「姑娘不相信我？」

完顏如姬道：「害人之心不可有，防人之心不可無。碰到利害關頭上，誰都會想留點憑藉掌握在自己手中，免得任憑宰割。」

葉天道：「那要怎樣才能取得妳的信任呢？」

完顏如姬道：「很簡單，只要葉大俠有誠心，不要追問有關殘月環的細節，按照我的計畫行事，這就行了。」

葉天道：「關於我所擁有的一只殘月環，姑娘真的毫無興趣？」

完顏如姬道：「目前的確如此。剛才我已說過了，『七星連環』才能發生妙用，你的那一只盡可由你自行保存。當然，等到其餘六只到手後，那就非要你的那只配合不可了。」

葉天道：「我又糊塗了，如果姑娘選擇伙伴的條件真的僅僅如此，為何偏偏選中葉某？」

完顏如姬道：「因為你已擁有一只殘月環，具備了基本條件。」

葉天道：「黑袍怪人同樣也有一只，為何妳不找他？」

完顏如姬道：「因為他是飛環堡所派出的六死士之一，不可能跟我合作。」

葉天驚訝道：「飛環堡的六死士？」

完顏如姬道：「不錯，為了流失的殘月環，六死士已經奉命全體出動，葉大俠應該提高警覺，免得為其所逞。」

葉天帶笑道：「這倒有趣，沒想到一夜之間，葉某竟然變成江湖上的風雲人物了。」

完顏如姬道：「我卻一點也不覺得有趣，因為實際上，你已陷入危機四伏之中。」

葉天道：「可是我感到懷疑，飛環堡近百年來已經銷聲匿跡，怎會現又派出六死士尋找當年失落的一只殘月環呢？」

完顏如姬剛想回答，突生警覺，不悅道：「葉大俠，我懷疑你在套取我的口風。我在不知不覺間已經說得夠多了，請不要再問。」

葉天道：「至少還有一點應該讓我明白，除了我有一只殘月環外，還有甚麼理由值得姑娘垂顧，非要找我合作不可？」

完顏如姬道：「因為你有一雙別人所沒有的魔手，這在即將面臨的殘月環爭奪戰之中，將會發生決定性的作用。」

葉天帶笑道：「多謝姑娘抬愛，但請恕我不能立刻決定。」

完顏如姬道：「為甚麼？」

葉天道：「因為見到姑娘之前，葉某已和別人有過約定，必須徵得她的同意才行。」

完顏如姬道：「我願等，可以給你三天時間考慮。」

葉天點頭道：「我想夠了。」

完顏如姬道：「很好，三天後，我會再來拜訪葉大俠，但願我們之間能夠忠誠合作。告辭了。」

說完，她便率領幾名手下出了蕭家酒鋪，在巷道轉角處失去蹤影。

完顏如姬的出現，蕭紅羽比葉天還要感到意外，但也感到欣喜，道：「小葉，看來侯剛死前跟我所說的一番話，應該更加深信不疑了，因為完顏如姬剛才所說的，剛好和他說的不謀而合。」

葉天點點頭道：「我也這樣想。只是這樣一來，殘月環事件顯得更為複雜了。」

蕭紅羽蹙眉道：「除了黑袍怪人外，其餘五名死士又不知道是誰，的確非常令人頭痛。」

葉天沒有吭聲。

蕭紅羽的眼珠子轉了轉，道：「小葉，你可不能錯過這次機會，我認為你應該答應跟她合作。」

葉天道：「難道妳也忘記我跟司徒姑娘的約定了？」

蕭紅羽道：「當然不會忘記，但我認為司徒姑娘方面可以商量。」

葉天伸了個懶腰，苦笑道：「這件事情恐怕不太容易商量，現在我太困倦，應該好好的睡上一覺，醒來以後再說。」

× × ×

「三眼」陳七正躺在床上，喉嚨管裡呼哈連聲，睡得好像一頭死豬。

昨晚陳七喝了很多酒，桌上杯盤狼藉，房內仍舊瀰漫著濃烈的酒氣，薰人欲嘔。

破曉前深具寒意，一陣冷風穿窗而入，吹得陳七渾身發抖，猛然坐起，睜眼一看，但見楊百歲正坐在床前。

室內的光線雖然昏暗，「神偷」楊百歲的影子倒也清晰可辨，尤其是叼在口中的那根旱煙袋，由於楊百歲「叭叭」的一陣猛抽，煙袋窩裡直冒火光。
陳七驚愕道：「喲！這麼深夜楊老還來看我，真是讓人受寵若驚。」
楊百歲沒好氣道：「你要醒來說話！現在已經天亮了，不是深夜。」
陳七看了看窗外天色，訝然道：「昨晚酒喝多了，我真該死！」
楊百歲正色道：「陳七，聽說你在襄陽城內眼界寬、地頭熟，只要是在襄陽城內發生的事情，沒有你不知道的，此話當真？」
陳七微怔道：「這話是誰說的？」
楊百歲道：「葉大俠和蕭姑娘俱都這樣誇你，應該不會有錯。」
陳七眉飛色舞道：「沒錯，不論事情大小，包括哪家小媳婦偷人，哪家的婆娘養漢，要想瞞過我『三眼』陳七，恐怕還不太容易。」
楊百歲點點頭，含笑道：「只怕有件事情你不知道，司徒姑娘交給葉大俠的那只殘月環，被我弄丟了。」
陳七帶笑道：「是從楊老的懷中被人摸走的，是嗎？」
楊百歲驚道：「怎麼你已經知道了？」
陳七點頭道：「『神偷』楊百歲懷中的東西居然被人摸走了，這在別人眼中的確是件新鮮事，但是，在我『三眼』陳七心目中，早就成歷史了。」
楊百歲心中暗喜，道：「光知道不足為奇，要是還能知道是誰下的手，我就更佩服你了。」

陳七眼梢一瞟，詭笑道：「楊老，我在懷疑你想用話套我的口風。」

楊百歲微愕道：「我可沒有這個意思，只想你提點線索，好讓我在葉大俠面前有個圓滿交代。」

陳七蹙眉道：「這個麼……」

楊百歲道：「怎麼，你有難處？」

陳七道：「眼前我的確一點頭緒都沒有，不過，除非我『三眼』陳七不願插手，只要我對這件事情有了興趣，再加上我兩位弟兄從旁協助，相信很快就能找到眉目。」

楊百歲道：「這麼說，你是答應我了？」

陳七賊眼一轉，帶笑道：「既然楊老開了口，我能推辭嗎？不過……」

楊百歲急道：「不要這樣吞吞吐吐，有話直說！」

陳七賊忒兮兮地道：「不瞞楊老你說，最近小的手頭很緊，昨晚為了買酒，僅有的一床棉被都已進了當鋪，所以……」

楊百歲道：「放心，皇帝不差餓兵。你想要多少酬勞，儘管直說。」

陳七先是一陣傻笑，然後伸出兩根指頭，在他面前晃了晃。

楊百歲道：「二十兩銀子？」

陳七搖了搖頭：「楊老猜錯了。」

楊百歲又道：「難道你還想要二百兩？」

陳七帶笑道：「也不對，我想要兩錠黃澄澄的元寶，就跟司徒姑娘交給葉大俠的一樣。」

楊百歲兩眼一瞪，沒好氣地道：「你也不怕閃了舌頭！為了這點小事，你竟敢敲起我的竹槓來了！」

陳七道：「楊老，殘月環風波已將襄陽城攪得天翻地覆，還能算是小事嗎？」

楊百歲「叭吱、叭吱」抽了兩口黑煙，沒有吭聲。

陳七接著道：「而且幾天前楊老還在到處散發元寶，區區兩錠，在你來講不過是九牛一毛而已，怎麼談得上是敲竹槓嘛！」

楊百歲氣道：「你當我是甚麼人？財神爺？」

陳七帶笑道：「那可不是？你是江湖上大名鼎鼎的『神偷』楊百歲。」

楊百歲道：「知道就好，託你辦點小事你就獅子大開口，兩錠元寶是那麼好賺的嗎？」

陳七道：「楊老到處散發元寶，可是鐵一般的事實！」

楊百歲道：「那是奉命辦事，我只不過是過路財神，那批元寶跟我毫不相干。」

陳七道：「縱然毫不相干，楊老應該還有另外辦法可想。」

楊百歲道：「剛才我說過了，要賺兩錠元寶，可不像想的那樣簡單。」
陳七道：「別人的確如此，但是放在楊老身上，可說易如反掌。」
楊百歲眼皮子一翻：「這話怎麼講？」
陳七道：「忘記你那威震江湖的綽號了？」
楊百歲雙眼一瞪，怒道：「你竟要我去偷？」
陳七帶笑道：「楊老說得太嚴重了，區區兩錠元寶，只要順手牽羊就能辦到，怎能談得上『去偷』。」
楊百歲「呸」了聲，罵道：「放你媽的七十二個連環屁！『順手牽羊』不過好聽一點而已，和『偷』又有甚麼兩樣？」
陳七擦了擦臉上的口水，乾笑道：「楊老千萬別發那麼大的脾氣，別忘了現在咱們是在談生意。」
楊百歲道：「談生意又怎樣？」
陳七道：「生意不成仁義在，譬如剛才我沒說過那句話，不就結了？」說完站起身來，故意高聲叫喚睡在隔壁房間的兩名弟兄。
楊百歲立刻用手制止，忍氣吞聲道：「不要裝模作樣了，你是想用這種辦法趕我走，對不對？」
陳七嘻皮笑臉道：「生意既然談不成，楊老認為咱們還有僵在這裡的必要嗎？」

楊百歲咬牙切齒道：「好！算你狠！兩錠元寶就兩錠元寶，不過我得提醒你一聲。」

陳七高興得眉毛都在笑，忙道：「提醒我甚麼？楊老只管明言。」

楊百歲道：「消息一定要準確，如果只顧貪圖兩錠元寶，存心欺騙老夫的話，嘿嘿！你就不會再被人叫做『三眼』陳七了。」

陳七道：「那會叫做甚麼？」

楊百歲狠聲道：「我會在你腦門上再開一個窟窿，讓人們叫你『四眼陳七』。」

陳七聽得心驚肉跳，情不自禁的用手摸了摸腦門，但他很快恢復了笑臉，道：「楊老放心，所謂拿人錢財，與人消災，我『三眼』陳七別的長處沒有，對江湖道上的忌諱可是向來不敢違背的，絕對不會做出不上路的事。」

楊百歲道：「知道就好。甚麼時候能夠聽到你的回音？」

陳七道：「現在我就立刻進行，如果一切順利的話，三天之內就有結果。」

可是從第二天開始，襄陽城內就失去了葉天的蹤跡，陳七弟兄也個個蹤影不見。

這是一件大事，尤其正當殘月環乍現之後，凡是對殘月環有野心的人，莫不對此寄以最大的關切，立刻大批出動，四處尋找。

蕭家酒鋪也偏偏在葉天失蹤之際，竟然關起店門修整內部。當然葉天擺在廟口的鑰匙攤也收了起來，而他的家裡也終日門窗緊閉，甚至晚上連一絲燈火都不見。

城裡那批武林人物，個個忙得猶如無頭蒼蠅一般，但是找了幾天，依然一點消息都沒有。

其中最急的，就是楊百歲。

幸好在第五天，陳七的一名弟兄突然給他來送信，說殘月環已經找到，叫他帶著元寶，起更時分在江邊附近的「周倉岩」見面。楊百歲大喜過望，太陽剛剛下山，便已趕到了「周倉岩」，站在岩頂，舉目四眺。

江濤翻滾，暮色蒼茫。他目光搜遍了每一個角落，就是沒看到陳七，反倒發現了那天在江家祠堂匆匆見過一面的黑袍怪人。

這是一個大大的意外，楊百歲剛想迴避，黑袍怪人已鬼魅似的飄到了眼前。

楊百歲心裡有點發毛，嘴上卻乾笑著道：「你來幹甚麼？我約的並不是你。」

黑袍怪人冷冷道：「但是我卻是為了閣下而來。」

楊百歲驚愕的指著自己鼻子：「為我？」

黑袍怪人道：「不錯，除非你不承認你是『神偷』楊百歲，那就算我找錯了。」

楊百歲道：「我承認，不管你的殘月環有多厲害，我還不至被你嚇得忘了自己是誰。」

黑袍怪人道：「承認就好。」

楊百歲道：「只是我不明白，你我之間素無瓜葛，怎會無緣無故找到我頭上？」

黑袍怪人道：「那天我在江家祠堂收回的殘月環是假貨，這件事的內幕閣下應該知道。」

楊百歲暗吃一驚，但他仍舊保持鎮靜，帶笑道：「恐怕閣下找錯對象了，這件事情應該去問葉天。」

黑袍怪人道：「但我偏要找你，如果你不交出來，可別怪我出手無情！」

楊百歲臉色一變，怒道：「你用這種狂妄的口氣跟我講話，分明是欺人太甚！正好葉大俠也在急於找你，既然狹路相逢，那就讓我替他代勞吧。」話還沒說完，人已欺身而進，舉掌劈向他的面門。

黑袍怪人那張臉已經夠醜的了，倘被楊百歲一掌劈中，將會變得更醜。

可惜沒有劈中，黑袍怪人撐腰錯步，轉眼之間，繞到了楊百歲的身後。

楊百歲暗叫一聲：「不妙！」

的確不妙，黑袍怪人出手的速度要比肉身還快，幾乎是在楊百歲急速轉身的同時，揮掌掃向了他的咽喉。

他那枯如鳥爪般的手指又尖又利，逼得楊百歲連連暴退……

幸虧楊百歲並非等閒之輩，如果換了別人，後果實在不堪設想。

饒是如此，似乎胸前部分仍舊被輕輕掃了一下。楊百歲立刻揮動手中的旱煙袋，急忙點向黑袍怪人的眉心。

黑袍怪人一個倒縱，飄身閃過。

不知他是畏懼楊百歲的旱煙袋，還是根本無心戀戰，只對楊百歲投下冷漠的一瞥，然後便像怪鳥般撲向夜幕之中。

楊百歲反倒愣住了。黑袍怪人來得突然，去得匆忙，葫蘆裡面究竟賣的甚麼藥？實在令人很難猜透。

不過，黑袍怪人的眼神十分怪異，細細玩味起來，似乎是對楊百歲的一種譏諷。

「神偷」楊百歲不愧是老江湖，對方的怪異行徑立刻使他產生警覺，急忙伸出手來，摸向懷中。

這一摸，楊百歲的神情立刻大變。

來此之前，他替「三眼」陳七準備好了兩錠元寶，不料他沒摸出元寶，竟然摸出了一只殘月環，但是卻是一只沒有花紋的假貨。

元寶變成假殘月環，楊百歲臉都氣綠了，怒吼聲中擰身而起，躥向黑袍怪人消失的方向。

一扇斷壁後面，走出了滿臉笑容的「三眼」陳七，手裡托著兩錠元寶，得意忘形之下，讓那兩錠元寶在他掌中滾動得滴溜溜亂轉，後面緊跟著「魔手」葉天，手裡拿著黑袍怪人的面具，身上的黑袍還沒來得及脫下。

陳七望了望楊百歲消失的方向，轉過臉來帶笑道：「葉大俠，楊老都快氣瘋了，以後的戲可有看頭了。」

葉天道：「應該說他氣糊塗了，當他冷靜下來想透了前後經過，恐怕以後的戲就要演變到你的頭上了，你可要千萬當心才好。」

陳七聽了這話，的確有點提心弔膽，生怕元寶飛了似的，急忙揣進懷中。

葉天失笑道：「如果楊老頭真的找上你，你這兩錠元寶莫說是揣在懷裡，就算穿在肋骨上，他也會有辦法拿回去。」

陳七一呆，道：「那該如何是好？」

葉天道：「好在襄陽城裡遍地黃金，而你這幾天剛好財星高照，只要你腦筋動得快，想賺個幾百兩金子也並非難事，又何必在乎這區區一兩錠元寶？」

陳七愁眉苦臉道：「葉大俠有所不知，我雖然比別人多了隻眼，卻少了根筋，腦筋硬是快不起來，所以混到今天，日子依然慘淡得很。」

葉天笑瞇瞇道：「要不要我指點你一條明路？」

陳七傾耳道：「葉大俠請說，小的洗耳恭聽。」

葉天道：「據我的估計，這幾天想找你打探消息的人必定不在少數，你大可把握機會好好賺上一筆，只要有人找上你，你就狠狠地敲他一下，數目付得不夠，千萬不能鬆口。」

陳七半信半疑道：「真的會有人找我嗎？」

葉天道：「當然是真的，說不定馬上就來了，你不妨在這兒慢慢地等，我可要先走一步了。」說完，身形一晃，便已失去蹤跡。

過了不久，遠處果然響起一陣凌亂的腳步聲，夜色迷濛中，只見幾條身影飛快的奔了過來。

陳七動也不動的等在那裡，直待到那幾人奔到面前，才猛然嚇了一跳，想要轉身開溜，已經來不及了，只好硬著頭皮乾笑道：「各位是來找我的嗎？」

說話間，眾人已將他圍住。

為首一個冷面大漢冷冷地瞪著他，喝道：「『三眼』陳七！你的膽子倒不小，居然敢幫著外人對付起我們江大少來了，你是不是活膩了？」

陳七聽得不禁打了個寒顫。

原來跟他說話的，正是江大少屬下最心狠手辣的人物，人稱「冷面煞星」趙登，出手絕不留情。

陳七趕忙笑道：「趙兄言重了，我就算有天大的膽子，也不敢跟江大少作對。」

一旁立刻有人冷笑道：「你聽，這小子連口氣都變了，竟敢跟我們趙老大稱兄道弟起來！」

只聽另外一人接道：「這也難怪，人家已經攀上了高枝嘛！」

方才那人冷哼一聲，又道：「像這種吃裡扒外的東西，不給他點顏色瞧瞧，只怕他連姓甚麼都忘記了。」說著，挽起袖子就要動手。
陳七急忙叫道：「等一等！我還有話要說。」
「冷面煞星」趙登一面搓得拳頭「咯咯」作響，一面道：「你說！我正在等。」
陳七卻滿不在乎地挺胸道：「各位如果想要修理我，以後機會多得很。眼前我還有件大事，非先辦好不可。」
趙登問道：「哦？甚麼事？你倒說說看。」
陳七道：「我有一個很重要的消息，正在待價而沽，不知江大少有沒有興趣？各位可否先替我探探他的心意？如果他沒有興趣，我只好去找別人。」
眾人聽得先是一怔，繼而相顧哈哈大笑。
趙登一把扭住陳七領口，整個把他拎了起來，道：「我看你真是活膩了，居然敢跟我們江大少談起生意來了！」
陳七兩腳懸空，竟依舊笑嘻嘻道：「你最好手腳輕一點，這個消息少說也值二三百萬兩黃金，萬一你扭斷了我的脖子，叫我說不出話來，對江大少來說，可是一大損失。」
趙登整個愣住，過了很久才慢慢將手鬆開，小心地將他放下，好像唯恐把他摔壞。旁邊那幾個大漢也頓時神態大變，不約而同的讓開一條去路。
每個人都哈著腰、伸著手，一副請他先走的樣子，方向當然是江大少的府第。

第八回　寶藏之謎

江大少是個很懂得生活享受的人。

打從他跟隨江老爺子踏上陸地那一天開始，就從來沒有過過一天苦日子。

他衣著華麗，飲食考究，府中自然也佈置得美侖美奐，連服侍他的丫鬟都個個花容月貌，非一般庸俗脂粉可比。因為他在這方面極捨得花錢，只要他認為值得，大把銀子會毫不猶豫的付出去。

當然，他也很懂得賺錢，江大少的生意眼在襄陽是出了名的。

但他卻有個致命的缺點，就是花的永遠比賺的多，所以他一年到頭都在鬧窮。他需要賺更多的錢來彌補他的虧空，比城南的龍四爺更加迫切，所以當他聽說「三眼」陳七帶著極有價值的消息來見他時，他連幾天來的勞累都已忘記，慌忙推開正在為他按摩的幾隻玉手，大步奔了出去。

「三眼」陳七正畢恭畢敬地站在江大少平時召見屬下所坐的太師椅前面。

他是個微不足道的小人物，他會見任何人都只有站著的份兒，但今天卻有點不同，江大少出來第一件事，竟是命人搬了張凳子擺在他身後，顯然對他極為禮遇。

江大少的第一句話也讓他聽得過癮至極，竟然是：「陳老弟，來得好。」

陳七剛剛坐下的屁股立刻又彈起來，道：「能為江大少效勞，小的感到十分榮幸。」

江大少笑了笑道：「你儘管坐，不要客氣。」

陳七只覺得肩膀一重，已被站在一旁的趙登按在凳子上。

江大少依然和顏悅色道：「你說，你帶來的那個消息值多少兩銀子？」

陳七囁嚅著道：「回大少的話，不是銀子，是金子。」

江大少連連點頭，道：「哦，哦，你倒說說看，大概值多少金子？」

陳七道：「少說也該有一二百萬兩吧！」

江大少忍不住嚥了口口水，道：「你所指是否傳說的那批寶藏？」

陳七道：「正是。」

江大少道：「可靠嗎？」

陳七道：「絕對可靠。」

江大少道：「你這個消息是從哪裡得來的？」

陳七道：「是葉大俠親口告訴我的。」

江大少突然感嘆著道：「想不到昨天的鎖匠小葉，一夜之間竟變成了葉大俠，真是世事無常啊！」

陳七道：「可不是嘛？他現在已經是襄陽城裡最受矚目的風雲人物了。」

江大少又笑了笑，道：「『三眼』陳七，你好好跟著我幹，我和你有一天也會變成襄陽城裡的風雲人物。」

陳七急忙謝道：「多謝大少栽培。」

江大少想了想，道：「你能確定那批寶藏在襄陽嗎？」

陳七道：「看樣子是不會錯了。」

江大少道：「好，你現在可以把你所知道的全都告訴我。這批寶藏既然在咱們的地頭上，無論如何也不能讓外人著了先鞭，更不能讓它落在龍四手上。」

陳七連連道：「是，是。」

他答應得雖然乾脆，卻久久不見下文。

一旁的趙登忍不住在他腦袋上敲了一下，道：「大少的話，你有沒有聽清楚？」

陳七痛得齜牙咧嘴道：「聽清楚了。」

趙登道：「那還不趕緊說。」

陳七道：「說甚麼？」

趙登道：「咦，你是幹甚麼來的？」

陳七道：「來談生意的……」

話沒說完，趙登已一腳掃在凳腳上，凳子斜斜地飛了出去，陳七也結結實實的摔在地上。

趙登好像還不能洩恨，又狠狠地踹他一腳，叫道：「你這個忘恩負義的東西！這幾年我們大少待你不薄，讓你在他地頭上混得有吃有喝的，你居然還想回頭咬他一口，你還有沒有一點天良？」

陳七叫道：「有，所以我才來找江大少，如果我到龍四那裡，他們一定不會這樣待我，說不定……嘿……」

趙登道：「說不定甚麼？」

陳七道：「說不定這時候早就把黃澄澄的金子端出來了。」

趙登立刻又補了一腳，喝道：「你他媽的胃口倒不小，居然想要金子！」

陳七急忙爬出幾步，道：「不是我想要，是這筆生意太大，我想不要都不行。」

趙登腳又抬起，卻再也踹不下去。

半晌不曾開口的江大少，這時才突然大喊一聲，道：「來人哪！替我拿五兩金子出來！」

陳七三眼同時一擠，道：「五兩？」

趙登冷冷笑道：「是不是嚇了一跳？我們大少出手大方慣了，其實打發你這種人，有個三五錢就差不多了。」
陳七哼了一聲，從地上爬起來，自己把凳子擺好，毫不客氣的一屁股坐下，而且就坐在趙登的旁邊，一副有恃無恐的樣子。
金子端出來了，大大的托盤中央擺了一顆小小的金錠子，看起來雖然並不太相稱，但色澤仍然很吸引人。
江大少冷冷地瞧著陳七，道：「說吧！只要我聽得滿意，這錠金子就是你的了。」
陳七瞟著那金錠子，歪著嘴巴想了想，道：「你猜，楊百歲找葉大俠究竟是為甚麼？」
江大少道：「我不猜，我只聽。」
陳七道：「大家都以為是想利用他把殘月環的主人引出來，其實不然。」
江大少道：「哦？那他們真正的目的是甚麼呢？」
陳七道：「當然是開鎖！如果只想把殘月環的主人引出來，任何人都可以，何必一定要找『魔手』葉天，你說是不是？」
他說起話來口沫橫飛，似乎已經忘了坐在他對面的是江大少。
江大少好像一點也不介意，急急追問道：「開甚麼鎖？」
陳七道：「寶藏之門的鎖。據說那扇門是當年『巧手賽魯班』公孫老前輩精心打造的，除了『魔手』葉天葉大俠之外，只怕再也沒有第二個人可以打得開，所以他們才非找到他不可。」

江大少道：「哦？你有沒有聽說那扇門在甚麼地方？」

陳七道：「當然沒有。如果有人知道那扇門在哪裡，我的消息還值甚麼錢？」

江大少道：「你的意思是說，大家都還在找？」

陳七道：「不錯，每個人都忙得像沒頭蒼蠅一般，可是直到目前為止，不但沒有找到門，連鑰匙都還沒有著落，看樣子還差得遠呢！」

江大少一怔，道：「要鑰匙幹甚麼？」

陳七道：「當然是用來開門。」

江大少道：「『魔手』葉天開門還用鑰匙？」

陳七道：「開別的門也許不用，可是開這扇門不但要有鑰匙，而且還要精通破解機關的手法，否則就算找到那扇門也休想進得去。」

江大少恍然道：「哦哦，那麼鑰匙究竟在誰手上，你有沒有聽葉大俠說起過？」

陳七眼睛又落在那錠金子上，嘴裡卻滿不帶勁的道：「好像有，可惜我當時沒注意聽。等我回去問問葉大俠，再來稟告大少如何？」

江大少立刻又喊了聲：「來人哪！再替我拿五兩金子來！」

盤子裡又多了錠黃金，陳七的神情似乎也振作了不少。

江大少不慌不忙道：「你再仔細回想一下，看能不能想起來。」
陳七果然抱著頭想了半晌，忽然道：「我想起來了！葉大俠好像曾經說過，那只殘月環極可能就是開啟寶藏之門的鑰匙。」
江大少似乎有點意外道：「原來鑰匙早就在葉大俠手裡，那就簡單多了。」
陳七道：「一點也不簡單，殘月環一共有好幾只，據說少一只都沒有用。」
江大少怔了一下，道：「你所謂的好幾只，究竟是幾只？」
陳七眼珠子飛快的轉了轉，道：「好像是……七只吧？」
江大少一驚，道：「七只，這麼多？」
陳七道：「所以大家才找得暈頭轉向，如果只有一只，楊老頭又怎麼肯把它輕易的交給葉大俠？」
江大少緩緩地點著頭，道：「原來楊百歲想利用葉天把凶手引出來，真正的目的不是復仇，而是搜集開啟寶藏之門的鑰匙。」
陳七道：「正是，這就是我想來稟告大少的事。」
江大少道：「你還有沒有其他事要告訴我的？」
陳七道：「沒有了。」
江大少突然臉色一沉，道：「你只告訴我這麼一點點事，就想賺我十兩金子？」
陳七好像一點也不害怕，竟然笑嘻嘻地伸出兩根指頭，道：「大少搞錯了，我想賺的不是十兩，而是二十兩。」

江大少倒被他說得愣住了。

一旁的趙登卻一把抓住陳七那兩根手指，道：「大少，你看我要不要把這兩根指頭給他扭斷？」

陳七痛得哇哇大叫道：「等一等，我還有話要說！」

趙登冷冷道：「有話快說，有屁快放！再遲就來不及了。」

陳七道：「趙老大，你要搞清楚，你扭斷我的指頭不要緊，也等於扭斷了我跟江大少這條線，以後你想接起來只怕都不容易。」

趙登聽得不禁一怔，目光立刻落在江大少臉上。

江大少手掌微微一揮，道：「放開他，我還有話要問他。」

趙登這才鬆開手，眼睛卻仍狠狠地瞪著陳七，一副隨時都準備修理他的樣子。

江大少的神色卻已緩和下來，道：「好吧！你要二十兩，我就給你二十兩，不過你至少應該告訴我，另外那六只殘月環可能在誰手上？」

陳七一面搓著那兩根手指，一面沉吟著道：「我實在不知道，我想葉大俠也不可能知道，不過……」

江大少道：「不過甚麼？」

陳七道：「不過這兩天城裡出現了兩批人，葉大俠好像對他們十分留意，說不定與其他幾只殘月環有點關係。」

江大少忙道：「哦？哪兩批人？」

陳七道：「一批是來自塞外的怪女人，領頭的好像叫甚麼完顏如姬，長相怪得不得了……」

江大少截口道：「還有另外一批呢？」

陳七道：「另外不是一批，只是一個身穿黑袍的老傢伙，聽說是甚麼『飛環堡』六死士之一，此人不僅武功了得，樣子也怪得不得了……」

江大少又已揚手將他的話阻住，然後便一聲不響的望著趙登。

趙登立即道：「屬下早就派人把那兩路人馬盯牢了，到目前為止，還沒有進一步的行動。」

江大少得意地笑了笑，道：「陳七，聽到了吧？你所知道的事，我們也早就發現了，如果你憑這點消息就想來賺我的金子，你也未免太藐視我江大少了。」

陳七傻眼了，愣了許久，才囁嚅著道：「可是……可是……」

江大少道：「可是你既然來了，我也總不能讓你空手回去。這樣吧！我就賞你五錢銀子，算你這次的跑腿錢，你看如何？」

陳七鬼叫道：「只……只有五錢銀子？」

江大少冷冷的瞪著他，道：「怎麼？你是不是嫌少？」

陳七不得不搖頭，眼睛卻死盯著那兩錠黃金。

江大少道：「如果你想賺金子，就得帶更有價值的消息來，而且腿要快。若是每次都等我派人去請，恐怕就來不及了。」

說罷，轉身而去，那兩錠金子也同時被人端走，連趙登等人也剎那間走得一個不剩。

只有一粒比黃豆大不了多少的碎銀子「嘀嘀嗒嗒」的滾到陳七腳下，看上去當然沒有黃金可愛，但他還是把它撿起來，因為有總比沒有強，更何況，五錢銀子也不能算是小數目，起碼也足夠他痛痛快快的喝幾壺了。

× × ×

陳七大失所望的離開了江大少的府第，嘴裡咒罵著江大少的奸詐，心裡卻盤算著應該到哪間酒鋪去找哪個女人，好像不把這五錢銀子花光就對不起自己似的。

剛剛走出明亮的大街，轉入一條暗巷時，猛然覺得後領一緊，整個身子已被人提了起來，還沒來得及叫喊，嘴巴也已被人捂住，等他少許定了定神，才發現自己已經坐在一丈多高的牆頭上。

陳七不由嚇了好大一跳，心頭一慌，差點栽了下去，幸虧有人將他扶住。

那個人就坐在他身邊，陳七立刻認出那人正是喜歡高來高去的「索命金錢」彭光。

彭光正在向他作噤聲的手勢，兩眼卻轉也不轉的凝視著巷外。

過了一會兒，果然有兩個人匆匆忙忙地跑了過去，一看就知道是江大少的手下。

陳七瞧得不禁莫名其妙，道：「咦？他們派人跟蹤我幹甚麼？」

彭光道：「不跟蹤你，哪來的消息？」

陳七一怔，道：「你的意思是說，他們的消息全是跟我跟出來的？」

彭光道：「就算不是全部，至少也有一半。」

陳七氣得險些又從牆上摔下去，嘴裡恨恨罵道：「他媽的，江大少未免太卑鄙了！我早知道他是這種人，剛才就該好好的騙騙他。」

彭光笑道：「其實你剛才已經把他騙慘了。」

陳七又是一怔，道：「我幾時騙過他？」

彭光道：「就是剛剛在江大少的廳裡，你雖然滿嘴胡說八道，可是他卻當真了。」

陳七咳咳道：「原來你都看到了！」

彭光道：「我不但看到了，而且也聽到了。我真不得不佩服你，你怎麼會想到殘月環一共有七只？」

陳七道：「那可不是我胡編的，是葉大俠親口告訴我的。」
彭光道：「殘月環究竟有幾只，連當事人司徒姑娘都無法確定，葉大俠又怎麼會知道？」
陳七道：「他好像從完顏如姬那裡聽來的。」
彭光冷笑一聲，道：「完顏世家雖然雄踞塞外多年，卻與中原武林素無往來，跟飛環堡更是扯不上關係，他們又如何曉得殘月環的正確數目？」
陳七抓著腦袋道：「是啊！當時葉大俠也曾這麼說過，好像也覺得很奇怪。」
彭光道：「更奇怪的是，完顏世家一向都很講究體面，每次派出來的子弟，不是俊男就是美女，為甚麼這次會派一個侏儒出來？」
陳七道：「是啊！葉大俠也覺得這次的事有點反常，可是他卻不敢懷疑。」
彭光詫異道：「為甚麼不敢懷疑？」
陳七目光匆匆朝四下一掃，神秘兮兮道：「因為那女人手裡有完顏世家的獨門火器榴火彈。」
彭光又是冷冷一笑，道：「江湖上擅用火器的門派很多，類似榴火彈的暗器也不在少數，葉大俠又何以斷定那女人手裡的榴火彈是真的？」
陳七呆了呆，道：「你的意思是說，那個女人手裡的榴火彈可能是假的？」
彭光道：「當然可能，如果我是葉大俠，我非要出手試試不可。」

陳七突然斜著眼睛瞟了彭光半晌，道：「聽說你彭大俠也是收發暗器的高手，你為甚麼不自己去試試？」

彭光乾咳兩聲，道：「我這幾手比葉大俠可差遠了。葉大俠碰到榴火彈或許還有破解之法，如果是我，鐵定完蛋。」

陳七道：「你告訴我這些話的用意，是不是想叫我轉告葉大俠，讓他替你們摸摸那個女人的真正來歷？」

彭光又乾咳兩聲，道：「你誤會了，我只不過是跟你隨便聊聊，絕對沒有利用你傳話的意思。」

陳七突然挺胸道：「你彭大俠待我不錯，無論你是不是在利用我，你的意思我都會替你傳過去。至於他肯不肯做，那就是他的事了。」

彭光忙道：「那太好了，如果陳老弟真肯幫忙，最好把另外一件事也一併告訴葉大俠。」

陳七道：「甚麼事？你說。」

彭光道：「就是有關那個黑袍怪人的事。」

陳七道：「黑袍怪人怎麼樣？」

彭光道：「據我所知，當年飛環堡主並沒有子嗣，所以冤死多年，從沒有人替他復仇，如今卻突然冒出了六個死士，你說能讓人相信嗎？」

陳七立刻道：「我當然不信，葉大俠好像也不太相信，不過那黑袍怪人武功倒是十分了得，連你們楊老都已栽在他手上。我看他縱然不是殘月環的主人，起碼也一定會有點關係。」他一面說著一面點頭，一副自以為是的樣子。

彭光卻吃驚地望著他，道：「我們楊老幾時跟那黑袍怪人動過手？」

陳七道：「就是傍晚時候的事。」

彭光道：「你又怎麼知道的？莫非又是葉大俠告訴你的？」

陳七道：「不，是我親眼看到的。當時葉大俠也在場，不信你可以問問他。」

彭光凝視著他，道：「你說甚麼？當時葉大俠也在場？」

陳七這才發現自己說溜了嘴，神情不禁一變，連忙搖頭道：「不不，是我搞錯了。葉大俠當然沒有在場，否則合楊老和葉大俠之力，那黑袍怪人再厲害，也斷然不是兩人聯手之敵。」

彭光緩緩地點著頭，臉上卻充滿了狐疑之色。

陳七又道：「而且葉大俠是個很重情義的人，如果有他在場，憑他跟楊老的交情，說甚麼也不會讓他袖手旁觀，你說是不是？」

彭光依然點著頭，卻一句話也不說，只默默地瞧著陳七。

陳七被瞧得渾身都不自在，眼珠飛快地轉了轉，道：「如果彭大俠沒有別的吩咐，我想先告辭了。」

彭光道：「這麼急著走幹甚麼？」

陳七道：「我跟我那兩個弟兄約好在蕭家酒鋪見面，現在時間已經差不多了。」

彭光道：「好吧！你既然有事，我也不便留你，不過在你走之前，我能不能再請教你一個問題？」

陳七道：「當然可以。」

彭光沉吟了一下，道：「你說楊老栽在那黑袍怪人手上，究竟栽到甚麼程度？有沒有負傷？」

陳七道：「沒有，沒有，其實也不能算栽，只不過吃了一點小虧而已。」

彭光道：「吃甚麼小虧？」

陳七道：「好像是懷裡的東西被人調包了。」

彭光一怔，道：「楊老懷裡的東西居然也會被人調包？」

陳七道：「是啊！由此可見，那黑袍怪人的身手的確不同凡響。」

彭光急急追問：「但不知調包的是甚麼東西？」

陳七忍不住在懷裡摸了一把，道：「好像是兩錠金元寶。」

彭光濃眉一蹙，道：「奇怪，楊老平時很少帶貴重的東西出門，竟然帶了兩錠元寶出去做甚麼？」

陳七乾咳了好幾聲，才道：「不瞞彭大俠說，那兩錠金元寶，本來是要付給我的。」

彭光大出意外道：「他付給你這麼多的錢幹甚麼？兩錠金元寶可不是個小數目。」

陳七遲遲疑疑應道：「是啊！」

彭光道：「我想他一定是拜託你一件很重要的事，對不對？」

陳七只好點點頭。

彭光朝後掃了一眼，聲音壓得很低，道：「究竟是甚麼事，能不能說給我聽？」

陳七又是一陣遲疑，道：「其實也不是甚麼大不了的事，只是楊老差我替他尋找前天丟掉的那只殘月環的下落而已。」

彭光大吃一驚道：「你說甚麼？司徒姑娘手裡的那只殘月環丟掉了？」

陳七聽得眉頭微微聳動了一下，道：「是不是那一只我就不知道了。」

彭光急形於色道：「結果如何？找到了沒有？」

陳七點點頭，又搖搖頭，過了一會兒又點點頭。

彭光道：「你的意思是說，已經找到了？」

陳七道：「好像已經被楊老收回去了，詳細情形，你還是回去問楊老吧！」

彭光似乎鬆了口氣，使勁的在陳七肩頭上拍了拍，道：「好吧！咱們今天就此別過，不過在臨別之前，我想給你一個建議，不知你要不要聽？」

陳七說道：「聽，當然要聽，彭大俠快快請講，陳七正在洗耳恭聽。」

彭光笑瞇瞇道：「如果你想賺金子，目前正是個好機會，不過你可千萬莫找錯了對象，否則金子沒賺到，弄得不好連命都賠上，那可就得不償失了。」

陳七連道：「是是是。」眼睛卻依舊瞧著彭光，一副還沒有聽夠的樣子。

彭光依然笑瞇瞇道：「而且你最好是把眼睛放亮一點，襄陽有錢的人多得很，你何必一定要找江大少？那傢伙吃喝玩樂雖然不吝嗇，但碰到正事，手面反而小得不得了，你想賺他的錢，豈不比登天還難？如果是我，我絕不找他。」

陳七忙道：「那麼依彭大俠之見，應該找哪一個呢？」

彭光不假思索道：「當然去找龍四爺。」

陳七聽得搖頭不迭道：「那龍四的手面也未必比江大少闊綽多少，找他也不見得有用。」

彭光道：「你錯了，龍四爺的手面雖然不大，但他為人卻極重言諾，答應你的就一定會付給你，絕對不會像姓江的那麼反覆無常。」

陳七道：「也許他比江大少守信用，可是你不要忘了，他身邊還有個比鬼還可怕的丁長喜，跟那種人說話都很吃力，何況是談生意！」

彭光道：「你又錯了，丁長喜那人並不可怕，只不過比一般人精明而已，頭腦也比一般人清楚得多。你想，像他那種人，如果只付少許金子就能有上百萬好處的生意，他會不搶著做嗎？」

陳七想了想，不得不點了點頭。

彭光好像完成了一件心願，得意地笑了笑，道：「好了，我言盡於此，聽不聽就看你了。」說完，躍下高牆，飄然而去。

陳七急忙喊叫道：「彭大俠慢走！能不能請你幫個忙，把我也帶下去？」

可是彭光卻像沒聽到一般，連頭也沒回一下，轉眼便已失去了蹤影。

陳七不禁恨恨道：「他奶奶的，今天真是倒了八輩子的楣！不但金子沒賺到，弄得不好，真的可能把命都賠掉！」

只聽暗處突然有人冷冷道：「你放心，我不會讓你摔死的。」

陳七還以為是彭光去而復返，可是當他瞇起眼睛仔細一瞧，不由得猛一哆嗦，又差點從高牆上摔下去，幸虧又有個人將他扶住。

原來方才說話的那人竟是何一刀，扶他的那個人當然是丁長喜。

丁長喜也像彭光一樣，笑瞇瞇地坐在陳七旁邊，客客氣氣道：「陳老弟，你最近好像忙得很，想找你的人都不容易。」

陳七定了定神，惴惴道：「丁大俠找小的，可有甚麼差遣？」

丁長喜道：「不敢，不敢，我不過是想跟你談筆小生意而已。」

陳七心驚肉跳道：「小……小生意？」

丁長喜道：「不錯。我們四爺實力有限，大生意一時還談不起，只好先從小的開始。」

陳七偷瞄了站在對牆下的何一刀一眼，又瞟了瞟身旁的丁長喜，半晌沒有敢應聲。

丁長喜含笑道：「怎麼？莫非陳老弟對小生意提不起興趣？」

陳七急忙道：「不是，不是，當然不是，小的只是不知丁大俠要談甚麼，一時不敢回答。」

丁長喜道：「你放心，我絕對不跟你談那批寶藏的事，那種事要下大本錢，我們四爺的財力不夠，所以我們想都不敢想。」

陳七大出意外道：「那……你還想談甚麼？」

聽他的口氣，好像除了那批寶藏之外，其他事都已沒有談論的價值。

丁長喜淡淡一笑，道：「我只想跟你談些微不足道的小事，譬如『魔手』葉天這兩天穿甚麼，吃甚麼，還有他每天在家裡幹甚麼等等。」

陳七愣愣道：「就這麼簡單？」

丁長喜道：「就這麼簡單，不瞞你說，我身上只帶著二兩銀子，所以只敢跟你談這些小問題。如果你認為二兩不夠，你只管說，我可以再跟何一刀湊湊看。」

陳七急忙擺手道：「不必，不必，只談談這些事，我怎麼敢收你丁大俠的銀子？」

丁長喜道：「為甚麼不敢？我們談的是生意，你不收錢怎麼行？」

陳七好像為難了半晌，突然道：「我看這樣吧！我們可以來個交換，我把你想知道的問題告訴你，你在臨走的時候把我從牆上帶下去，彼此兩不吃虧，你看如何？」

丁長喜欣然道：「好，就這麼辦！不過你可要實話實說，絕對不能騙我。」

陳七忙道：「丁大俠儘管放心，我陳七膽子再大，也不敢在你面前要花樣，更何況像這種無關緊要的小事情，我也沒有騙你的必要，你說是不是？」

丁長喜慎重地點點頭，道：「好吧！我相信你就是了。你現在不妨想想看，『魔手』葉天這兩天穿的都是哪幾件衣裳？」

陳七不假思索道：「哪裡來的幾件？老實說，他至少已經三天沒換衣裳了，每天都是那身藏青褲褂。幸虧這兩天他沒去蕭家酒鋪，否則只怕連小寡婦的床都不能上。」

丁長喜莫名其妙道：「為甚麼？」

陳七說：「臭啊！小寡婦是個很愛乾淨的人，小葉這兩天不但衣裳沒換，連澡都沒洗呢，滿身都是汗臭味兒，你想小寡婦受得了嗎？」說完，忍不住哈哈大笑起來。

丁長喜也陪著他一起笑。連站在下面的何一刀也在笑，只是他的臉孔生就比較冷，所以看上去完全是冷笑。

笑了好一陣子，陳七才停下來，繼續道：「至於吃，更是簡單得不得了，早晨是對門老王的豆漿燒餅夾油條，中午是隔壁趙胖子的麻辣擔擔麵，晚上是從『秦順德』叫來的客飯，三天來都是一樣，連客飯的菜都沒換過，每次都是回鍋肉。我想今天也不可能變出新花樣，八成現在正在吃著呢！」

丁長喜聽得連連搖頭道：「這傢伙是怎麼搞的？衣裳也不換，飯菜也不變，甚至連蕭家酒鋪都不去了，這不是存心跟自己過不去嗎？」

陳七道：「忙嘛！有甚麼辦法？」

丁長喜道：「他這幾天究竟在忙甚麼？你能不能說給我聽聽？」

陳七又是哈哈一笑，道：「這還用問？當然是在忙著打造東西。」

丁長喜道：「打造甚麼東西？」

陳七嘴巴張了張，忽然又緊閉起來，同時神色也變了，再沒有方才那種輕鬆的味道。

丁長喜卻依然笑瞇瞇道：「為了打造東西而忙得廢寢忘食，我想那些東西對他一定很重要，你說是不是？」

陳七不得不應聲道：「那……那當然。」

丁長喜含笑望了他一會，道：「你還沒有告訴我他打造的是甚麼，我在等著聽。」

站在下面的何一刀也突然道：「我也在等。」

陳七慌忙道：「不瞞二位說，他究竟在打造甚麼東西，我也不太清楚。」

丁長喜仍然微笑著道：「陳老弟，不要忘了，你可是答應過不騙我的。」

陳七急得臉紅脖子粗道：「我……沒騙你，我真的不知道。」

丁長喜連連搖頭道：「這幾天你進出他家裡至少也有十幾趟，連他穿甚麼衣裳吃甚麼菜，你都弄得一清二楚，你居然說不知道他在幹甚麼，你想這種話會有人相信嗎？」

何一刀又接口道：「沒有，起碼我就不相信，而且我的刀也絕對不會相信。」

陳七聽得臉都嚇白了，冷汗珠子也一顆顆的淌下來。

丁長喜仍在搖著頭，還嘆了口氣，道：「大丈夫一言九鼎，咱們在外面跑跑的，最重要的就是要重言諾、守信用，而你也未免太輕諾寡信了，剛剛才答應我的事，一會工夫就不認賬了。像你這種人，怎麼能在外邊混？又怎麼能帶領弟兄？」

陳七擦著冷汗，愁眉苦臉道：「可是……我也答應過葉大俠，我曾經跟他發過誓，絕對不把他的秘密洩露出去的。」

丁長喜恍然道：「原來你曾答應過葉大俠，那就不能怪你了。」

陳七似乎鬆了口氣，拚命拿衣袖擦冷汗。

丁長喜又面帶微笑道：「其實他在家裡幹甚麼，你就算不告訴我，我也早就知道了。」

陳七嘴巴已閉得很緊，眼睛卻露出懷疑的神色。

丁長喜道：「你好像不相信，是不是？」

不等陳七答覆，便已繼續道：「我看這樣吧！我說說看，如果對了，你就點點頭；如果不對，你就搖搖頭。這樣不但不違背你對葉大俠的誓言，又可顧全你我間的信用，一舉兩得，你看如何？」

陳七不聲不響，任何表示都沒有。

丁長喜朝何一刀瞄了一眼，笑笑道：「這位陳老弟的脖子好像硬得很，連動都難得動一下。」

何一刀立刻道：「我不喜歡脖子太硬的人，我的刀卻喜歡，切起來乾乾脆脆，比軟的可省事得多。」

陳七聽得又嚇了一跳，急忙點了點頭。

丁長喜笑了笑，不慌不忙道：「我想這幾天葉大俠一定是趕著打造一種鑰匙，而且是一種很有價值的鑰匙，對不對？」

陳七心不甘情不願地又點點頭，一臉無可奈何的樣子。

丁長喜若有所思道：「一種鑰匙居然忙了他幾天，這倒是件很不尋常的事。甚麼鑰匙打造起來如此困難？……莫非是開啟那扇寶藏之門的鑰匙？」

陳七吃驚地望著他，又不得不點了點頭。

丁長喜道：「按照一般情況，都是先有鎖才能配鑰匙，葉大俠莫非已經找到了寶藏地點？因為只有找到寶藏地點，才能親眼見到那扇門。」

沒等丁長喜說完，陳七便已開始搖頭。

丁長喜思考片刻，又道：「那麼他手上一定有樣品……難不成那只殘月環就是鑰匙？」

陳七不但連連點頭，而且滿臉都是欽佩之色。

丁長喜急得眉頭皺起來，道：「那就怪了！以葉天那雙魔手，仿造一只殘月環，有個大半天的時間已經足夠了，怎麼會接連忙了幾天，莫非他同時仿造了很多只？」

陳七有點遲疑，但還是勉強的點點頭。

丁長喜淡淡的笑了笑，道：「他是不是想分別賣出去，在找到寶藏之前先賺一筆再說？」

陳七搖頭，斷然地搖頭。丁長喜似乎愣住，半晌沒有吭聲。陳七也只好在一旁提心弔膽的瞅著他，唯恐哪個頭點不對，被他一腳踢下去。

過了許久，丁長喜才忽然一拍大腿，大聲道：「我明白了，原來他想那麼做！」

陳七很想問問他明白了甚麼，但嘴巴動了動，卻還是忍了下來。

丁長喜好像很興奮，連連讚嘆道：「『魔手』葉天果然是聰明人，也只有聰明人才能想出如此高明的方法，你說是不是？」

陳七點點頭，不斷地點頭。

丁長喜忽又皺眉道：「不過有件事我實在有點懷疑，我說出來你可千萬不能告訴他。」

陳七忍不住開口道：「甚麼事？你只管說，我不告訴他就是了。」

丁長喜道：「你老實告訴我，這個方法真的是他自己想出來的嗎？」

陳七道：「那還錯得了嗎？」

丁長喜搖頭道：「我不信，像這種方法，絕對不是一個人想得出來的，我猜他旁邊一定有參謀，而且那個人一定是絕頂聰明的人。」

陳七道：「沒有哇！這件事除了我之外，根本就沒有第三個人知道，哪裡來的甚麼參謀！」

丁長喜道：「那一定是你幫他策畫的，至少也有一部分的主意是你想出來的，對不對？」

陳七急忙道：「沒有，沒有！我只不過是幫他叫叫飯、跑跑腿而已。」

丁長喜一副死不相信的樣子，道：「你敢說一點主意都沒替他出？」

陳七咳咳道：「我……我……當然，我也給了他一點建議，只是一些小小的建議。」

丁長喜道：「那就夠了，不瞞你說，『魔手』葉天的智慧有多高，沒有人比我知道得更清楚。」

陳七又擦了把汗，道：「我相信。」

丁長喜忽然瞟著他，不斷搖頭道：「像你這種人因在城北，被江大少當路邊草看待，未免太可惜了。」

陳七居然嘆了口氣，道：「人不逢時嘛！有甚麼辦法？」

丁長喜翻著眼睛想了想，道：「等這件事忙過之後，到城南來混混如何？我想我們四爺一定不會虧待你。」

陳七受寵若驚道：「真的？」

丁長喜道：「當然是真的，我們四爺一向愛惜人才，你又不是不知道的，如果不是怕對葉天不好意思，我恨不得現在就把你挖過去。」

陳七開心得咧著嘴道：「那……那倒不必，只要將來能有機會替四爺效力，小的就感激不盡了。」

丁長喜猛地把頭一點，道：「好，咱們就這樣決定了，到時候，你可不能不給我面子。」

陳七急忙道：「小的不敢，到時候只要丁大俠吩咐一聲，小的就是爬也要爬過去。」

丁長喜道：「不過，這可是你我之間的秘密，在事成之前，可千萬不要洩漏出去。」

陳七拚命點頭道：「這個小的知道，丁大俠只管放心。」

丁長喜忽然嘆了口氣，道：「我對你倒很放心，對葉天實在有點放心不下。」

陳七一怔，道：「為甚麼？」

丁長喜道：「葉天雖然不簡單，可是那批人也不是等閒之罪，他用那種辦法，真的行得通嗎？」

陳七想也不想，便已衝口道：「依小的看絕對沒問題，就算被他們發現，也沒有關係，大不了連本帶利全都給他們好了，對葉大俠也並沒有甚麼損失。」

丁長喜微微怔了一下，立刻道：「這算盤是怎麼打的？連本帶利都給他們，怎麼能說沒有損失？那不等於白忙了一場！」

陳七得意地「吃吃」笑著道：「丁大俠真是聰明一世，糊塗一時啊！這麼簡單的道理你都搞不懂！」

丁長喜突然也「吃吃」笑著道：「我這個腦筋遲鈍得很，有時就是轉不過來。」

陳七越發得意道：「其實你只要想想小葉是甚麼人就夠了，那種東西只要在他手上經過一下，留著還有甚麼價值？還莫如還回去的好。」

丁長喜似乎仍未弄清楚是怎麼回事，隨口追問道：「只經過一下就夠了嗎？這麼快？」

陳七道：「比你想像的要快的多，因為他需要的只是上面的牙齒和花紋，只要一點點時間就夠了。」

丁長喜恍然大悟道：「原來如此。」

陳七道：「你現在明白了吧？」

丁長喜道：「我明白了，鑰匙最重要的不是它的形態，而是上面的牙齒和紋路，要想配鑰匙，就非得找到原圖樣不可，所以他才先打造幾把假的，準備找機會把真的換回來，對不對？」

陳七道：「完全正確。」

丁長喜又是一聲長嘆，道：「『魔手』葉天果然是聰明人！」又搖搖頭，淡淡地笑了笑，道：「可惜他的想法也未免太樂觀了，想把七只殘月環一個一個的弄到手，又談何容易！」

陳七也笑了笑，道：「我想也不會太難，因為那些人的目的是寶藏，要想得到寶藏，就非得先來找他不可……」

說到這裡，好像突然吃了一驚，道：「咦！你怎麼知道殘月環一共有七只？」

丁長喜道：「我是聽你說的。」

陳七眼睛翻了一翻，道：「我幾時告訴過你？我怎麼一點都不記得？」

丁長喜道：「你方才不是告訴過『索命金錢』彭光嗎？我這個人的腦筋雖然不行，耳朵卻靈得很。」

陳七忽然匆匆四顧一下，低聲道：「這個數目是我在江大少面前臨時胡謅的，你可不能當真。」

丁長喜怔了怔，道：「那麼正確的數目究竟是多少？葉天有沒有告訴過你？」

陳七搖搖頭。

丁長喜道：「他後來都沒有跟你提起過？」

陳七皺著眉頭想了想，道：「他倒沒有說過，有一次小寡婦好像跟他談論過，我當時站得很遠，只隱隱約約的聽了幾句。」

丁長喜道：「你聽到了些甚麼？」

陳七道：「她好像說殘月環正確的數字應該是六只或者八只。」

丁長喜道：「她這麼說，我想多少一定有點根據，絕對不是胡亂猜的。」

陳七又想了想，道：「她好像是根據飛環堡主師徒的人數猜測的，她說當年飛環堡主座下三大弟子，每個人都是使用雙環，所以極可能是六只。」

丁長喜很以為然地點點頭，道：「嗯，如果再加上老堡主那一對，正好是八只。她根據人數推斷，卻也蠻有道理。」

陳七兩手一攤，道：「是啊！我也認為很有道理，可是小葉那傢伙就是不信，你讓我有甚麼辦法！」

他隨口道來，不但小葉這兩個字叫得很溜口，而且對丁長喜再也沒有那種謙卑的味道，一時之間好像又忘了自己是誰，儼然以「魔手」葉天的師爺自居。

丁長喜一點也不介意，仍然面含笑意道：「你也大可不必為這件事生氣，我想他不肯相信，也一定有他的理由。」

陳七本來一點氣都沒有，經他一說，真的把眼睛瞪起來，忿忿道：「他有甚麼理由！只不過是受了完顏如姬的蠱惑而已，他寧可相信那女人，也不相信我和小寡婦，你說氣人不氣人！」

說完，好像更加氣憤，狠狠在自己大腿上捶了一拳，誰知一時用力過猛，重心頓失，身子往前一傾，直向牆下栽去。

幸虧丁長喜手腳奇快，沒等他落地，便已將他的身體扶住，兩人同時落在地上。

陳七驚魂乍定，腦筋也頓時清楚過來，急忙哈腰道：「多謝丁大俠幫忙。」

丁長喜道：「這是我方才答應過你的條件，不必客氣。」

陳七仍然彎著身子，道：「丁大俠還有甚麼吩咐？」

丁長喜淡淡道：「不敢耽誤你太多時間，你有事只管請便！」

站在一旁的何一刀忽然冷冷道：「不過在你離開之前，我要鄭重向你聲明一件事，免得以後弄出誤會。」

陳七一驚，道：「甚麼事，何大俠請說，小的洗耳恭聽。」

何一刀道：「如果你懷裡少了東西，那可是別人動的手腳，跟我們毫無關係。」

陳七聽得臉色大變，急忙在懷裡一陣摸索，結果甚麼都在，唯獨少了那兩只元寶，不禁狠狠地把從懷裡掏出來的東西往地上一摔，破口大罵道：「他奶奶的，一定是那龜兒子幹的好事！」

丁長喜和何一刀兩人相顧一笑，同時轉身而去，連一點點同情的味道都沒留下。

陳七咬牙切齒的罵了一陣，直等到猛然想起方才摔掉的東西裡面還有江大少給他的銀子，才停下口來，急忙蹲下身子一陣亂找，結果又是甚麼都不缺，獨缺那塊碎銀子，好像命中注定他今天沒有財運。

天很黑，月光也只能斜斜的照在牆頭上，使地上顯得愈加昏暗。

陳七累得滿頭大汗，依然不肯罷手，他並不是心痛那五錢銀子，而是捨不得犧牲那一餐酒。

就在這時，忽然有輛馬車轉入巷內，緩緩停在陳七身旁，從車上跳下一名短小精壯的漢子，眼瞇瞇地望著他道：「咦？你在找甚麼？」

陳七沒好氣道：「干你甚麼事！閃開，閃開！」

那人笑嘻嘻道：「你找其他東西倒是跟我毫不相干，如果是找銀子，嘿嘿，不瞞你說，我是專家。」

陳七這才猛然跳起來，驚叫道：「曹大哥！你怎麼來了？」

那人道：「我是受人之託，專程來接你的。」

陳七聽得神色又是一變，原來這人正是「魔手」葉天的好友之一，人稱「雁過拔翎」的曹老闆。

陳七車裡車外飛快的掃了一眼，道：「葉大俠怎麼曉得我在這裡？」

曹老闆莫名其妙道：「他為甚麼不曉得？他不是差你到這兒來給他辦事的嗎？」

陳七舔了舔發乾的嘴唇，半晌沒有出聲。

陳七道：「差不多了。」

曹老闆道：「沒辦好就繼續辦，辦好了就上車，差不多是甚麼意思？」

陳七結結巴巴道：「差不多的意思就是……事情是辦好了，只是不小心丟了點東西，我非把它找回來不可。」

曹老闆急忙問道：「是不是丟了銀子？」

陳七點了點頭。

曹老闆興趣大增道：「多少？」

陳七道：「五……五錢。」

曹老闆一副幸災樂禍的樣子，搖著頭道：「在這麼黑的地方，你想要找到那麼一小錠銀子，恐怕是不太容易。」
陳七道：「可不是嘛！」
曹老闆道：「要不要我幫你找？」
陳七道：「你找得到？」
曹老闆道：「當然找得到，方才我不是告訴你，找銀子，我是專家，只要我一插手，它想跑也跑不掉。」
陳七半信半疑的打量他一陣，道：「好，你找。」
曹老闆道：「不過我這個人的毛病你也一定聽說過，銀子經手，多少總要留下一點。」
陳七道：「你要留多少？」
曹老闆道：「二成。」
陳七翻翻眼睛，道：「五錢銀子的二成就是一錢。」
曹老闆道：「你的算盤打得不錯。」
陳七又朝地上瞄了瞄，道：「好吧！只要你能找得到，我就給你一錢。」
曹老闆一挪腳，一彎腰，手裡已多了錠銀子，原來那錠銀子剛好在他的腳底下。
陳七瞧得不禁嘆了口氣，好端端的五錢銀子，平白無故又少了一錢。

曹老闆眉開眼笑的將那錠銀子放進一個小布袋裡，然後又從裡面掏出一錠更小的銀子遞到陳七手上。

陳七拿在手上掂了掂，道：「這是多少？」

曹老闆道：「我想總有個三錢五六吧！」

陳七道：「其他的呢？」

曹老闆道：「其他的就算車錢吧！」說完，坐上車轅，只等陳七上車。

陳七遲疑著道：「你要帶我到哪兒去？」

曹老闆道：「鼎爐，就是小玉那裡。」

陳七忙道：「我……我恐怕不能去。」

曹老闆道：「你不去怎麼行？小葉還等著你喝酒呢！而且，他好像還有事情要跟你商量。」

陳七益發膽怯道：「可是我還有約會，我一早就跟人約好了。」

曹老闆道：「是不是跟你那兩個弟兄？」

陳七急忙點頭道：「是啊！現在已經過了時間，恐怕他們已經等得急死了。」

曹老闆笑笑道：「你放心，小葉早就派人去接他們，說不定現在已經喝上了。」

陳七怔了怔，道：「咦？葉大俠又怎麼知道我那兩個弟兄在哪裡等我？」

曹老闆道：「是『索命金錢』彭光告訴他的。」

陳七駭然道：「你們見到了『索命金錢』彭光？」

曹老闆道：「當然見到了，我們都是被他拉出來的。那傢伙也不知在哪兒發了筆財，今天晚上非請我們喝酒不可。」

陳七氣得差點當場昏倒，猛地躥上了馬車，咬牙切齒道：「走！我去找那個龜孫子算筆賬！」

曹老闆翻著眼睛回望著他，道：「怎麼，你跟彭光有過節？」

陳七恨恨道：「豈止有過節，我恨不得剝了他的皮！」

曹老闆急忙道：「陳七，打個商量怎麼樣？」

陳七道：「那得看看是甚麼事！」

曹老闆道：「你要剝他也好，剁他也好，跟我都沒有關係，不過，能不能過了今天再動手？」

陳七道：「為什麼？」

曹老闆道：「鼎盧的酒菜可是出了名的，難得有機會去一次，你就算賞我個面子，今天晚上先讓我好好的吃一餐如何？」

陳七道：「你是怕我剁了他，到時候沒人付賬？」

曹老闆道：「正是。」

陳七胸脯一拍，道：「你放心，他不付，我付。」

曹老闆一副難以置信的樣子，道：「你付?你有多少銀子?」
陳七道：「我沒有銀子，只有金子。」
曹老闆睜大眼睛道：「在哪裡?」
陳七忿忿道：「就在那個死不要臉的龜孫子的荷包裡!」

第九回　刀光劍影

桌上沒有山珍海味，只有幾盤十分精緻的家常菜，酒也不是難得一見的佳釀，只不過是兩罈陳年女兒紅而已，但坐在席上，卻使人有一種極為溫馨的感覺。

這就是鼎廬的特色。

鼎廬並非陳設豪華的大酒樓，僅僅是個擁有三間雅房的小餐館，每天也只做三桌生意，而且一定是晚上。

但是今天晚上卻開了第四桌，因為今天做東的雖非當地名流，主客就是「魔手」葉天，而葉天剛好是鼎廬主人的好友。

至於鼎廬的主人，當然是以風姿綽約、巧手無雙而馳名全城的小玉。

當年葉天到襄陽的第一頓飯，就是在鼎廬吃的。

那個時候葉天還有點錢，鼎廬的名氣也沒有現在大，但是小玉的那幾道拿手名菜，卻已經把葉天整個吸引住了。

這就是他們關係的開始，若非有這種交情，葉天想在這裡吃頓飯，恐怕也要排在兩個月以後。

現在，小伙計又端了一道菜上來。

葉天迫不及待的吃了一口，一邊吃著，一邊點頭。

彭光卻已皺著鼻子，道：「這算甚麼菜？怎麼又是一點辣味都沒有？」

小伙計道：「這是我們鼎盧的名菜西湖醋魚，請客官慢慢享用吧。」

彭光拿起筷子，又放下道：「伙計，有沒有……西湖辣魚？」

小伙計看了葉天一眼，咧著嘴，搖著頭退了下去。

葉天也不斷地搖頭道：「彭兄，你除了辣的，難道別的口味的菜都不想吃？」

彭光翻著眼睛，愣愣道：「如果菜裡不加辣椒，那還算甚麼菜？這寧可吃白飯。」

葉天道：「白飯也不辣啊！」

彭光道：「我可以在裡面加辣椒。」

葉天搖頭苦笑道：「早知如此，還莫如帶你去吃趟胖子的麻辣擔擔麵。」

彭光道：「那怎麼行！我難得花錢請客，總要找個有名的地方才行，否則我還有甚麼面子？」

葉天無可奈何地拍拍手，揚聲喊道：「伙計，替我拿盤辣椒來！」

彭光立刻道：「愈辣愈好。」
原來默默坐在下首的陳七那兩名弟兄，這時突然同時「噗」的一笑。
彭光橫眉豎眼地望著兩人，道：「笑甚麼？難道你們沒吃過辣椒？」
坐在左首那個笑嘻嘻答道：「吃過，不過吃得不多，一天最多也不過兩三斤。」
右首那個馬上接道：「他說的當然是指一個人。」
彭光笑笑道：「一個人一天吃個兩三斤又何足為奇？我也可以。」
左首那個又道：「可是我們老大就比我們兩個能吃多了，一天起碼也要七八斤。」
右首那個連連搖頭道：「七八斤哪夠他吃？至少也要十來斤。」
彭光怔了怔，道：「一天？」
左首那個認真道：「當然是一天。」
右首那個也正經八百的盯著他，道：「你行嗎，彭大俠？」
彭光忽然哈哈大笑道：「這兩個傢伙真會唬人，不愧是『三眼』陳七的弟兄。」
他邊說邊笑瞧著葉天，顯然是在跟他說話。
可是葉天卻像完全沒有看到也沒有聽到一般，只顧喝酒吃菜，連頭都沒有抬一下。
說話間，小伙計已將辣椒送了上來。
容器不大，數量也不多，裡面擺的都是不折不扣的朝天椒，支支長不盈寸，色澤極為紅艷。
彭光瞧得猛地嚥了口口水，迫不及待的拿起筷子，剛剛夾起一支，陳七那兩個弟兄又是不約而同的「嗤」的一笑，彭光只好停下筷子，瞪著兩人道：「你們又笑甚麼？」
左邊那個搖著頭道：「有些事，我實在不敢再在你面前說……」
右邊那個接口道：「說了怕你彭大俠連這盤辣椒都吃不下去。」
彭光索性把筷子放下來，道：「你們說吧！我倒想聽聽看。」
左邊那個道：「我們老大吃辣椒從不使筷子。」
右邊那個立刻道：「也不用手。」
彭光詫異道：「那他怎麼吃？」
左邊那個道：「他吃餅捲著吃，吃饅頭夾著吃，吃飯和著吃，吃湯泡著吃。」
右邊那個又接道：「還有……吃餃子包餡子吃。」
彭光一呆，道：「還有辣椒餃子？我怎麼從來都沒聽人說過？」
左邊那個笑道：「那可能是彭大俠孤陋寡聞了，我們昨天中午才吃過。」
右邊那個也比手劃腳道：「我一人才吃了三十來個就受不了啦，我們老大吃了六十幾個，好像還沒有過癮。」
葉天好像被嚇了一跳，他這時才抬起頭來，百思不解的望著那弟兄兩人，連他也搞不清楚這兩人究竟在耍甚麼花樣。

彭光更是被這兩人唬得一愣一愣的，道：「還有呢？」

左邊那個想了想，道：「我們老大一睜眼就要吃辣椒，不吃沒力氣起來；臨睡前也非吃不可，否則根本就睡不著。」

右首的那個也想了想，道：「還有，我們老大連早晨漱口都是用辣椒油，這種事只怕彭大俠聽都沒聽說過，也許連想都沒想到過。」

彭光聽得哈哈大笑，連一旁的葉天也忍不住笑出聲來。

但陳七那兩個弟兄卻一絲笑容都沒有，都在一本正經的望著彭光，一副非叫他相信不可的樣子。

彭光喘了口大氣，道：「好，好，你們吹牛的本事還真不小，我的確想也沒想到過，好在『三眼』陳七馬上就到，他究竟有幾斤幾兩，少時即可分曉。」

話剛說完，曹老闆已帶著陳七走進來。

彭光立刻站起來，叫道：「陳七，你來得正好，我剛好有件事要問你。」

他說起話來臉不紅氣不喘，一點都不像曾做過虧心事，神態非常自然。

陳七卻握著拳頭瞪著眼，滿臉敵意的盯著他，對他的問話根本理都不理。

彭光一點都不生氣，依然神態自若道：「聽你這兩個弟兄說你很能吃辣椒，不知是真是假？」

陳七先瞟了他那兩個弟兄一眼，才冷冷道：「是又怎麼樣？老實告訴你，我不但能吃辣椒，而且每天還睡辣椒。」

彭光呆了呆，道：「睡辣椒是甚麼意思？」

陳七道：「睡辣椒的意思就是我枕頭裡裝的不是蕎麥皮，也不是綠豆殼，被裡裝的也不是棉絮，都是曬乾了的朝天椒，你懂了吧？」

這番話不但聽得彭光目瞪口呆，連葉天和曹老闆這兩個老江湖也傻住了。只有他那兩個弟兄在一邊眉開眼笑，好像對「三眼」陳七的答覆十分讚賞。

彭光愣了很久方道：「有這種事？」

陳七道：「怎麼沒有？我已經睡了好幾年了。」

說到這裡，忽然嘆了口氣，接道：「只可惜最近日子混得不好，那床被已經被我們吃光了，枕頭也已吃了大半，本來這兩天正想把它補起來，誰知辛辛苦苦賺來的錢卻不知道被哪個龜孫子給偷光了，看樣子，今年冬天是不太好過了。」

說完，又嘆了口氣，眼睛卻一直在狠狠地瞪著彭光。

彭光咳了咳，道：「這你倒不必擔心，只要真是你辛苦賺來的錢，就一定跑不掉，不過……若是騙來的，那就保不住了。」

陳七微怔了一下，目光很自然的落在葉天臉上。

葉天一臉莫名其妙的神情，道：「這是怎麼回事？你們說了半天，我怎麼一句都聽不懂？」

曹老闆笑道：「我懂。」

葉天忙道：「能不能說給我聽聽？」

曹老闆瞟了彭光一眼，道：「陳老弟懷裡本來揣著兩只金元寶，也不知被何方神聖給摸走了。他在心痛之下，腦筋難免有點錯亂，所以才會如此語無倫次。」

陳七那兩名弟兄不待曹老闆說完，便已同時跳了起來，滿臉驚愕的望著陳七。

葉天一副萬事不知的樣子，訝然道：「兩只金元寶？你是從哪裡賺來的？趕快告訴我，我也去。」

陳七那兩名弟兄不約而同道：「我們也去。」

陳七卻緊閉著口，垂著頭，吭也不吭一聲。

葉天做了個無可奈何的表情，道：「你不說我也不怪你，不過，你總可以告訴我是怎麼丟掉的吧？」

陳七一名弟兄立刻道：「你趕快把地方說出來，我們再去找找看。」

另一名弟兄也急急道：「有葉大俠幫忙，我想一定可以找回來。」

陳七搖首道：「找不回來了。」

葉天道：「為甚麼？」

陳七指著彭光，忿忿道：「因為那兩只元寶是我方才跟他在一起的時候丟掉的。」

陳七那兩名弟兄的目光立刻轉到彭光臉上，又從臉上轉到荷包的部位。

葉天也不禁訝然地望著彭光，道：「難怪彭兄非請客不可，原來是發了財。」

彭光居然一點慚愧的樣子都沒有，依舊笑呵呵道：「這事好說，來，咱們先喝酒。」

說著，舉杯朝大家晃了晃，可是卻連動也沒人動一下，所有的人都在目不轉睛的瞪著他。

彭光只好又將酒杯放下，笑視著陳七，緩緩道：「陳老弟，不要急，那兩只元寶跑不掉的，否則我也不會拜託葉大俠把你們弟兄請來了。」

葉天生怕把事情弄僵，趕快打圓場道：「既然彭大俠這麼說，我想一定錯不了。先坐下喝杯酒定定神，其他的事，等一等再說也不遲。」

陳七弟兄這才同時坐下，眼睛卻依然瞪著彭光，好像生怕他溜掉。

彭光笑容不改的瞪著陳七那兩名弟兄，道：「我能不能請教你們兩位一點小問題？」

那兩人同時把下巴一伸，像是示意要他說下去。

彭光迫不及待道：「你們老大是不是真的很能吃辣椒？」

那兩人竟然不約而同地猛一搖頭。

彭光大出意外，道：「你們老大丟了金子沒好氣，吃辣椒睡辣椒倒也情有可原，你們兩個平白無故替他亂吹甚麼牛？」

左首那個冷哼一聲，道：「我們只是想辦法在拖延你的時間。」

右首那個也冷笑一聲，接道：「在我們老大來到之前，絕對不能讓你動筷子。」

彭光愣住了，過了很久才道：「可是葉大俠早就開動了，你們為甚麼不阻止他？」

左首那個冷笑一聲，道：「葉大俠是我們老大的朋友，你不是。」

另一個也冷笑著道：「我們老大還沒到，你怎麼可以先吃？我們兄弟雖然混得不好，卻還沒有狼狽到吃人家剩菜剩飯的那種地步。」

彭光聽得不禁愕然，同時也不得不對這幾個小混混另眼相看，急忙又舉起酒杯，道：「陳老弟，了不起，你有『魔手』葉天這種朋友，又有兩個如此忠心耿耿的好弟兄，實在令人羨慕。來來，我先敬你一杯！」

陳七立即道：「且慢！」

彭光停杯脣邊，滿臉堆笑道：「陳老弟還有甚麼建議，是否想在酒裡擺幾支朝天椒？」

陳七卻一點笑容都沒有，只伸出手掌，冷冷道：「你不必敬我酒，只要把金子還來就行了。」

彭光乾咳兩聲，道：「兩錠金子小事一樁，何必為這點事傷感情？」

陳七道：「在你是件小事，對我們弟兄卻非常重要。如果你真的不想傷感情，最好是馬上把它拿出來。」
彭光道：「就算我想拿給你也辦不到，因為金子已經不在我手上。」
陳七急道：「不在你手上在誰手上？」
彭光道：「當然是在我們楊老手上，好在楊老馬上就到，到時候，你只要把那只殘月環的下落指給他，我保證那兩錠金子一分都不會少。」
陳七一聽楊百歲要來，全身都軟了，失魂落魄的坐回座位上，再也沒有剛剛那種神氣活現的味道。
他那兩名弟兄卻還不知天高地厚，仍在狠狠地瞪著彭光。
葉天突然哈哈一笑，道：「有彭大俠保證，你們還擔心甚麼？趕緊坐下來喝酒。」
那兩人這才心不甘情不願的坐下來，目光卻依然在彭光的荷包部位轉來轉去。
彭光笑容不改道：「你們儘管盡興，我們楊老是丐幫出身，從來不在乎吃人家的剩菜剩飯。」
葉天愕然道：「楊老真的是丐幫出身？」
彭光遲疑了一下，道：「無論是不是丐幫出身，我想他都不會在乎這種事情。」
葉天笑笑，也不再追問。
一旁的曹老闆忽然接道：「其實大家都不必擔心，後面的菜還多得很，除非楊老來得太遲，否則絕對不至於讓他吃剩菜剩飯。」

彭光忍不住仔細打量了曹老闆一眼，道：「曹兄莫非也是這裡的常客？」

此言一出，所有的人都笑了。

彭光被笑得滿頭霧水，只有莫名其妙的望著葉天。

葉天摸摸鼻子，道：「他不僅是這裡的常客，而且還是這裡的房東，從這間鼎爐開始，一直到街尾的曹家老店，統統都是他的房子，你別看他一副窮酸相，其實有錢得很。」

陳七一名弟兄又已接道：「而且他在東大街還開了間曹家客棧，比這間曹家老店可大多了。」

另一個也搶著說：「還有，對街那間白娘子的客棧好像也變成他的了，聽說上個月他連人帶客棧同時買了下來……」

葉天截口道：「真的？」

曹老闆急忙道：「你不要聽他胡扯，客棧是買了下來，人嘛……又不是東西，怎麼能買來買去！」

彭光聽得哈哈大笑道：「想不到『魔手』葉天還有這麼個有錢的朋友，失敬！失敬！」

方才被嚇軟了的陳七，也突然開口道：「不過，他那些銀子可都是一分一分的攢起來的，能有今天的身價，也實在不容易。」

曹老闆道：「可不是嘛？小富從儉，大富在命。我沒有小葉那麼好的命，只有一分一分的省，不像人家，半夜三更都有人趕著給他送元寶，一送就是七八個……」

葉天剛剛入口的酒，幾乎全從鼻子嗆出來，急咳一陣，道：「不是十個嗎？」

曹老闆眉頭一皺，道：「十個？有那麼多嗎？我看最多也不過八九個。」

葉天嘆了口氣，道：「好吧！九個就九個，你趕快還給我，免得被那女人吃掉！」

曹老闆道：「哪個女人？」

葉天道：「當然是姓白的那個女人。」

曹老闆：「你胡說甚麼？那麼重要的東西，我怎麼可能擺在她那裡！」

葉天道：「沒擺在她那裡，擺在哪裡？」

曹老闆道：「當然是藏在我家裡。」

葉天道：「我看你還是趕緊交給我吧！」

曹老闆道：「急甚麼，反正金子沒長腳，又不會跑掉。」

葉天道：「我怕弄丟了你賠不起。」

曹老闆道：「笑話！區區八九十兩金子，還難不倒我，你放心好了。」

葉天道：「我一點都不放心，萬一到時候你來個翻臉不認賬，我怎麼辦？」

曹老闆道：「你胡扯甚麼！我曹老闆是那種人嗎？」

葉天道：「是。」

不但葉天答得乾脆，連陳七弟兄三人都不約而同的直點頭。

彭光瞧得哈哈大笑道：「曹老闆果然生財有道，實在令人佩服。」

曹老闆急忙擺手道：「你不要聽他胡說，我這人從不貪取非分之財，更不會將朋友的錢財據為己有，當然，有的時候稍許收點過手費甚麼的倒是有的，你能說這是貪財嗎？」

彭光道：「當然不是。」

曹老闆轉對著葉天，道：「你呢？你說我這算不算貪財？」

葉天沉吟著笑道：「這個麼……等你把金子交給我以後，我再答覆你。」

曹老闆道：「好吧！明天一早，我就給你送過去。」

葉天忙道：「謝啦。明天一早，我開著門等你。」

曹老闆好像很生氣，接連喝了兩杯之後，突然欺近葉天，鄭重其事道：「小葉，我跟你打個商量怎樣？」

葉天嚇了一跳，急忙往一邊閃了閃，道：「甚麼事？你先說說看！」

曹老闆道：「你手裡有這麼多錢，擺著也不會生小錢，咱們索性合作做個生意如何？」

葉天道：「合作甚麼生意？」

曹老闆道：「縣衙對面的長興客棧正好要賣，咱們大可合資把它買下來，我包你賺錢。」

葉天道：「抱歉，我對客棧那門生意，一點興趣都沒有。」

曹老闆道：「那是因為你不懂，其實經營客棧，有意思得不得了，不但每天有人從四面八方趕來給你送錢，而且消息還特別靈通。譬如坐在你對面的彭大俠，你知道他是從哪兒來的嗎？」

葉天搖頭。

陳七搶著道：「當然是來自四川。」

曹老闆道：「錯了，是從江寧來的。如果你們不信，不妨問問他。」

彭光不作任何表示，只是淡淡的笑了笑。

曹老闆又道：「還有，那個叫甚麼完顏如姬的，按理說應該來自塞外才對，其實不然，她反而來自彭大俠的家鄉，你說奇怪不奇怪？」

彭光聽得神色一變，道：「是不是從蜀中來的？」

曹老闆道：「那我倒不能確定，我只能說她是從那個方向上來的。」

葉天道：「那又何足為奇？說不定她貪玩，只是先到四川轉了轉而已。」

曹老闆大搖其頭道：「你要說彭大俠他們為了找你，先在江浙一帶轉一圈倒也可能，如果說來自塞外的人，先千辛萬苦的跑一趟四川，然後再到襄陽來，你會相信嗎？」

葉天搖頭，所有的人都在搖頭，顯然這是一件極不可能的事。

曹老闆得意洋洋道：「總之，幹客棧這一行，別的不說，消息絕對比任何人都靈通，不論江湖上發生甚麼大小事情，很快就會傳到你的耳朵裡，你想不聽都不行，你說是不是很有意思？」

葉天道：「嗯，的確很有意思。」

曹老闆道：「要不要幹？」

葉天道：「不要。」

曹老闆呆了呆，道：「為甚麼？」

葉天道：「我想過清靜的日子還來不及，要那麼多消息幹甚麼？」

曹老闆道：「身為江湖人，應知江湖事。像你這種人，怎麼可以不瞭解江湖動態？」

葉天道：「我這幾年對江湖動態一無所知，不是也過得蠻舒服嗎？」

曹老闆道：「但現在跟過去不一樣了。」

葉天道：「有甚麼不一樣？」

曹老闆道：「過去你是鎖匠小葉，而現在你是『魔手』葉天，就算你想再過過去那種悠閒的日子，恐怕也辦不到了。」

說到這裡，悄悄瞟了彭光一眼，繼續道：「何況如今各路人馬齊集襄陽，多少都難免跟你扯上一點關係，你若是消息不夠靈通，事事蒙在鼓裡，豈不是要吃大虧？」

葉天道：「就算我想知道甚麼消息，有你這種朋友也足夠了，何必要自己去開間客棧？」

曹老闆道：「話是沒錯，但我也不大可能每天替你白跑腿，我還有我的事，而且我也要吃飯啊！」

葉天笑道：「那好辦，好在我現在有的是銀子，我可以請你專幫我打探消息。」

曹老闆臉色一沉，道：「笑話！我又不是沒見過銀子，你怎麼可以用這種話來侮辱我！」

葉天道：「金子能不能解決？」

曹老闆神色立刻好轉了不少，道：「好吧，誰叫你是我的朋友呢！你說，你最想知道甚麼事？」

葉天不假思索道：「我要那個黑袍怪人的底細，只要你能查出來，要多少隨你說。」

曹老闆道：「好，你把他的名字告訴我，我先替你查查看。」

葉天道：「我若是有名字，還要你查甚麼？」

曹老闆眼睛一翻，道：「沒有名字，你叫我根據甚麼去查？」

葉天道：「當然是特徵，他最大的特徵，就是每次出現都穿著一襲黑袍。」

陳七接道：「所以我們都稱他黑袍怪人。」

曹老闆道：「除了穿著之外，還有沒有其他的特徵？譬如說他的年紀、長相，以及特殊的習慣等等。」

葉天想了想，道：「那人的年紀應該五十上下，身材跟我差不多，臉色特別蒼白，說起話來卻中氣十足，所以我懷疑他可能戴著面具，至少也在臉部動過手腳。」

曹老闆道：「武功呢？」

葉天道：「很高，走的好像是陰柔路子，極可能是個內家高手。」

曹老闆道：「還有呢？」

葉天道：「我所知道就只有這麼多。」

彭光突然接口道：「還有，那人手腳之快，好像也跟葉大俠不相上下。」

葉天道：「那是當然，手腳不快，還能稱得上高手嗎？」

彭光笑笑，葉天也笑笑，笑得很自然，一點心虛的樣子都沒有。

曹老闆一面搖頭，一面喃喃道：「難，難，難。」

葉天道：「賺金子，本來就不是件容易事，你若是做不到，我可以找別人。」

曹老闆挺胸道：「誰說做不到？只要他是從外地來的，哪怕投宿過再小的客店，我都能打聽出來。」

葉天道：「那太好了，你甚麼時候可以答覆我？」

曹老闆道：「明天早上。」

葉天道：「不要忘了，明天早上我會開著門等你的。」

曹老闆道：「你可以遲一點開門，你總要給我趕著車在襄陽轉一趟的時間。」

葉天道：「好，我就等你到午時，午時不到，我可要出去了。」

曹老闆道：「你出去會到甚麼地方？」

葉天道：「當然是到白娘子的客棧去。」

曹老闆一怔，道：「你到她那裡去幹甚麼？」

葉天道：「找你討債。」

曹老闆眉頭猛地一皺，道：「我不是告訴過你，金子不在她那裡嗎？」

葉天一本正經道：「沒有金子我可以押人，等你把金子送來，我再還給你。」

說完，眾人不約而同的哈哈大笑，連曹老闆也忍不住笑了起來。

談笑聲中，菜已一道一道的端上來，酒也一罈一罈的開，每個人都逐漸有了些酒意。

窗外夜色已濃，猜拳行令之聲不斷地自前面三間房裡傳出，聽在眾人耳朵裡，更平添了幾分酒興。

彭光雖然菜不對味，但自有了那盤朝天椒之後，酒興大開，頻頻向眾人敬酒，敬得次數最多的便是「三眼」陳七，也不知是有意把他灌醉，還是向他表示歉意。

陳七似乎已將一切煩惱統統拋諸腦後，有敬必喝，有喝必回，一旁又有他那兩弟兄斟酒佈菜，轉眼便已喝得連舌頭都短了半截。

曹老闆根本不必人敬，只要是不花錢的酒，想叫他不喝都不行。

其中只有葉天比較清醒，他不但酒量好，頭腦也比較清楚，就算喝醉了，也比一般人清醒。所以當彭光又向他舉杯敬酒時，他突然道：「等一等，怎麼直到現在楊老還不來？該不會是找不到地方吧？」

彭光哈哈一笑，道：「你放心，楊老是穿門越戶的老手，絕對沒有他找不到的地方，更何況，前幾天他還到這兒來給你送過金子，難道你忘了？」

一旁的曹老闆嚇了一跳，道：「小葉，你這次究竟收了多少金子？」

葉天道：「多得很，你想賺都賺不完，所以你這幾天最好清心寡欲，留點精神替我跑吧！」

曹老闆聽得笑口大開，忍不住又灌了自己一杯，道：「你還想知道甚麼？你說！」

葉天道：「等我回去好好想一想，明天見面的時候再告訴你……」

說到這裡，語聲稍許頓了一下，又道：「如果你還能活到明天。」

曹老闆怔了怔道：「你這話是甚麼意思？」

葉天道：「我的意思是說，也許有人不願意你管得太多，先把你幹掉也說不定。」

曹老闆駭然道：「不會吧？」

葉天看了彭光一眼，道：「那可難說得很。」

彭光哈哈大笑道：「葉兄未免太多疑了，我『索命金錢』彭光豈是那種人？」

葉天淡淡道：「你不是，你敢說別人也不是嗎？」

彭光道：「我想我們這批人，絕對不會在你『魔手』葉天的朋友身上下手。」

葉天道：「你敢向我保證？」

彭光慢慢放下酒杯，遲遲疑疑道：「我……我……」

就在這時，窗外忽然有人接口道：「我向你葉大俠保證，不知行不行？」

說話間，窗房微啟，楊百歲擠身飄入，落在地上連一點聲音都沒有。

可是他動作再輕，依然把陳七嚇了一跳，連杯裡的酒都灑出了一大半。

楊百歲卻看也沒看他一眼，只笑瞇瞇的瞄著葉天，顯然是在等待著他的答覆。

葉天急忙請楊百歲入座，親自為他斟酒，然後舉杯道：「方才我不過跟彭大俠開開玩笑，楊老可千萬不能當真。來，我先敬你一杯。」

說完，脖子一仰，喝了個點滴不剩。

楊百歲也一飲而盡，道：「其實葉大俠該防範的不是老朽帶來的一幫人，而是那個黑袍怪人和他手下那批人。那批人實在難對付得很，方才老朽就差一點被他們堵住，所以才會拖到現在才來。」

葉天一驚道：「那個黑袍怪人還有手下？」

楊百歲道：「當然有，而且個個都身手不凡。」

葉天沉吟著道：「這麼說來，我們更得先把他們的底細摸出來不可。」

楊百歲道：「不錯，我也認為有此必要，不過行動要特別當心，萬一被那批人發現，想要脫身恐怕就不容易了。」

葉天瞟著酒意盎然的曹老闆，道：「楊老的話你都聽到了吧？」

曹老闆點頭不迭道：「聽到了。」

葉天道：「你行嗎？」

曹老闆道：「有金子就行。」

葉天正色道：「這件事可非比兒戲，你不要金子沒賺到，先把命丟掉！」

曹老闆道：「那倒不會，我只在同行間偷偷打聽一下，不會被他們發現的。」

葉天道：「那你就試試看，如果不行，可千萬不能勉強。」

曹老闆笑笑道：「你放心，那種要錢不要命的事，我再也不會幹了。」

話剛說完，坐在對面的彭光忽然跳起來，指著曹老闆叫道：「你是『要錢不要命』曹小五？」

曹老闆苦笑道：「那已經是陳年往事了，現在我是既要命，又要錢，只是胃口變得很小，只要一點點就行了，所以大家都叫我『雁過拔翎』，我倒覺得這個綽號蠻適合我，比『要錢不要命』可好聽多了。」

彭光嘆了一口氣，道：「其實我早就應該猜到的，『魔手』葉天的朋友，怎麼會有等閒之輩！」

陳七那兩名弟兄，這時又是不約而同的「噗嗤」一笑。

其中一人道：「曹小五？這個名字很有意思。」

曹老闆忙道：「現在我已經老了，你們還是叫我曹老闆的好。」

另一個也立刻問道：「你當年是不是也很有名？像葉大俠一樣有名？」

曹老闆哈哈一笑道：「你們太抬舉我了，我怎麼比得上鼎鼎大名的『魔手』葉天？尤其是在女人面前，我比他差得太遠了。」

彭光立刻接道：「有道是物以類聚，你們跟小玉姑娘是朋友，想必她也絕非等閒人物。」

葉天道：「嗯，她那手燒菜的功夫，實在不簡單。」

彭光道：「武功方面呢？」

葉天扭頭望著曹老闆，道：「她會武功嗎？」

曹老闆笑道：「她連活魚都不敢殺，還談甚麼武功？」

葉天雙手一攤，道：「聽到了吧？我的朋友多得很，但並不一定每個人都是武林人物。」

楊百歲笑笑接道：「小玉姑娘我見過，的確不像武林中人，倒有點像哪家的千金小姐。」
彭光興致勃勃道：「人長得怎麼樣？」
楊百歲道：「標緻極了，依我看，可比紅甚麼綠甚麼的高明多了，只可惜有些人硬是有眼無珠，拿著石頭當玉捧，奈何，奈何！」
說完，還嘆了口氣。
葉天急忙又端起酒杯，道：「楊老，來，我再敬你一杯。」
楊百歲道：「你是不是替小玉姑娘敬我？」
葉天陪笑道：「小玉忙過之後，自會親自來敬酒，這一杯是我敬你的。」
楊百歲道：「為甚麼？」
葉天道：「為了感謝你今晚出錢請客。」
楊百歲慌忙把剛剛端起的酒杯又放下來，吃驚道：「誰說是我請客？」
眾人聽得同時一愣，每個人的目光都不約而同的轉到彭光身上。
彭光乾咳兩聲，道：「我請，我請。」
楊百歲翻著眼睛道：「你憑甚麼請？要請，也應該叫賺錢的人請客才對。」
彭光瞟了陳七一眼，道：「萬一……他賺不到呢？」
楊百歲道：「那就更應該請客了，否則人家還當我楊百歲是隨便讓人耍著玩的呢！」

陳七聽得連頭都不敢抬，鼻子幾乎碰到桌面上。

葉天面帶微笑地坐在一邊，一句話也不說，好像這件事跟他根本就扯不上關係。

曹老闆和陳七那兩名弟兄臉上卻都現出了茫然之色，誰也搞不清是怎麼回事。

就在這時，門外忽然響起一陣輕碎的腳步聲。

對門而坐的彭光，似乎鬆了一口氣，道：「莫非是小玉姑娘來了？」

曹老闆立刻道：「好像差不多了，應該是她。」

說話間，但見房門一亮，三個打扮得花枝招展的女人，一前兩後的走了進來。

後面那兩人一進門就將房門緊閉起來，然後分站兩旁，一看就知道是前面那個女人的隨從侍女。但前面那女人卻一點氣派都沒有，長得又矮又胖，臉上擦的粉厚得連鏢都打不透。

彭光不禁嚇了一跳，張口結舌地望著葉天，半晌沒講出一句話來。

葉天不待他發問，便已苦笑著道：「她當然不是小玉。」

彭光道：「那麼她是誰？」

陳七又已忍不住搶著道：「她就是來自塞外的那個完顏如姬。」

彭光居然笑口大開道：「那太好了！既然來了，就是客，趕快請坐！」

完顏如姬卻看也不看他一眼，只上上下下的打量了楊百歲一陣，道：「你的腿還真不慢啊！」

楊百歲怔怔道：「姑娘是在說我嗎？」
完顏如姬道：「方才被人追得像兔子一樣的，不就是你嗎？」
楊百歲悶哼一聲，道：「但不知姑娘找我，有何指教？」
完顏如姬嘴巴一撇道：「我才不要找你呢！我是來找他的。」
她一面說，一面抬手朝葉天比了比。
葉天也不禁嚇了一跳，急忙將身子往後縮了縮。大叫道：「姑娘小心，那個東西可千萬不要掉下來！」
原來完顏如姬手上正抓著一顆黑呼呼的東西，看上去極可能是完顏世家的獨門暗器，威力無比的榴火彈。
完顏如姬「咯咯」笑道：「你放心，這顆東西乖得很，不會輕易離開我的手掌。」
楊百歲忽然站起來向前湊了湊，道：「那是甚麼東西，能不能讓我看看？」
完顏如姬反應極快，立刻退到門邊，厲聲道：「楊老頭兒，你最好老實一點，否則可別怪我對你不客氣！」
楊百歲急忙坐下來，道：「我只是想見識一下，又不搶妳的，妳緊張甚麼？」
完顏如姬冷笑道：「我這個人就是容易緊張，所以你最好不要輕舉妄動，免得害了自己，也連累了大家。」

楊百歲無奈道：「好吧，我不動，妳不是要找葉大俠嗎？他正在等著妳開口呢。」

葉天果然靜靜地坐在那裡，一副等待她開口的模樣。

完顏如姬馬上換了副笑臉，輕聲道：「葉大俠，我們談的那件事怎麼樣了，有沒有考慮好？」

葉天愣愣道：「甚麼事？」

完顏如姬道：「當然是合作的那件事。」

葉天搖頭道：「恐怕不太可能，因為我已經先答應別人了。」

完顏如姬道：「你所說的別人，是不是楊老頭這批人？」

葉天道：「不錯。」

完顏如姬道：「那好辦，只要你點頭，我自有辦法對付他們。」

葉天皺眉道：「妳打算怎麼對付他們？」

完顏如姬忽然又從懷裡掏出另外一顆黑呼呼的東西，在手上一掂一掂地道：「那是我的事，你不必多管。我只問你，答應還是不答應？」

葉天急忙道：「事情可以慢慢商量，妳先把手上的東西收起來再說！」

完顏如姬道：「那可不行，這楊老頭手腳快得很，我不得不對他多做點防備。」

楊百歲哈哈大笑道：「姑娘也未免太藐視我楊某了，妳以為憑妳手上那種東西，就真能把我嚇住嗎？」

完顏如姬冷冷道：「我勸你最好不要輕試，否則不但你自己粉身碎骨，而且在座的人一個也休想活命。」

楊百歲道：「妳自己呢？」

完顏如姬道：「那倒不勞你費心，用得好，我能全身而退，那是我的本事到家；用得不好，大家來個同歸於盡，我也不虧本。」

楊百歲又是一聲悶哼，再也說不出話來。

彭光忽然緩緩道：「姑娘手上那種東西，真的是傳說中的榴火彈嗎？」

完顏如姬道：「不是榴火彈是甚麼？」

彭光沉吟著道：「我看倒有點像蜀中阮家溝子的『轟天雷』。」

完顏如姬神色大變，掂動的手也立刻停了下來。

楊百歲冷笑道：「如果是轟天雷，威力可就小多了，只怕妳還沒有出手，已被楊某制住。」

完顏如姬也冷笑著道：「你為甚麼不來試試看……」

說未說完，突然發出一聲尖叫，同時騰身縱起，回手便將掌中那兩顆黑呼呼的東西接連打了出去。

幾乎在同一時間，房門已被人撞開，一個手持短劍的女子疾如流星般的躥入房中。

但見她手撥劍挑，以四兩撥千斤的手法，極其靈巧的將迎面打來的那兩顆東西撥出窗外，同時身形陡然一翻，短劍揮動，連聲慘叫中，陪同完顏如姬前來的那兩名侍女，兵刃尚未取出，便已死在劍鋒之下。

而完顏如姬這時也已落地，接連倒退幾步，矮胖的身子整個靠在牆壁上，身體緩緩下滑，粉壁上留下一道鮮紅的血痕，顯然是在尚未出手之前，背後已先隔門被那手持短劍的女子刺中了要害。

就在這時，只聽「轟轟」兩聲巨響，顯然是那兩顆東西所發出的爆炸聲。一時將整扇窗戶震得木片橫飛，威力十分驚人。

事情從發生到結束，只不過是剎那間的工夫，房裡所有的人幾乎動都沒動，每個人都被那女人敏捷的身手驚得目瞪口呆，久久不得吭聲。

直到爆炸聲響過後，彭光才猛地在桌面上一拍，道：「我猜得不錯，果然是阮家的轟天雷！」

那手持短劍的女子道：「如非彭大俠提醒，我還真有點不敢出手。」

彭光呆呆地望著那女子，道：「姑娘好俐落的身手，還沒有請教貴姓芳名?」

楊百歲一旁嘆道：「你這不是多此一問嗎?她當然是此間的主人小玉姑娘。」

彭光指著曹老闆，叫道：「可是……他分明告訴我小玉姑娘不會武功的！」

曹老闆顧盼左右，道：「我說過這種話嗎?」

葉天笑而不答，陳七弟兄三人同時搖頭。

曹老闆道：「我記得我也沒有說過這種話，八成是彭大俠聽錯了。」

彭光急得臉紅脖子粗道：「我絕對不會錯，你方才不是明明說過她連活魚都不敢殺嗎？」

曹老闆道：「是啊，但不敢殺魚並不代表不敢殺人，就像不敢吃辣椒並不代表不敢吃鹽巴一樣，這種話，難道你彭大俠也聽不懂？」

彭光被堵得再也講不出話來。

這時小玉已在葉天身旁坐下。

燈火下，只見她略顯消瘦的臉龐已現汗珠，一頭秀髮也凌亂不堪，但她臉上依然帶著微笑，笑吟吟地接口道：「曹老闆是有名的槓子頭，彭大俠千萬不要跟他一般見識。其實像我這幾手莊稼把式，在楊老和彭大俠面前，會與不會也沒甚麼差別，何苦為這點小事爭論？」

她輕聲軟語，委婉道來，不但悅耳動聽，而且顯得極其穩重，自然流露出一種大家風範。

彭光整個人似乎都傻住了。

楊百歲哈哈一笑道：「姑娘太客氣了，如以劍法而論，只怕老朽也未必是姑娘之敵。」

小玉忙道：「楊老真會說笑話，像我這幾手微末的劍法，莫說是楊老這種一流高手，就連這個自稱完顏如姬的女人，若非偷襲，我也絕對不是人家的對手。」

楊百歲連道：「姑娘太高抬我了，這『一流高手』四個字，老朽實在擔當不起。」

說著，回頭看了那矮胖女人的屍體一眼，道：「不過這個小女人也實在厲害，在氣絕之前，仍然可以把那兩顆轟天雷發出來，而且威力依然驚人，這一點實在不得不讓人佩服。」

彭光立刻道：「蜀中阮家，代代都是狠角色，以個性推斷，這個女人鐵定是阮家的人，絕對錯不了。」

小玉眉間微微蹙動了一下，道：「如果真是蜀中阮家的人，她又何必冒充完顏世家的子弟呢？」

彭光沉吟著道：「我想可能是怕轟天雷的威望不夠，不足以跟葉大俠談條件吧？」

葉天笑笑道：「那是她多慮了，其實我甚麼火器都怕，無論威力大小，我見到火器便跑。」

小玉訝然道：「真的？」

葉天道：「當然是真的，不信，下次妳端一盤燒紅的煤炭上來，妳看我跑不跑？」

說完，立刻引起一陣大笑。

小玉一面笑著，一面將頭髮高高挽起，從懷裡取出一只類似髮簪的東西，隨手別在髮髻上。

所有的笑聲忽然間靜止下來，每個人都呆呆的望著她頭頂上那只類似髮簪的東西。

小玉動也不動，只悄聲道：「小葉，你看我的頭髮挽得好不好看？」

葉天道：「好看極了，妳沒發覺陳七弟兄三個全都看傻了。」

陳七這才駭然跳起，緊緊張張的指著小玉頭上的髮簪，叫道：「楊老，你要找的東西在這裡！」原來小玉別在頭上的那只髮簪，竟是楊百歲遍尋不獲的殘月環。

楊百歲看了又看，才勉強哈哈一笑道：「這東西既然在小玉姑娘手上，老朽就放心了！」

說話間，匆匆朝窗外瞄了一眼。

彭光立刻「噗」的一聲，將房中的燈火吹熄。

透過破碎的窗格，院中人影隱約可見，顯然是方才的爆炸聲驚動了前面的客人，這時都已擁入後院來看熱鬧。

黑暗中，楊百歲輕輕的咳了咳，道：「此地已不宜久留，老朽要先告退了……至於今天這餐酒，當然是老朽請客。」
彭光一陣摸索，把幾錠銀子放在桌上，道：「在下也告辭了，銀子不夠，改天再補。」
說完，兩人匆匆摸出房門。
陳七急忙喊道：「楊老，你答應我的金子呢……」一邊喊著，弟兄三人也急追了出去。
院中的人影愈聚愈多，有的人甚至已湊到窗前往裡張望。
曹老闆抓起酒罈，嘴對嘴的猛喝了幾口，道：「看樣子，我也得走了。」
葉天道：「你急甚麼？」
曹老闆道：「我當然急，我跟你們不一樣，我是有身家的人，萬一遇到事，那還得了！」
小玉「吃吃」笑道：「曹老闆儘管放心喝酒，地保那邊我早已打點好，不到天亮，他是不會來的。」
曹老闆道：「地保倒好應付，萬一官差趕來，那才糟糕，我看還是走為上策。」
說完，拔腿朝外就走。
葉天忙道：「好戲馬上就要登場，你難道不想看看再走？」
曹老闆邊走邊道：「看戲也並不一定非在臺上不可，距離遠一點，看起來更有味道。」

葉天深深嘆了一口氣，直待曹老闆走出房門，才突然笑道：「現在，只剩下我們兩個人了。」

小玉聲音小得幾不可聞，道：「錯了，三個！」

葉天怔了怔，道：「妳確定？」

說話間，院中忽然響起一片驚呼，緊接著是一陣「咻咻」的聲響穿窗而入。

黑暗的房中頓時盤碗齊飛，硬將那陣「咻咻」之聲壓了下去。

隨之而來的是一片沉寂，死一般地沉寂。

過了很久，房中的燈火忽又亮了起來，葉天和小玉的蹤影早已不見，只有幾名黑衣大漢分別將窗口房門把守住，桌旁站著一個身著黑袍、面色蒼白的老人，正是葉天急欲摸清他底細的黑袍怪人。

房中已是一片狼藉，除了那三具屍體之外，滿地都是破碎的盤碗以及菜餚，只是那自稱完顏如姬的屍體旁，有一只殘月環正在閃閃地發著亮光。

那黑袍怪人將頭一擺，立刻有名黑衣大漢走上去，彎身去拾取那只殘月環。

就在那名黑衣大漢彎下身子的剎那間，完顏如姬本已僵硬的臉上陡然浮現出一抹獰笑，然後便是「轟」的一聲，又是一次震耳欲聾的爆炸聲響。

隨著一陣濃煙，有條黑影穿窗而出，擰身越過院牆，瞬間便已走得無影無蹤，身手十分矯健，一看即知絕非一般江湖人物。

隱藏在暗處的葉天，不禁倒抽了一口氣，道：「這批傢伙倒也剽悍得很，不知究竟是甚麼來路？」

小玉道：「要不要追下去看看？」

葉天道：「那是曹老闆的事，咱們總要給人家留點財路。」

小玉沉吟了一下，道：「現在的曹老闆和過去的曹小五可不一樣了，他一個人行嗎？」

葉天毫不猶豫道：「就算他不行，還有楊老頭那批人。妳放心，像楊百歲那種老狐狸，他絕對不會錯過這種好機會的。」

小玉沉默，端莊秀麗的臉孔上，忽然流露出一片狐疑之色。

葉天咳了一聲道：「何況還有『三眼』陳七弟兄三個，那三個人辦別的事也許不太管用，跟蹤起人來那可都是一等一的角色。」

小玉淡淡地笑了笑，道：「小葉，真人面前不說假話，你能不能告訴我，你究竟為甚麼不肯離開這裡，是不是還有甚麼沒了的事？」

葉天攤手道：「沒有啊！」

小玉道：「你說謊，我一看你的神態，就知道你心裡有鬼。」

葉天道：「真的？」

小玉道：「當然是真的，相交這麼久了，你的習性，我還會不瞭解嗎？」
葉天嘆道：「好吧，算妳厲害。」
小玉道：「現在，你可以說實話了吧？」
葉天道：「其實妳又何必明知故問？我不肯離開這裡，當然是捨不得離開妳。」
他一面說著，一面往上擠，硬將小玉逼到牆角上，同時整個身子也緊緊地貼了上去。
小玉使勁掙扎著道：「你少騙我，我又不是那個騷寡婦，你少跟我來這一套。」
葉天道：「喲，吃醋了？」
小玉輕哼一聲，道：「憑她也配？」
葉天「吃吃」笑道：「讓我嚐嚐看，嘴裡有沒有酸味？」
一陣「嘖嘖」的聲響後，只聽小玉氣喘喘道：「你是怎麼搞的，發瘋也不看看地方？」
葉天含含糊糊道：「妳放心，這個地方最隱秘，誰也看不見我們。」說完，又把頭低了下去，而且一雙魔手也開始在小玉熱烘烘的身子上面有了行動。
小玉初時尚在推拒，後來索性閉起眼睛，一任他胡作非為，且不時扭動著腰身，從鼻子裡發出幾聲幾不可聞的零碎呻吟。
這時客人們唯恐惹上是非，早已相繼散去，幾名小伙計也都個個躲得人影不見。

滿目凌亂的後院，除了隱避在暗處的葉天和小玉之外，再也沒有活的東西，顯得既冷清又淒涼。

遠處傳來了斷斷續續的更鼓聲，已是二更時分。

葉天活動著的手掌忽然停在小玉腹間，訝聲道：「咦，這是甚麼東西？」

小玉嬌喘吁吁道：「匕首。」

葉天似乎微微怔了一下，道：「妳已經有了一柄短劍，還藏著一把匕首做甚麼用？」

小玉道：「殺人。」

葉天道：「殺人用的兵刃應該越長越好，妳怎麼專門用短的？」

小玉道：「沒法子，我學的就是這種功夫。」

葉天的手轉到她的背後，道：「這一塊是甚麼？」

小玉道：「護胸。」

葉天失笑道：「人家的護胸都裝在前面，妳怎麼把它擺在後面？」

小玉道：「擺在後面有甚麼不好？如果完顏如姬後面有塊護胸，方才也不會被我暗算了。」

葉天點了點頭，手又摸在她冰冷堅硬的手臂上，道：「這個我想一定是護臂了，對不對？」

小玉道：「對。」
葉天嘆了口氣，道：「妳學的好像全都是拚命的功夫？」
小玉道：「對手過招，本來就是拚命，這有甚麼值得嘆氣的？」
葉天停了停，道：「我們相交已經很久了，我從來就沒有追問過妳過去的事……」
小玉截口道：「我也沒有追問過你。」
葉天道：「可是現在的情況不一樣了，妳能不能老實告訴我，妳究竟是誰？」
小玉道：「我沒騙你，我真的叫小玉。」
葉天道：「我不是問妳的名字，我是問妳的出身來歷和到襄陽來的目的。」
小玉立刻就將嘴巴閉了起來，而且閉得很緊，連一點開口的意思都沒有。
葉天又嘆了口氣，道：「好吧，妳不說我也不勉強妳，不過，等一下妳可要跟得我緊一點，千萬不要落單，在我搞清楚妳的來歷之前，妳可不能先死掉。」
小玉一驚道：「等一下你要幹甚麼？」
葉天道：「追人哪！」
小玉道：「你不是不想追嗎？」
葉天笑了笑，道：「我為甚麼不想追？我只是不想追假的而已。」
小玉呆了呆，道：「你的意思是說，方才那個黑袍怪人是假的！」

葉天道：「不錯。」

小玉急道：「那麼真的又在哪裡？」

葉天道：「妳不要急，等一等他一定會來的。」

小玉道：「你怎麼知道他一定會來？」

葉天道：「因為那只假的殘月環是絕對騙不過他的，他一定會來找那只真的。」

小玉道：「可是那只假的已被炸得面目全非，他怎麼可能認得出來？」

葉天道：「只要對鐵器稍有經驗的人，很簡單便可從質料上辨認出來。」

小玉道：「這麼說，你擺在房裡的那只也照樣騙不過他，你又何必多此一舉？」

葉天笑笑道：「妳認為我擺在房裡那只是假的，妳就錯了。」

小玉怔了怔，道：「難道那只是真的？」

葉天道：「是不是真的我也搞不清楚，我只是物歸原主，把原來那只留在那裡罷了。」

小玉跺腳道：「你這人是怎麼搞的！好不容易弄到手的東西，為甚麼又白白還給他？」

葉天道：「是人家的東西，當然還給人家，我的目的只是想看看，看過了還留著它幹甚麼？」

小玉道：「咦！你不是說那只殘月環極可能是開啟寶藏的鑰匙，很有價值的嗎？」

葉天道：「是啊，就是因為太有價值，留在手裡才危險。」

小玉苦笑著道：「你倒蠻會保護自己的。」

葉天道：「那當然。我是『魔手』葉天，不是曹小五，那種要錢不要命的事，我可不幹。」

小玉沉默了一會兒，突然「嗤」一聲，道：「你這個鬼，你又想來騙我？」

葉天道：「我幾時騙過妳？」

小玉道：「你說你只是看看，其實你已經把它印在模子上，是不是？」

葉天摸了摸鼻子道：「甚麼模子？」

小玉哼了一聲，也不再多費唇舌，索性動手在他懷裡摸索起來。

葉天似乎很怕癢，忍不住躲躲閃閃，而小玉卻一點也不放鬆，兩個人頓時扭成了一團。

正在兩人鬧得不可開交之際，也不知為甚麼，突然間同時靜止下來，而且不約而同的將身子緊緊貼在牆上，目光也直向隔了一片院落的那間房間望去。

院子裡一片寧靜，遠處的房中燈火早已被最後的那聲爆炸聲響震滅，除了黏在窗上的一些破碎的窗格、窗紙仍在微風中不時的顫動之外，再也沒有一絲動靜。

可是隱在暗處的葉天和小玉卻動也不動，甚至連眼睛都不眨動一下，兩個身子緊靠著牆壁，看上去就像兩個被釘在牆上的木頭人一樣。

也不知道過了多久，黑暗的房裡忽然閃起了幾點微弱的星火，然後又是一片死寂。

風很輕，月色很淡。淡淡的月色下，只見一團黑影如鬼魅般的在前面的屋脊上微微一閃，便已失去蹤跡。

葉天急忙喝了聲：「快！那傢伙從後窗溜了。」

呼喝聲中，人已縱身躍出院牆。

幾乎在同一時間，小玉也已擰身而起，纖手在牆頭一搭，便已翻出牆外，動作之靈敏，姿態之優美，絲毫不在葉天之下。

第十回　恩怨情仇

越過層層屋脊，穿過漆黑的巷道，疾奔中的葉天忽然停住腳步，怔怔的望著巷外。

巷外是一片廣場，廣場四周設滿了各行各業的攤位，這時夜色已深，攤位早就歇業，只有廣場盡頭的一座廟宇中仍然亮著燈火，廟中僧侶誦經之聲隱隱可聞。

葉天對這個環境太熟悉了，因為這就是他在襄陽生活多年的大廟口，他做夢也沒想到追了大半夜，竟然追到自己的地盤來。

緊跟在後面的小玉，悄悄湊上來，在他耳邊輕輕道：「這不是你做生意的地方嗎？」

葉天甚麼話都沒說，只點點頭，臉色顯得十分難堪。

小玉道：「你有沒有追錯方向？」

葉天搖頭，還嘆了口氣。

小玉也輕嘆一聲，道：「看樣子，我們好像被人家耍了。」

葉天道：「那倒未必，直到現在為止，他還沒有把咱們甩掉。」

小玉探首朝外看了看，道：「人呢？」

葉天道：「在我的攤位後面。」

小玉「吃吃」一笑道：「這傢伙倒也厲害，居然先把你的底細都摸清了！」

葉天冷笑道：「可惜他不夠聰明，他不應該跑到這裡來的。」

小玉道：「為甚麼？」

葉天道：「這裡的一磚一瓦，我都清楚得很，動起手來，吃虧的鐵定是他。」

小玉瞄了那座大廟一眼，沉吟著道：「也許他對此地的環境比你更熟悉，你在這裡才不過待了四年多，他說不定比你待得更久。」

葉天道：「妳懷疑他是廟裡的和尚？」

小玉道：「或是在這裡做生意的人。」

葉天搖頭道：「都不可能，這些人跟我太熟悉了，只要看了他們的背影，就能馬上認出是誰。」

小玉道：「那他為甚麼要把你帶到這裡來？」

葉天道：「大概是想給我一個警告吧？」

小玉道：「那他未免太目中無人了，咱們先給他一點顏色瞧瞧，如何？」

葉天想了想，道：「好，妳在前面堵他，我從後面把他趕出來。」

說完，身形一矮，已經竄進了一間攤位中。

過了一會兒，葉天的攤位果然有了動靜，接連幾聲暴喝中，但見一團黑影飛快的衝了出來。

小玉早有準備，就在那團黑影尚未站穩時，她已連人帶劍撲了上去，快得猶如閃電一般。

可是那個人比她更快，身形一翻，已經越過她的頭頂，人在空中，便已一拳揮出，掌風強勁，聲勢驚人。

葉天大吃一驚，順手抓起一塊懸掛在身旁的木板，「呼」的一聲，猛向那人打了過去。

木板足有三尺多長、一尺來寬，當作暗器使用雖嫌笨重，但從「魔手」葉天手中打出，仍然其快如飛，威猛絕倫，瞬間已擊向那人面前。

那人只得將掌風一轉，頓時將那塊木板擊了個粉碎，同時身子也借力翻出兩丈開外，穩穩地站在地上。

夜風中，但見那人灰鬚飄飄，黑袍的下擺也在不停的翻動，而一張蒼白的臉上卻一絲表情都沒有，只有雙目炯炯的逼視著剛剛爬起來的小玉。

小玉也凝視著他，口中卻向葉天問道：「你確定這就是那個真的黑袍怪人嗎？」

葉天道：「鐵定是他，那個假的功力與他差得很遠，而且……黑袍裡邊的穿著也完全不同。」

只聽那黑袍怪人冷笑一聲，中氣十足，道：「『魔手』葉天，你實在不夠聰明，你本可在家裡等著賺金子的，何苦自找麻煩？」

葉天甚麼話都沒說，只笑了笑。

小玉卻在一旁冷冷道：「你也不見得聰明，如果你聰明，當年就該斬草除根，也不會有人追著你報仇！」

黑袍怪人微微怔了一下，喝道：「妳是甚麼人？」

小玉往前走了兩步，挺胸道：「你看我像甚麼人？」

黑袍怪人沉默片刻，道：「我不認識像妳的人，也從來沒有仇家，妳大概是找錯對象了。」

葉天接口道：「你既然不是她要找的人，何不把你的真面目給她瞧瞧，也讓她以後不再麻煩你！」

黑袍怪人冷笑道：「『魔手』葉天，你還是多顧自己的事吧！這是我給你最後的警告，下次再有類似的事情發生，我隨時都可以來取你性命！」

就在這時，忽然從一間攤位中冒出一個中年人來，呵欠連連道：「咦！你不好好抱著小寡婦睡覺，這麼早跑來幹甚麼？」

葉天臉孔一燒，還沒來得及答話，又有個蓬頭婦人自另一個攤位裡跑出來。

那女人望望地上被劈碎的那塊木板，又看看自己的攤位面前，哇哇叫道：「小葉，你怎麼把我的招牌給砸了，我胡姐平日待你不薄，你怎麼可以如此對我？你太不夠朋友了！」

原來方才葉天隨手打出去的那塊木板，竟是隔壁的一面招牌。

葉天急忙陪笑道：「對不起，對不起，明天一早，我就叫對面老吳給妳刻塊新的，而且保證比原來那塊刻得又大又好，妳看怎麼樣？」

那位自稱胡姐的婦人嘆了口氣，道：「好吧，誰叫我們是鄰居？你砸我招牌，我也認了。」

葉天剛剛鬆了口氣，又有一個彪形大漢自另一個攤位中竄了出來。

那大漢手裡抓著一柄關刀，直著嗓子喊道：「小葉，你別怕，我來幫你！」

葉天急得雙手亂搖，道：「張大哥，沒你的事，你趕快進去睡覺吧！」

那大漢身子朝後一仰，掄了個刀花，道：「誰說沒我的事？只要有人敢來廟口撒野，就是不給我『膏藥張』面子，我非給他一點教訓不可。」

這時廟裡的誦經之聲已不復聞，許多和尚也都擁出廟門，有的居然還給膏藥張直叫好。

膏藥張更加威風，朝黑袍怪人一指，道：「小葉，你說，欺侮你的是不是那個人？」

黑袍怪人哈哈笑道：「『魔手』葉天，你的地緣關係好像還真不錯，你今後最好是乖乖的在這裡做你的生意，萬一我再發現你跟我耍花招，所有你的街坊，一個也休想活命，包括廟裡大大小小的和尚在內。」

葉天聽得不禁倒抽了一口冷氣，一時還真被他嚇住了。

黑袍怪人說完，轉身狂笑而去。小玉拔腿就追，連招呼都沒打一聲。

葉天無可奈何地嘆了口氣，猛地把腳一跺，也只好跟了上去。

膏藥張扛著大刀，在後面邊追邊喊道：「小葉，等等我！這件事你管不了，交給我……準沒錯……」

葉天停在一條岔路上，東張西望，正在難以取捨之際，突然有輛馬車從左邊那條路上徐徐駛來。

車上的人遠遠便已嚷道：「你是不是丟了東西？」

說話間，車已到了近前，車身尚未停穩，車上的曹老闆一雙眼睛已在地上搜索起來。

葉天道：「你在找甚麼？」

曹老闆道：「金子，你不是丟了金子嗎？」

葉天道：「誰告訴你我丟了金子？」

曹老闆這才抬起頭，道：「你沒丟金子，半夜三更站在這兒找甚麼？」

葉天道：「找人，我把人追丟了。」

曹老闆笑道：「『魔手』葉天把人追丟了，那可真是丟人丟到家了。」

葉天道：「廢話少說！我問你，剛剛有沒有人從你來的這條路上跑過去？」

曹老闆道：「有是有，但絕對不是你追的人。」

葉天二話不說，直向右邊那條岔路飛奔而去。

曹老闆忙道：「等一等，我還跟你有話說。」

葉天道：「我現在沒空，有話明天再說……」話沒說完，人已到了幾丈開外。

曹老闆抖韁催馬，直著嗓子喊道：「這件事很重要，你不聽你會後悔的！」

可惜這時葉天早已走遠，就算曹老闆喊破嗓子，他也聽不到了。

× × ×

月光淡淡地照著一片疏落的樹林，林後一座紅磚綠瓦的莊院依稀可見。

院牆很高，氣勢十分宏偉，連砌牆所用的紅磚也比一般磚頭大了許多，由此可見這座莊院主人的身分必定不比尋常。

但是從來沒有人知道這裡的主人是誰，因為一般人根本無法接近它，就算是無意間經過附近，也會被那些把守的人趕走，而且那些負責把守的人個個如狼似虎，比衙門裡的官差還要神氣，甚至連官差都要對他們禮讓幾分，所以小玉追到這裡，自然而然的收住腳步，心裡也不免猶豫起來。

林中很靜，沒有一絲風，也不見一個人影，目光所及，只有一些高大的樹幹和遠處那座充滿神秘的莊院。

小玉開始一步一步地往後退，同時頻頻回首，希望葉天能夠即時趕到。

就在她剛剛退出不遠，猛覺迎面破風聲起，急忙甩頭閃身，一條烏黑的東西已擦頸而過，只聽「噗」的一聲，那條東西整個嵌進身後不遠的土壁中。

小玉借著閃動之際，不退反進，矮身竄入林內，將身子緊緊貼在一棵樹幹後面。

林裡依舊沉寂如故，粗大的枝葉連動也不動一下。

萬籟俱寂中，忽然有個聲音發自一棵樹後，道：「看來妳的膽子也有限得很！」

小玉不動聲色，只悄悄將一件外衫褪下來，露出一身緊身打扮，看上去身段更均勻，體態更動人。

那個聲音又從另一棵樹幹後發出，道：「妳不是一直在追趕我嗎？我就在妳面前，妳怎麼反而不敢動了？」

小玉依然不聲不響，輕輕地用短劍刺穿了那件外衫，隨後又將腰間的那柄匕首取出來。

過了不久，那黑袍怪人果然又從不同的一棵樹幹後冷笑著道：「妳既然不敢出來，我也懶得再跟妳糾纏，我可要失陪了……」

沒等他說完，小玉抖手將短劍拋出，短劍帶著那件外衫，直向那棵樹幹射去，同時寒光一閃，匕首出鞘，身子也緊跟著撲了上去。

那黑袍怪人果然上當，飛快地從樹後閃出，迎面就是一掌。

外衫飄動，短劍釘在粗大的樹幹上，小玉輕靈的身子已然撲到。

那黑袍怪人直到寒光閃閃的匕首已刺到胸前，方知出了差錯，急忙仰身縮腹，身形倒翻而出，雖然他動作奇快無比，但那襲黑袍仍被劃破了一大塊，身體也結結實實的撞在一棵大樹上。

小玉趁機收劍，一聲嬌喝，人劍再度攻到，動作一氣呵成，讓人一點喘息的機會都沒有。

黑袍怪人武功十分了得，就在這千鈞一髮的工夫，不但避過劍鋒，而且匆匆揮出一掌，將小玉斜斜地帶了出去，掌力雖然不重，速度卻仍快得驚人。

小玉接連衝出幾步，猛提了口氣，又像一陣風似的撲過來，劍鋒直刺黑袍怪人胸部，使的全是不要命的招式。

黑袍怪人冷笑一聲，龐大的身體一翻而起，身體翻過她的頭頂之際，頭下腳上便已一掌劈出，掌風強勁已極，招式與在廟口那一掌如出一轍，只是比那一掌使得更凶狠、更凌厲。

只聽小玉悶哼一聲，身子翻翻滾滾的衝出林外，一直撞到林外的那片土牆上。

黑袍怪人也跟著衝了出來，目光獰視著緩緩爬起的小玉，厲聲喝道：「說！聶雲龍是妳甚麼人？」

小玉不答，只狠狠地瞪著他。

黑袍怪人冷笑著，道：「妳能夠追到襄陽，倒也真不容易！」

小玉長長吐了口氣，方道：「比你想像的容易得多，因為我根本不必追，我只要等就夠了。」

黑袍怪人一怔，道：「等？」

小玉道：「不錯。我已經在此地等了你五年，我料定你遲早一定會來的。」

黑袍怪人沉默了片刻，道：「原來聶雲龍已經把這件事全都告訴了妳們！」

小玉道：「那當然，我是他的女兒，這麼有價值的消息，他怎麼會不告訴我？」

黑袍怪人冷冷道：「只可惜他死得太倉促，沒有辦法交代妳們母女一件很重要的事。」

小玉吭也不吭一聲，靜待他說下去。

黑袍怪人接著道：「他應該交代妳們，千萬不要替他報仇。」

小玉依然一聲不響，眼睛都不眨一下。

黑袍怪人搖著頭道：「看來妳的功夫也許比妳母親略勝一籌，但差得還是太遠，如果真正動起手來，也不過是白白送命而已，我不想再趕盡殺絕，希望妳也不要再自尋死路。」

小玉這才開口道：「你費了這麼多口舌，你的目的是甚麼？是不是想探探我有沒有把那件事洩露出去？」

黑袍怪人立刻道：「我想妳是個聰明人，總不至於那麼糊塗吧？」

小玉道：「那可難說。」

黑袍怪人道：「其實妳說出去也不要緊，妳知道的終歸有限得很。」

小玉道：「那也未必。」

黑袍怪人沉吟了一陣，忽然道：「我有個建議，不知妳要不要聽？」

小玉道：「你想勸我暫時把恩仇撇開，先跟你合作，把那批寶藏找出來再說，是不是？」

黑袍怪人道：「妳果然比妳母親聰明多了。」

小玉想了想，道：「這個建議好像還不壞。」

黑袍怪人道：「當然不壞，妳正好藉著這段日子再把功夫練好一點，只靠著背後那塊護胸是保不住性命的，而且……到時候我一定給妳一個公平的機會，就算妳有了漢子，帶他一起來，我也是一個人，妳看如何？」

小玉道：「奇怪，你為人一向心狠手辣，怎麼突然變得仁慈起來？」
黑袍怪人居然嘆了口氣，道：「人老了，心腸總會變軟的……」
話說沒完，忽然被一聲冷笑打斷，只聽有個人大叫道：「當心！這老傢伙真的要趕盡殺絕了！」
黑袍怪人逐漸向前挪動的腳步頓時停住，緊接著身形一晃，已縮到林邊，同時也將殘月環亮了出來。
可是也僅僅是亮了一下而已，當他發現葉天自牆角轉出時，即刻又收進懷中，一副生怕被他看到的樣子。
葉天一直走到小玉身邊，似乎看也沒工夫看那黑袍怪人一眼。
黑袍怪人卻目光如利刃般的緊盯著葉天，道：「你又來幹甚麼？」
葉天道：「找你。」
黑袍怪人冷笑道：「你已經找到了，有甚麼花樣，只管使出來吧！」
葉天詭笑著道：「花樣倒沒有，我只是忽然想起一件很重要的事，非得馬上告訴你不可，免得萬一我死得太倉促，到時候來不及交代你，那就糟了。」
小玉聽得不禁笑出聲來。
黑袍怪人臉上當然沒有表情，聲音卻冷得出奇道：「說下去，我正在聽著。」
葉天從土牆上挖出剛剛黑袍怪人當暗器打出的那塊尺形生鐵，在手上掂動著道：

「你看了這塊東西，想必已知道那只假殘月環是誰做出來的了？」
黑袍怪人道：「就算我沒找到這塊東西，我也猜出一定是你，我方才到你做生意的地方，只不過是想去證實一下而已。」
葉天道：「你既然是行家，就該知道這種東西，我一天至少也可以做上十來個，而且保證絕不走樣，連分量都可以做得毫厘不差，你相不相信？」
黑袍怪人對這件事，一點懷疑的意思都沒有。
葉天繼續道：「我說這些話，只是想告訴你，像這種東西，我手上已經存了不少。」說著，隨手摸出一只，遠遠地朝著黑袍怪人晃了晃。
黑袍怪人沉默了一會，道：「你所說的不少，究竟是多少？」
葉天翻著眼睛算了算，道：「到目前為止，總共是五十六只，當然，明天還會多出幾只，後天嘛……當然會更多……」
黑袍怪人截口叫道：「你做這麼多出來幹甚麼？是不是想做生意？」
葉天搖著頭，道：「我不賣，只送。」
黑袍怪人道：「送給誰？」
葉天道：「凡是為這批寶藏趕來襄陽的人，我準備每個人送他們一只，讓他們帶回去做個紀念。」
黑袍怪人道：「那麼一來，恐怕就天下大亂了。」

葉天道：「也不見得，而且，我想對那批寶藏，也不會造成任何影響。」

黑袍怪人一副難以置信的語氣，道：「如果每個人手上都有一把鑰匙，怎麼可能會沒有任何影響？」

葉天道：「那你就太多慮了，鑰匙不是靠形狀，而是靠上面的紋路和齒痕。我所做的那些假的，和真的雖然很像，但紋路和齒痕卻完全不同，充其量也只是當暗器使用，絕對不可能變成開啟寶藏之門的鑰匙。」

黑袍怪人道：「可是那些人並不知情，如果個個都以為手上拿的是真的，那麻煩可就大了。」

葉天笑笑道：「這一點倒不必擔心，我事先自會告訴他們實情。」

黑袍怪人凝視葉天片刻，道：「你為甚麼這樣做？是否有甚麼特殊目的？」

葉天道：「沒有，只是想多交幾個朋友。」

黑袍怪人又是一副難以置信的調門，道：「你費了這麼大工夫，只是為了多交幾個朋友？」

葉天道：「是啊，朋友多，好辦事，萬一有人欺侮我，我振臂一呼就是一大群。那些人武功雖然不濟，但結合起來，也是一股不容忽視的力量。」

黑袍怪人恍然道：「我明白了，原來你是想靠大家的力量來保護你。」

葉天立刻道：「你錯了，我個人的安全絕對沒問題，根本就無需人來保護我。」

黑袍怪人道：「你倒蠻有自信的。」

葉天道：「在寶藏之門打開之前，這點自信我還有。」

黑袍怪人道：「你就不怕先有人把你制住？」

葉天道：「就算碰到這種事，我也不必擔心，因為自然會有很多聰明人來搶著救我，包括閣下在內，你說是不是？」

黑袍怪人人冷哼一聲，道：「那麼你的目的究竟是甚麼？」

葉天道：「我只想保護我四周那些人，我自己的力量有限，所以才想多找幾個幫手。」

黑袍怪人道：「你這樣做，總有一天你會後悔的。」

葉天道：「沒法子，我雖然明知這是下下之策，可是被人逼得非這麼做不可。」

黑袍怪人道：「如果沒有人逼你呢？」

葉天道：「那我也就不必如此大費周章了。」

黑袍怪人無奈道：「好吧，你且說說看，你四周都是些甚麼人？」

葉天邊想邊道：「我四周的人多得很，像廟口那些生意人，廟裡大大小小的和尚，『三眼』陳七和他那兩名弟兄等……都包括在內。」

黑袍怪人道：「還有呢？」

葉天瞟了小玉一眼，道：「當然還包括一些小字輩的人物在裡邊。」

黑袍怪人一怔，道：「甚麼小字輩的人物？」
葉天用殘月環搔著自己的頭皮，道：「所謂小字輩的人物嘛，就是像甚麼小桃紅啊、小寡婦啊，還有甚麼小玉等等，總之，凡是沾上小字的，大概都跟我有點關係。」
黑袍怪人道：「除此之外呢？」
葉天想了半晌，道：「到目前為止，差不多也只有這些了。」
這時，暗處突然有個人喊著道：「『魔手』葉天，你太不夠朋友了，你怎麼可以把我忘掉？」
葉天一聽聲音，就知道是曹老闆趕到，急忙哈哈一笑道：「誰說我把你忘了？你叫曹小五，當然也包括在小字輩裡面。」
黑袍怪人似乎一驚，道：「曹小五？」
葉天道：「不錯，『要錢不要命』的曹小五，這個人……閣下有沒有聽說過？」
黑袍怪人搖頭。
曹老闆這才走出來，道：「那太好了，既然你連我的名字都未曾聽過，我們之間就不可能有任何仇恨了。」
黑袍怪人道：「那當然。」
曹老闆鬆了一口氣，道：「這一來我就放心了。不瞞各位說，我當年結仇無數，最怕的就是遇上個武功又高、又有權勢的仇家，尤其是墜入人家事先已佈好的陷阱裡，那才真叫要命呢！」

葉天聽得暗吃一驚，表面上卻輕輕鬆鬆笑道：「想不到你曹小五也有要命的一天！」

曹老闆：「當年混窮的時候，命不足惜，現在我有了錢，為甚麼還不要命？」

葉天道：「是啊，有錢的人總是比較珍惜性命的。」

曹老闆忽然胸膛一挺，道：「不過，萬一有人找上我，而且那個人的身價又比我高出許多，偶然再玩個一兩次命，我曹小五大概還不會在乎！」

黑袍怪人立刻道：「那倒不必，我這次是為甚麼事來的，我想大家心裡都明白，只要沒人擋我的路，我也絕不會節外生枝，給自己添麻煩。我的話說得夠不夠清楚？」

曹老闆點頭道：「我已經聽懂了，小葉，你怎麼樣？」

葉天沉吟著道：「嗯，我好像也聽懂了一大半。」

曹老闆微微愣了一下，道：「還有一小半呢？」

葉天道：「你不要搗亂，我正在聽。」

黑袍怪人果然繼續道：「當然，我這次的事，也難免要借重葉大俠的一雙魔手，我雖然沒有帶來大批黃金，可是我手上的東西卻比別人多了一點，所以跟我合作，總比跟那些人合作直接得多。」

葉天忙道：「你所謂的手上的東西，指的是不是殘月環？」

黑袍怪人道：「當然是環月殘，如果沒有那種東西做本錢，我還有甚麼資格跟你葉大俠談條件？」

葉天道：「好吧，那你就把你的條件說出來，先讓我合計一下，看看是不是比跟別人合作來得划算。」

黑袍怪人道：「其實我認為現在無論答應你甚麼，都是空談，還莫如等把門打開之後，再憑本事談條件來得乾脆。我是實話直說，但不知葉大俠的看法如何？」

葉天笑笑道：「閣下快人快語，倒也實在不得不讓人佩服。」

黑袍怪人道：「我並不想讓你佩服，我只想知道你是否同意我這種說法。」

葉天道：「其實我同不同意都是一樣，老實告訴你，你把鑰匙湊齊，你就是不給我一分銀子，我也要打開看看。」

黑袍怪人道：「既然如此，咱們就不必再多費口舌，只希望在看到那批寶藏之前，能夠彼此相互無事。至於小玉姑娘跟我這筆賬，也不妨等到看到東西的時候再算，如果我真是她要找的人，到時候拚起命來，豈不是比現在來得更有價值？」

葉天道：「好！我答應你，在打開那扇門之前，我們絕對不再跟你為難。也希望你能約束手下，儘量避免跟我們衝突，以免增加彼此間的敵意。」

黑袍怪人道：「可以，只要你說話算數，我的人絕無問題。」

葉天想了想，忽然道：「我倒還有一個問題，不得不先向你表明一下。」

黑袍怪人道：「你說！」

葉天指著一直默不作聲的小玉，沉聲道：「在見那批寶藏之前，你若想使用卑鄙手段，先把這個女人殺掉，我發誓立刻將我手裡的那只殘月環毀掉，叫你永遠進不了那扇門！」

黑袍怪人狂笑道：「我要殺她，簡直易如反掌，何需使用卑鄙手段？你未免太低估我了。」

說完，身形一晃，便已沒入林中。

同時暗處也有幾條黑影隨之而去，顯然都是事先在這裡安排好的人手，看起來至少也有六七人之多，而且個個身手不弱。

葉天不禁回顧著小玉，百思不解道：「奇怪，妳明明已經走入他的陷阱，他為何不早下毒手將妳除掉，以絕後患？」

小玉道：「那是因為你即時趕到，如果你再遲來一步，恐怕就靠不住了。」

曹老闆不以為然道：「依我看來，他遲遲不下毒手，極可能是對小葉有所顧忌，因為他還想利用小葉這雙魔手替他開門。」

小玉道：「可是方才我分明見他目露凶光，大有趕盡殺絕的意思……」

曹老闆截口道：「那也只是他想逼小葉出面的一種手段而已。」
小玉道：「逼他出來幹甚麼？」
曹老闆道：「談條件啊，方才妳不是都聽到了嗎？」
小玉連連點頭道：「嗯，也可能是這個緣故。」
葉天卻仍在凝視著小玉，道：「但有件事，我還是有點想不通。」
小玉道：「甚麼事？」
葉天道：「妳有親仇在身，追到這裡就是要跟他拚命的，可是後來我跟曹老闆全都趕來替妳聲援，妳怎麼反而不動手了？」
曹老闆道：「是啊，我也正在奇怪，妳能不能把原因說出來聽聽？」
小玉竟然「吃吃」笑道：「那是因為我見到小葉，突然捨不得死了。」
葉天忍不住摸摸鼻子，道：「妳少跟我胡扯，究竟是甚麼原因？趕快說！」
小玉忽然又把身子緩緩地貼上來，臉上表現得熱情如火，下面卻有個冷冰冰的東西塞到葉天手裡。
葉天看也不必看，就已嚇了一跳。
曹老闆匆匆湊上來一瞧，不禁駭然叫道：「殘月環？」
小玉道：「不錯，你想有了這個東西，我還有心情跟他拚命嗎？」
曹老闆道：「妳是從哪裡弄來的？」

小玉沒應聲，只朝林邊指了指。
曹老闆道：「妳是說，妳在地下撿到的？」
小玉點頭，眼睛卻瞄著遠方，好像唯恐黑袍怪人再折回來。
曹老闆哈哈一笑道：「那一定是小葉弄只假的擺在那裡，故意叫妳開心的。」
小玉搖首道：「不，這只東西我一摸就知道不是假貨。」
曹老闆目光立刻轉到葉天臉上。
葉天道：「真假一時雖然很難分辨，但絕對不是我仿造的那一種。」
小玉道：「而且那個時候，小葉還沒有露面，我想，一定是從那老傢伙懷裡掉下來的。」
曹老闆歪著嘴巴，一副難以置信的樣子道：「怎麼可能？那傢伙把這種東西看得比命還重，縱然無意間掉在地上，也應該馬上發覺才對。」
葉天緩緩地點著頭，道：「曹兄說得不錯，我也認為不太可能。就算他本人未曾發覺，他身邊那群傢伙又不是死人，總會有人看到的。」
小玉道：「他總不會故意給我們，叫我們去仿造吧？」
葉天道：「這可難說得很。」
小玉又匆匆朝遠處看了一眼，道：「無論如何，我們也該先離開這個是非之地，有問題等回去再慢慢研究也不遲。」

曹老闆道：「對，咱們還是先離開這裡再說。我的馬車就停在外面，我送你們回去，這一趟……只算你兩錢銀子，不貴吧？」

葉天道：「不貴，不貴。」

他嘴上漫應著，眼睛卻不停的向四下觀望。

小玉急得跺腳道：「小葉，你是怎麼搞的！萬一那傢伙回來，想走也走不成了。」

葉天不慌不忙道：「妳說這只東西是在哪裡撿到的？」

小玉向前走了幾步，朝腳下一指，道：「好像就在這附近。」

葉天走過去，將那只人人視為珍寶的殘月環隨便往地上一丟，然後還吐了口氣，道：「好了，現在我們可以回去了。」

小玉和曹老闆反而不動了，四隻眼睛眨也不眨的瞪著葉天，似乎整個都呆住了。

葉天一副沒事人的樣子，道：「咦，你們還在發甚麼呆？走啊！」

曹老闆指著那只殘月環，道：「這只東西無論是真是假，總要帶回去仔細看看，怎麼可以隨便甩在這裡？」

葉天道：「曹兄，別想不開了，這種東西帶回去會惹大麻煩的。聽我的準沒錯，還是趕快走吧！」

說完，拖著曹老闆就走。

小玉急急追趕上來，抓著葉天的胳臂，道：「小葉，說實話，你是不是已把它印在模子上了？」

葉天邊走邊道：「甚麼叫模子？那種東西，我好像從來都沒有見過？」

小玉又扭身子又跺腳道：「你……你又想騙我！」

葉天道：「妳是不是又想摸摸我？」

小玉道：「想。」

葉天道：「那好辦，等到了車上，我解開衣裳讓妳摸個痛快，怎麼樣？」

小玉道：「好。」

曹老闆聽得嚇了一跳，道：「等一等，等一等，我的車上乾淨得很，你們想辦那種事可不行。」

葉天道：「加錢行不行？」

曹老闆想也沒想，立刻道：「那就另當別論了。」

× × ×

月色更淒迷，林中更沉寂。

林外的道路上，已漸漸浮起了一片薄霧，月光映照下，景色顯得十分淒涼，而且充滿了詭異的氣氛。

就在這時，膏藥張扛著關刀，衝破了薄霧，氣喘如牛的奔了過來，直奔到三人剛剛離開的地方才收住腳步，猛將關刀朝路中間一插，一面擦著汗，一面東張西望道：「奇怪，方才明明在這裡，怎麼一轉眼就不見了，莫非撞邪了？」

他闖蕩江湖多年，遇見的邪事自然不少，從來就沒有在乎過，這次當然也不例外。

他索性走到路邊，扒開褲子就開始撒尿，「嘩嘩」的尿聲中，他還在得意洋洋道：「老子就給你來個以邪制邪，看你還能不能邪得起來？」

可是尿撒完了，褲帶也已繫好，他卻真像中了邪似的，站在那裡動也不動，兩眼直直地瞪著撒在地上的那泡尿，尿裡正好有個東西一閃一閃的瞪著他，原來正是葉天方才丟下來的那只殘月環。

膏藥張愣了很久，才用兩根手指把那只殘月環撿起來，仔細看了看，道：「咦！這不是小葉的東西嗎？怎麼會丟在這裡？」

他濃眉忽然挑動了一下，轉身回到路中間，猛地拔起關刀，大聲喊道：「小葉，你在哪裡？你只管來，不要怕，天塌下來，我膏藥張替你扛！」

喊聲過後，林中果然有了反應，只見一條黑影直向膏藥張飛撲過來，快得如同鬼魅一般。

膏藥張是老江湖，一看就知道情形不對，急忙閃身錯步，足尖在刀柄上一挑，沉重的尖刀「呼」地劈了出去，動作雖嫌緩慢，架式卻是十足。

那黑影身形一矮，已從關刀之下竄過，定定地站在距離膏藥張不滿一丈的地方。月光下，只見那人體型魁梧，神態剽悍，全身上下都是一色烏黑，只露出小半張蒼白的臉，看上去充滿了神秘味道。

膏藥張翻著眼睛打量他一陣，狠狠地吐了口唾沫，道：「想裝神弄鬼來嚇唬你爺爺？差遠了！你爺爺跟鬼打交道的時候，你小子還沒投胎呢！」

黑衣人冷冷道：「廢話少說，把那只東西留下，人滾！」

膏藥張挺胸道：「笑話！這是我朋友的東西，憑甚麼留給你？」

黑衣人道：「我們今天不想跟你為難，也希望你自愛一點，否則……」

膏藥張沒等他說完，便已忍不住喝道：「否則怎麼樣？」

黑衣人沒有說話，後面卻發出了兩聲冷笑。

膏藥張回頭一瞧，才發覺身後不遠的地方忽然多出了兩個人。

那兩人跟前面的黑衣人同樣的穿著、同樣的體型，甚至連站在那裡的神態都相同，看上去就像從一個模子裡做出來的一樣。

膏藥張微微愣了一下，刀頭猛地一抖，哈哈大笑道：「好，好，三對一，有意思！」

說罷，也忘了那只殘月環是從哪裡撿起來的，竟然咬在嘴上，雙手一轉，關刀「呼」的繞一個圈圈，然後兩腿半蹲，擺好了架式，一副靜待三人攻上來的模樣。

前面那黑衣人動也不動，只伸出了一隻手，後面那兩人立刻從不同的方向躍了上來。

膏藥張頭也不回，陡地擺身挪步，沉重的關刀借著腰力橫掃而出，氣勢十分威猛。

那兩人身影只微微一頓，其中一人已飛快的欺到膏藥張的身旁，出拳直搗他肋下的必救之處。膏藥張腳步一斜，便已避過，但另一人卻適時攻到，只聽「砰」的一聲，一隻勁強有力的手掌，結結實實的擊在他的後心上。

膏藥張身強體健，下盤極穩，但仍不免向前撲出兩步，同時嘴巴一張，殘月環也自然脫口噴出，直落在黑衣人伸出的手掌中。

黑衣人目的已達，轉身就走，另外兩人也分向林中退去。

誰知就在這時，突然暴喝聲起，只見一人自土牆後面飛躍而出，人在空中，刀已出鞘，刀光閃閃，直撲向那持有殘月環的黑衣人。

黑衣人反應快速無比，騰身扭腰，凌空便是一拳擊出，拳風凌厲已極。

但那持刀人的刀法快得簡直不可思議，就在那黑衣人拳風到達之前，刀鋒已然閃過，慘叫聲中，黑衣人魁梧的身軀，「轟」的一聲，平平地摔落在膏藥張面前。

身軀一陣掙動，終於鬆軟下來，同時手掌也漸漸攤開，掌中的殘月環依舊閃閃的發著光。

膏藥張急忙又將那只殘月環拾起，腰身尚未站直，身後接連又是兩聲慘叫，另外那兩名黑衣人也先後橫屍林道。

從頭到尾只不過剎那工夫，那持刀人竟一口氣將三名強勁的對手全部擺平，刀法不但又快又狠，而且下刀部位也準確無比，叫對手絕無掙扎的餘地。

甚麼人會有如此高明的刀法？

那人緩緩地轉過身來，露出一張冷冷的面孔，原來竟是傍晚才和陳七分開的何一刀。

膏藥張似乎並不認識他，但仍然忍不住脫口讚道：「閣下好快的刀法！」

何一刀臉上一點表情都沒有，好像對這種讚美之辭早已司空聽慣，不足為奇。

膏藥張忽然嘆了口氣，道：「像這種快速有效的刀法，我已經好久沒見過了。」

何一刀的神色一動，道：「你以前見過這種刀法？」

膏藥張傲然道：「見得太多了。」

何一刀冷笑，一臉死不相信的表情。

膏藥張笑了笑，道：「不過像閣下這麼俐落的刀法，江湖上已不多見，最多也不過三五人而已，只是在下眼拙，一時認不出閣下究竟是其中的哪一位？」

何一刀道：「你何不猜猜看？」

膏藥張瞟著何一刀手中那柄連殺三人、滴血不沾的鋼刀，沉吟著道：「閣下莫非是人稱『雪刀浪子』的韓光韓大俠？」

何一刀悶哼一聲，道：「你為甚麼不說我是『快刀』侯義？」

膏藥張斷然搖首道：「你不是侯義。」

何一刀道：「何以見得？」

膏藥張道：「我認得他，而且我們之間的交情深得不得了。」

何一刀一面打量著他，一面又在冷笑。

膏藥張挺胸道：「你別看我只是個賣膏藥的郎中，他已是江湖第一名刀，但他若見到我，還是得喊我一聲大哥，因為我們是插過香、磕過頭的把兄弟，我相信他爬得再高，也不會把我忘記。」

何一刀一聲不吭，只狠狠地瞪著膏藥張，他對膏藥張稱「快刀」侯義為江湖第一名刀，不僅反感，簡直到痛恨的程度。

膏藥張根本看不見他的臉色，仍在繼續道：「想當年我們是一起闖過江湖的，他幫我揹過藥箱，我替他做過刀靶……他能練成今天這套無人匹敵的刀法，我膏藥張多少也有點功勞……」

何一刀截口道：「你說你叫膏藥張？」

膏藥張道：「不錯。」

何一刀冷笑連連道：「難怪你敢替他信口胡吹，原來是個賣狗皮膏藥的！」

膏藥張怔怔道：「我幾時替他胡吹過？」

何一刀道：「老實告訴你，『快刀』侯義那把刀還不夠快，『雪刀浪子』韓光更是差遠了。放眼武林，能夠當得起江湖第一名刀這六個字的，只有一個人！」

膏藥張道：「哦？但不知是哪一位？」

何一刀道：「我，也就是何一刀。」

膏藥張呆了呆，道：「原來閣下就是龍四爺手下的何一刀，真是失敬得很。」

何一刀道：「還有，只有我何一刀的刀法，才稱得起無人匹敵的刀法，這件事，希望你弄清楚。」

膏藥張勉強的點點頭，道：「方才多謝你救了我，改天我再登門致謝，我現在要告辭了。」

何一刀道：「等一等！」

膏藥張道：「何兄還有甚麼言教？」

何一刀道：「你不必跟我稱兄道弟，我不是『快刀』侯義。」

膏藥張立刻換了副神態，畢恭畢敬道：「是是是，但不知何大俠還有何吩咐？」

何一刀道：「你也不必向我致謝，我方才出刀根本就不是為你，是為你手上那個東西。」

膏藥張苦笑道：「看來這東西的魔力還真不小！」

何一刀道：「你只要把那個東西拿給我，你就可以走了。」

膏藥張搖頭道：「這件事恐怕礙難從命，這是我朋友的東西，我一定得帶回去。」

何一刀道：「你不要忘了，如非我適時出刀，那個東西早就落在別人手上了。」

膏藥張道：「那是我技不如人，沒有話說。如果讓我慷朋友之慨，把東西雙手捧給人家，這種事我膏藥張可幹不出來。」

何一刀道：「看不出你還是個蠻講義氣的人！」

膏藥張道：「所以我才能交到『快刀』侯義這種好朋友。」

何一刀又在冷笑，過了很久，才道：「你說你曾經做過侯義的刀靶，不知是真是假？」

膏藥張道：「當然是真的，這件事在江湖上知道的人也不少，你不妨去打聽打聽！」

何一刀道：「那倒不必，我只是隨口問問……你既然陪他練過刀，我想你的刀法也一定錯不了。」

膏藥張道：「如以刀法而論，那我比他可差遠了，當真動起手來，最多也只能頂個五六招而已。」

何一刀揮動著鋼刀，慢慢的繞著膏藥張走了一圈，忽然道：「我有個建議，你要不要聽聽？」

膏藥張道：「不聽行不行？」

何一刀道：「不行。」

膏藥張無奈地笑笑，道：「那你就說吧！」

何一刀道：「咱們就以五招為限，我贏了，東西自然歸我。如果贏不了你，我回頭就走，絕不跟你囉嗦半句。」

膏藥張道：「萬一我贏了呢？」

何一刀道：「那你就是江湖第一名刀，而不是膏藥張了，到時候不但東西歸你，何某這條命也同時奉上，你看如何？」

膏藥張昂首哈哈一笑，道：「好，好，能與號稱『江湖第一快刀』的何一刀一搏，也算是人生一大快事！」

何一刀居然挑起大拇指，道：「夠豪氣！」

膏藥張將殘月環在腰帶上一別，雙臂錯動，沉重的關刀「呼」地一聲打了個圈圈，大喝道：「客套免了，請出招吧！」

何一刀道：「這是第一刀，你注意了！……」

話猶未了，刀鋒已到了膏藥張的頭頂上。

膏藥張冷笑一聲，不退反進，亮晃晃的大刀也直向何一刀面門劈去，雖然慢了一步，但刀沉力猛，氣勢凜然，逼得何一刀非撤刀不可，否則就算膏藥張頭頂開花，何一刀也非死即傷。

何一刀迫於無奈，只有縮身收刀，避回原地，冷哼一聲，道：「這算甚麼刀法？簡直是想同歸於盡嘛！」

膏藥張得意洋洋道：「這就是我膏藥張以慢制快的絕招，你想要贏我，起碼也得留下半條命！」

說話間，何一刀早已鋼刀揮動，連接三刀連續劈出，而膏藥張刀隨人轉，關刀舞得虎虎生風，根本就不顧本身生死，刀刀都在跟何一刀玩命，每一刀都在萬分驚險的情況之下，硬把何一刀的招式逼回去。

直到第五招，何一刀突然衝入刀幕，猱身欺近膏藥張身前，但鋼刀尚未劈出，膏藥張沉猛的關刀又已橫掃而至，眼看著刀鋒已掃到何一刀身上。

而何一刀就在千鈞一髮間，陡然就地一撲，竟從膏藥張腳下翻滾到背後，身形隨之一挺而起，同時鋼刀也自膏藥張腰間抹了過去。

膏藥張好像沒事的人一般，借著關刀舞動之回力飄出幾步，回身道：「第五招已過，你還有甚麼話說……」

話沒說完，神色忽然一變，抬手指著抱刀而立的何一刀，嘶喊道：「你……你用了第六招……」

何一刀冷冷道：「你算錯了，我在你面前並沒出刀，在你身後那一刀才是第五招。」

膏藥張身子已開始搖晃，嘴裡卻還在連連喊著：「卑鄙……卑鄙……」喊聲越來越弱，粗壯的身軀和沉重的關刀終於同時倒了下去。

鮮血如決堤般的湧出，染紅了身旁的土地，也染紅了腰間的殘月環。

何一刀足尖輕輕一挑，那只染滿鮮血的殘月環已飄落在他手裡，他擦也不擦，隨手就扔了出去。

丁長喜適時自陰暗的角落中閃出，抬手接個正著，看也沒看，便已揣入懷中，兩眼卻直瞪著何一刀，語氣中充滿了不滿的味道，道：「你每次解決問題，為甚麼一定要殺人？」

何一刀一副理所當然的樣子，道：「不殺人，怎麼能解決問題？」

丁長喜嘆了口氣，道：「長此下去，遲早有一天你會惹出大禍來！」

何一刀竟滿不在乎道：「是福不是禍，是禍躲不過，我若是怕惹禍，還出來闖甚麼江湖？」

丁長喜再也沒話可說，掉頭就走。

何一刀「鏘」的一聲還刀入鞘，也昂首闊步的跟了下去，轉眼便消失在黑夜中。

四周裡又沉寂下來，薄霧很快的掩沒了四具屍體，卻掩不住一股濃烈的血腥氣味。

× × ×

馬車在凹凸不平的路面上不停的搖晃，葉天和小玉兩人的身子也在車廂裡搖晃不已。

車簾低垂，車廂裡很暗，暗得幾乎到了伸手不見五指的程度，但葉天和小玉卻一點不方便的感覺都沒有，因為有很多事是不需要用眼睛的，只要有手、有鼻子、有嘴巴以及其他的就夠了。

簾外愈來愈靜，坐在外面的曹老闆好像睡著了，連起初揮動鞭子的聲音也沒有了。

葉天真有點擔心，生怕他從車轅上掉下去，正想掀開簾子看一看，卻被小玉突如其來的動作打斷。

黑暗中，只覺得小玉像條獵犬般的在他身上嗅了又嗅，道：「咦，你身上是甚麼味道？」

葉天道：「當然是男人的味道。」

小玉道：「不對，這跟你平時的味道完全不同。」

葉天道：「哦？妳好像對我身上的味道很有研究，妳倒說說看，平時我身上是甚麼味道？」

小玉沉吟著，道：「平時你身上最多也只有汗臭味，可是今天……我怎麼嗅都覺得有一股蠟燭的味道，而且味道還大得不得了。」

葉天道：「妳胡扯甚麼！我身上又沒裝著蠟燭，怎麼會有那種味道？」

小玉道：「是啊，我也覺得奇怪。」

葉天道：「我想一定是妳鼻子出了毛病。」

小玉道：「誰說的！我的鼻子一向都靈得很……你再讓我仔細嗅嗅，看會不會搞錯。」

接著葉天一陣子「吃吃」的笑聲，可能是嗅到他的癢處，忍不住發出來的。

過了一會，小玉的語氣十分肯定的道：「錯不了，是蠟燭的味道。」

葉天笑著道：「妳這個女人疑心病實在太重了，人家都說常跟疑心病重的人打交道會短壽，我為了活久一點，還是趁早躲開妳為妙。」說完，很快的把身子縮到車角上。

小玉輕哼了一聲，道：「果然在找理由躲我了。」

葉天道：「我再不躲妳，身上還不知會變出甚麼味道來。」

小玉道：「其實你想離開我，只要你說一聲就夠了，我絕對不會死纏著你不放，我是個很想得開的女人，跟那些幾輩子沒見過男人的寡婦可不一樣，你放心好了。」

葉天嘆了口氣，道：「疑心病又犯了。」

小玉也幽幽一嘆，道：「你知道嗎？我過去一直不肯把我的身世告訴你，就是怕有這一天。」

葉天道：「這跟妳的身世有甚麼關係？」

小玉似乎怔了一下，道：「你不是因為知道我是聶雲龍的女兒，害怕了，才想藉故開溜？」

葉天道：「妳是聶雲龍和鐵蓮花的女兒又怎樣？那有甚麼值得害怕的？」

小玉吃驚道：「原來你連我娘是誰都知道？」

葉天道：「鐵蓮花是武林中出了名的大美人，像我這種男人，怎麼會不知道她的底細？」

小玉道：「這麼說，那個黑袍怪人是哪一個，你想必也清楚得很？」

葉天道：「我當然清楚，聶雲龍和鐵蓮花夫婦死在『粉面閻羅』曹剛手上，曾經轟動一時，江湖上哪個不知道？」

小玉道：「我有一個這麼可怕的仇人，你難道一點都不怕受牽連？」

葉天道：「怕有甚麼用？就算沒有妳這段仇恨，他也不會放過我的。」

小玉道：「為甚麼？」

葉天道：「妳想想看，當我打開那扇門之後，他真的肯把寶藏分給我一份，乖乖放我走嗎？」

小玉道：「恐怕不可能。」

葉天道：「不是恐怕，是一定，到時候他一定會要我的命。」

小玉道：「你既然知道他的陰謀，為甚麼還要被他利用？」

葉天道：「那是因為我比他更需要那批財寶，而且當年『巧手賽魯班』公孫柳留下的那扇門，對我也是個極大的挑戰，我非要把它打開不可。」

小玉急道：「可是『粉面閻羅』曹剛那個人難對付得很，你鐵定不是他的對手。」

葉天道：「我知道，不過我也有我的打算，到時候他也未必能穩操勝券。」

小玉道：「你有甚麼打算？能不能先透露一點，好讓我安心？」

葉天道：「至少我可以找幾個幫手，只要有財寶可分，我相信不要命的人多得很。」

小玉道：「原來你是想以多為勝？」

葉天道：「也可以這麼說。」

小玉道：「如果你想用這種方法，除非現在動手，再遲恐怕就來不及了。」

葉天道：「為甚麼？」

小玉道：「『粉面閻羅』曹剛是幹甚麼的，你知道嗎？」

葉天道：「我當然知道。」

小玉道：「你既然知道他的身分，想必也知道他屬下高手多不勝數，你想找幫手，難道他就不會調人嗎？」

葉天道：「嗯，有道理。」

小玉道：「所以我認為像他那種人，你給他的威脅越大，他給你的壓力也就越大，對付他唯一的方法是偷襲，最好是趁現在先把他幹掉再說。」

葉天道：「不行，如果現在把他幹掉，那扇門就永遠打不開了。」

小玉沉默了一會，道：「小葉，那批寶藏，對你真的那麼重要嗎？」

葉天道：「當然重要。」

小玉道：「你要那麼多錢幹甚麼？」

葉天道：「我的窮朋友太多，如果我有了錢，大家的日子都會好過一點。」

小玉道：「除此之外呢？」

葉天嘆了口氣，道：「當然，我也想把我毀掉的家業重新整頓起來，興旺幾百年的江陵葉家毀在我這一代，總是一件令人很不甘心的事。」

小玉道：「如果你真有心重整家業，也並不一定非靠大批的金錢不可。」

葉天道：「不靠錢靠甚麼？」

小玉道：「你可以自己努力奮鬥，然後再討個能幹的老婆，生幾個長進的孩子，孩子長大了再生一大群孩子，有個兩三代也就起來了。」

葉天似乎呆了呆，道：「要兩三代才能起來？」

小玉道：「是啊！你沒聽人家常說興家三代、敗家一代這句話嗎？」

葉天道：「我等不及，我一定要在我有生之年，重新把家業整頓起來。」

小玉沉吟著道：「如果你實在著急的話，你不妨多討幾房老婆，多生幾個孩子，那樣也許會快一點。」

葉天立刻道：「這倒是個好辦法。」

小玉哼一聲，道：「不過你選老婆的時候，最好把眼睛睜大一點，萬一討個女賊，或是不三不四的寡婦回來，將來生下孩子也一定都是敗家子，到那個時候，你後悔也來不及了。」

葉天一陣急咳，道：「這個方法雖然不錯，但對我來說還是太慢，我非得把那批寶藏弄到手不可，這是千載難逢的機會，我絕對不能讓它從我手中溜走。」

語聲只頓了一下，又道：「而且還有那扇門，我也非把它打開不可，我倒要看看名滿天下的『巧手賽魯班』公孫柳究竟高明到甚麼地步。」

小玉幽幽一嘆，道：「好吧，你既然非要這麼做不可，我也只好捨命相陪。」

葉天忙道：「等一等，妳這麼說，就未免太過分了。」

小玉道：「怎麼過分？」

葉天道：「我這樣做，一半固然是為自己，另一半是為了妳，妳怎麼可以一點都不承情，反而把人情賣在我頭上？」

小玉道：「為我？」

葉天道：「是啊，我這也等於是在幫妳報仇！」

小玉道：「你若真想幫我報仇，最好是趁現在他還疏於防範的時候動手。等他的人手陸續趕來，那時候我們想近他的身只怕都很難。」

葉天道：「那妳就太多慮了，就算我們不想接近他，他也會來找我們的。」

小玉道：「可是到那時候，他絕對不可能再給我們出手的機會。」

葉天道：「那也不要緊，好在我們並不想在外面動手。」

小玉不解道：「你為甚麼一直要在裡面動手？那樣做對我們也並不一定有利！」

葉天道：「但也絕對無害，妳想想看，以他目前的身分，如果我們明目張膽的在外面把他幹掉，難免會有後患，為了殺他一個人而連累大家，是不是有點得不償失？」

小玉想了想，道：「在裡面殺他也沒甚麼差別，我們還是要擔責任的。」

葉天冷笑著，道：「擔甚麼責任？他自己不小心以身殉寶，我們這些僥倖逃出來的人，有甚麼理由要替他擔責任？」

小玉不講話了。

葉天繼續道：「所以我勸妳稍安勿躁，安心等著甕中捉鱉吧。」

小玉道：「但你也莫忘了，到時候我們也都變成了甕裡的王八，說不定全都毀在他的手上。」

葉天道：「那就得看他調來的是些甚麼人了。」

小玉道：「他那邊來些甚麼人，且不去管他，我們這邊呢？你打算帶誰進去？」

葉天道：「現在談這件事還言之過早，到目前為止，真正屬於我們這邊的，也不過僅僅四個而已。」

小玉道：「哪四個人？」

葉天道：「除了妳我之外，還有外面的曹老闆……」

話還沒說完，小玉便已湊上來，直湊到他身邊，才悄聲細語道：「小葉，這個人你不能算在裡面。」

葉天一怔，道：「為甚麼？」

小玉道：「你想一個整天跟銀子和女人為伍的人，會有甚麼大本事？而且憑他那副身材，莫說抵擋不住『粉面閻羅』的掌力，便是掌風已足以把他震倒了，這種人你把他算在裡面，豈不是誤了大事？」

葉天「嗤」地一笑，道：「小玉，這次妳可看走眼了！」

小玉竟不服氣道：「會嗎？」

葉天道：「這個人的長相和習性，從年輕的時候就是這副樣子，看起來一點都不起眼，可是他卻幹過幾樁震撼武林的大事，我想至今老一輩的人都還記得，而且其中有一件，和令尊也有切身的關係。」

小玉道：「真的？」

葉天道：「當然是真的。那已經是七八年之前的事了，那時候『神衛營』的統領還不是曹剛，而是『飛天鷂子』錢玉伯，這個人，妳聽說過吧？」

小玉道：「嗯。」

葉天道：「那一次就是由錢玉伯親自押解一批欽犯上京，當時令尊也是押解欽犯的侍衛之一。那些欽犯之中，有一位大大有名的人物，我想妳也一定聽說過。」

小玉道：「哦？但不知是哪一位？」

葉天道：「就是名滿武林的關正卿關大俠。」

小玉道：「關大俠是『日月同盟』的首腦人物，我當然聽說過。」

葉天道：「那次重創錢玉伯、營救關大俠出險的那件案子，就是『要錢不要命』曹小五的傑作之一。」

小玉一驚道：「就他一個人？」

葉天道：「當然不止他一個，但能夠參加那次行動的，鐵定都是一流高手。如果他沒有那種身價，就算他想參加，人家也不會答應的，妳說是不是？」

小玉道：「那當然。」

葉天道：「我也就是在那一年認識他的。」

小玉似乎又吃一驚，道：「你也參加了那次的行動？」

葉天道：「那時候我還年輕，聲望和武功都還差得遠，當然沒有資格參加，不過事後關大俠的手銬和腳鐐卻是我替他打開的。」

小玉道：「由此可見當時你的名氣也不算小，否則他們又怎樣會找上你呢？」

葉天嘆了口氣，道：「也就是由於那次的事情，才弄得我惹火上身，不得不離家出走，沒想到事隔多年，居然又在襄陽遇見他。妳說像這種好幫手，我們打著燈籠恐怕都找不到，怎麼可以不把他算在裡面呢？」

小玉道：「好吧，那麼第四個呢？」

這次輪到葉天不講話了。

小玉立刻往後縮了縮，酸味十足道：「又是那個姓蕭的騷寡婦，對不對？」

葉天道：「不錯，正是她。」

小玉道：「我真奇怪，那個騷寡婦有甚麼好？你為甚麼非把她拉在一起不可？」

葉天咳了咳，道：「妳也不能太小瞧她，她那條十丈軟紅，也難對付得很。」

小玉哼了一聲，道：「鬼才相信呢！甚麼『十丈軟紅迎風飄，快如閃電利如刀』，可能嗎？」
葉天道：「為甚麼不可能？」
小玉道：「你也不想想看，一條軟軟的紅綾，能夠飄出去已經很不錯了，還怎麼可能快得起來？」
葉天道：「我看過，的確不慢。」
小玉道：「就算她不慢，她真的能夠把那條紅綾使得像刀劍一樣鋒利嗎？」
她一面說著，一面還在腰間的短劍上拍了一把。
車廂裡很暗，葉天自然看不到她的表情，但從語氣也不難猜出她這時的臉色一定很難看。
為了避免火上加油，他只有笑呵呵道：「那還用說，她當然沒有妳這柄短劍來得鋒利了。」
小玉冷哼一聲，道：「所以我認為與其濫竽充數，還莫如趁早想想別的辦法。」
葉天無可奈何道：「好吧，依妳看，應該想甚麼辦法呢？」
小玉沉吟了一下，道：「我看楊百歲這個人還不錯，功夫也十分了得，而且他手下還有『索命金錢』彭光等那些人物，你何不找他談一談，看彼此能不能合作？」
葉天道：「楊老頭倒還好談，但他背後那位司徒姑娘卻神秘得很，這條路走起來恐怕不太容易。」

小玉又想了想，道：「丁長喜跟何一刀如何？你和龍四爺處得好像還不錯，這條路應該走得通才對！」

話剛講完，馬車也忽然間停了下來。

葉天急忙挑起車簾，道：「曹兄，外面是否有甚麼動靜？」

曹老闆回首道：「沒事，我只是想起有件事忘了告訴你。」

葉天道：「甚麼事？」

曹老闆道：「方才在我們趕到那片樹林之前，丁長喜和何一刀已經先去了，只是一直未曾露面，不知那兩個傢伙在搞甚麼鬼？」

小玉突然尖叫一聲，道：「唉唷！剛剛我們在車廂裡的談話，你都聽到了？」

曹老闆笑嘻嘻道：「我身子雖然很輕，隨時都可能被人家的掌風震倒，但聽覺卻靈得不得了，你們每句話都拚命往我的耳朵裡鑽，我想不聽都不行。」

小玉嗔聲道：「你這個人壞死了！」

曹老闆道：「還有，我的嗅覺也靈得很，我不但嗅到了蠟味，還嗅到了一股酸味，而且還酸得要命，比打翻了醋罈子還酸。」

小玉紅著臉，瞪著眼道：「你只管說好了，我發誓這個月的房租不付了。」

曹老闆一副有恃無恐的樣子道：「妳一年不付也沒關係，我可從小葉的金子裡扣！」說完，得意地哈哈一陣大笑。

葉天卻忽然一嘆，道：「如果方才我們留下的那只殘月環落在丁長喜手裡，那就糟了，到時候他來個翻臉不認賬，粉面閻羅再追著我們要東西，那麼一來，我們三個的樂子可大了。」

曹老闆一怔，道：「不會吧？東西是他自己丟掉的，他憑甚麼向我們追討？」

小玉道：「是啊，他又沒有託我們看管，無論是誰撿去，也跟我們扯不上關係呀！」

葉天道：「我就怕他是故意留給我們的，到時候他不找我們找誰？」

小玉道：「可是像那麼珍貴的東西，他有甚麼理由故意留給我們呢？」

葉天道：「我就是因為找不出適當的理由，所以才不敢把它帶回來。」

小玉道：「原來你不肯把那個東西帶回來，是怕中了他的詭計？」

葉天道：「不錯，那姓曹的一向工於心計，對付那種人，還是小心一點為妙，寧願吃點虧，也絕對不能上他的當。」

曹老闆好像也明白了，不住地點頭道：「你顧忌得很有道理，我仔細想想，這其中一定有鬼。『粉面閻羅』曹剛不可能是如此粗心大意的人，否則神衛營的統領也輪不到他來幹了。」

小玉也一面點頭，一面斜著眼睛瞟著葉天，道：「我們要不要折回去看看？」

葉天道：「去看甚麼？」

小玉道：「也許那只東西還留在那裡？」

葉天道：「留在那裡又怎麼樣？我不是告訴妳，那只東西不能動嗎？」

小玉道：「可是……我們至少也應該把它上面的齒痕印下來才對。」

葉天道：「怎麼印？印在甚麼地方？」

小玉道：「當然是印在模子上。」

葉天道：「模子呢？」

小玉眼睛又開始在葉天身上打轉。

葉天苦笑道：「妳這個女人疑心病也真是重得可以，妳不是已經摸過兩次了嗎？要不要我衣服脫光給妳看看，妳才肯相信？」

小玉嘆了口氣，道：「我並不是不相信你，我只是覺得那只東西既然經過我們手裡，不把它印下來，實在太可惜了。」

葉天道：「一點都不可惜，以後妳就知道了，妳只要相信我就行了。」

小玉道：「好吧，我只好相信你，但願姓曹的那傢伙也相信你，不會來找你麻煩。」

葉天道：「其實他來找我也沒關係，我只要把他往丁長喜身上一推，一切問題全都解決。」

曹老闆接口道：「對，讓丁長喜跟那傢伙鬥鬥也好，那兩個正好是棋逢敵手，將遇良材，鬥起來一定過癮得不得了。」
小玉道：「只可惜丁長喜的實力差得太遠，就算龍四爺全力支持他，也絕非『粉面閻羅』曹剛的對手。」
葉天道：「那不正合妳的心願？」
小玉一愣，道：「咦！這是甚麼話，丁長喜與我非親非故，他是死是活，跟我有甚麼關係？」
葉天道：「當然有關係。」
小玉道：「有甚麼關係？你倒說說看。」
葉天道：「妳方才不是還打算叫我找他合作嗎？」
小玉道：「是啊。」
葉天道：「丁長喜鬥不過那姓曹的，是不是要找幫手？」
小玉道：「那當然。」
葉天道：「妳猜他第一個要找的是誰？」
小玉眼睛眨了眨，道：「總不會是你吧？」
葉天笑笑道：「為甚麼不會是我？妳不妨想想看，在襄陽，除了我『魔手』葉天之外，還有甚麼人有資格跟他們合作？」
小玉半信半疑地瞟著他，道：「你目前真有這種身價？」

曹老闆又已接口道：「我想應該有，咱們姑且不談實力，就以『魔手』葉天這四個字，也應該夠了。」

小玉搖頭道：「那你們就太不瞭解『粉面閻羅』曹剛了，對付他那種人，絕對要靠實力，名頭再大也唬不倒他的！」

曹老闆道：「妳的話很有道理，但憑實力相搏，那是以後的事，目前在襄陽的這些武林人物，不論是從外地趕來的，還是地頭蛇，幾乎都想尋得這批寶藏，我相信每個人都希望與『魔手』葉天合作。丁長喜是個絕頂聰明的人，如果他要找合作的對象，第一個要找的毫無疑問，鐵定是小葉。」

小玉道：「他的目的，當然也是想叫小葉替他開門，但現在鑰匙還都沒找全，那扇門還遙遠得很，眼前他要對付的是曹剛，要找也一定會找像『雪刀浪子』韓光那種人，找小葉有甚麼用？」

曹老闆道：「妳這種想法就錯得離譜了，雪刀浪子的刀法固然了得，但也只不過是一把刀而已，在粉面閻羅眼中，也並不一定有甚麼分量，但小葉卻不同，他目前不僅有號召力，而且還有不容忽視的牽制力量，只要有他插手，連曹剛也不免有所顧忌，像這種人，丁長喜不找他找誰？」

小玉沉默片刻，道：「那也好，讓他主動來找我們合作，總比我們去找他好談得多。」

葉天道：「就算他主動來找我，我也不會輕易答應他的。」

小玉一怔，道：「為甚麼？」

葉天道：「那傢伙已經滿肚子的鬼主意，再加上一個殺人不眨眼的何一刀，我們跟那種人合作，以後還會有太平日子過嗎？」

小玉急道：「可是目前我們除了找他之外，還能找誰呢？」

葉天一嘆道：「只可惜雪刀浪子那個人很難拉攏，否則倒真是一個好幫手。」

小玉咬著嘴唇想了想，道：「多給他點好處行不行？」

葉天苦笑道：「他跟曹老闆可不一樣，妳想拿硬東西是絕對打他不動的。」

小玉道：「甚麼硬東西？」

葉天道：「像金子、銀子、刀子、錘子等等，只要是硬東西，全都不行。」

曹老闆哈哈一笑道：「嗯，的確跟我不一樣，我只要有第一樣已足夠了。」

小玉笑了笑，又道：「如果來軟的呢？」

葉天道：「那就得看彼此的緣分了，有緣的，妳不求他，他也會為妳賣命；無緣的，妳就算磕破了腦袋，他也懶得看妳一眼。」

曹老闆立刻道：「對，『雪刀浪子』韓光就是這種人。想當年梅花老九剛剛出道江湖，受『飛虎幫』挾制，無法脫身，韓光得知此事，一夜間連傷十四名高手，將梅花老九救出虎口，然後掉頭就走，不但不取分文報酬，甚至連名字都沒有留下。這件事當時也曾經轟動江湖，但妳一定沒聽說過，因為那個時候妳還太小，只怕還在穿開襠褲呢？」

說完，哈哈一陣大笑。

小玉狠狠地啐了一口，道：「沒正經！」

曹老闆臉色一整，繼續道：「還有一年，『萬劍幫』老幫主病危，屬下幾名當權人物為了奪幫主寶座，個個招兵買馬，不遺餘力。其中有個最可能登上幫主寶座的人物，千方百計的找到韓光，允以高位，許以萬金。當時連我都動心了，可是韓光卻不為所動，拂袖而去，白白喪失了大好機會。」

小玉急忙追問道：「結果怎麼樣？那個人有沒有登上幫主的寶座？」

曹老闆道：「當然有，所以我才說他白白喪失了大好機會。」

葉天也接道：「也正因為這個緣故，這幾年韓光絕少在萬劍幫的地盤走動，好像生怕惹上是非。」

小玉道：「但像『雪刀浪子』韓光那種人，應該不是怕事的人才對！」

葉天嘆道：「那是以前，現在可不一樣了。」

小玉道：「為甚麼？」

葉天道：「因為他有了梅花老九。」

小玉道：「當年他救了梅花老九以後，不是連名字都沒留，掉頭就走嗎？怎麼現在兩人又搞在一起了？」
葉天道：「那是事隔多年，兩個人第二次見面之後，才慢慢開始的。」
曹老闆笑接道：「那個時候妳已經長大了，早就不穿開襠褲了。」
小玉似乎聽得入神，只白了曹老闆一眼，立刻道：「甚麼叫慢慢開始的？你趕快說給我聽。」
葉天道：「聽說有一年韓光重病客棧中，那時梅花老九已經名滿江湖，剛好帶著一批手下投宿在同一間客棧，很快便發現那個重病的人，正是她多年尋訪不遇的恩人，於是她立刻辭掉所有約請，遣散所有的手下，親自照顧韓光將近半年，可是當韓光病情好轉之後，突然留下所有的銀兩，又偷偷溜掉了。」
小玉忿然道：「那韓光也未免太不近人情了！」
葉天道：「是啊，但梅花老九這時已非吳下阿蒙，『雪刀浪子』韓光想甩脫她可不容易，於是從那時開始，兩個人便你追我躲，連續了好長的一段時間，直到最後幾年，才慢慢的安定下來。」
小玉聽得粉首連搖道：「奇怪，雪刀浪子哪一點好？看上去好像個瘟神似的，梅花老九怎麼會喜歡那種人？」
葉天道：「也許她是感恩圖報吧！」
小玉道：「就算她當年受過韓光的恩惠，在客棧服侍他那半年已足以抵消了，何必一定要以身相許？那也未免太不值得了。」

曹老闆插嘴道：「男女之間的事，很難以常情來衡量。就像小葉吧，他有哪點好？還不照樣有人愛得他死去活來，妳說是不是？」

小玉輕哼一聲，道：「總之，我就是不喜歡韓光那種人，而且也認為他不夠牢靠，所以我想，我們還是跟丁長喜合作算了。」

葉天勉強點了點頭，道：「好吧，到時候只要他出的條件還過得去，我一定答應他。」

小玉似乎又是一怔，道：「甚麼？你還想問他要條件？」

葉天一副理所當然的樣子，道：「當然要，否則我們憑甚麼白白替他抵擋『粉面閻羅』曹剛？」

小玉急道：「可是你不要忘了，我們也正在需要人手幫忙啊！」

葉天淡淡道：「我知道，但那是以後的事，眼前是他找我們，不是我們找他，不先讓他付出點代價，怎麼說得過去？」

曹老闆在車轅上聽得不住地點頭，一副深以為然的樣子。

小玉卻整個傻住了，過了很久才道：「小葉，你變了，你以前不是這麼厲害的人嘛！」

曹老闆忍不住嘆了口氣，道：「妳錯了，他一向都是個厲害角色，否則他早就沒命了。」

小玉道：「我不信。」

曹老闆道：「妳不妨想想看，如果他不夠厲害，當年怎麼可能逃過神衛營三十六名高手的追殺？那個時候，我想令尊極可能在這三十六名高手之內。」

小玉呆了呆，道：「這是甚麼時候的事情？」

曹老闆道：「大概總有六七年了吧！」

小玉道：「那也不能說他厲害，充其量也只能說他比一般人機警罷了。」

曹老闆笑了笑，又道：「還有，當他預知大禍將臨前夕，他斷然散盡家財，連祖宅也親手付之一炬，只氣得那批遠道趕來想撈些油水的神衛營高手個個吹鬍子瞪眼，那又怎麼說？」

小玉似乎大吃一驚，道：「有這種事？」

曹老闆道：「千真萬確，而且當事人就在妳身旁，妳不信可以問問他！」

小玉呆呆的望著葉天，臉上充滿了敬佩的神色。

葉天笑笑道：「這也不能說我厲害，最多也只能說我做事比一般人果斷，對不對？」

小玉猛一點頭，道：「對，這也正是男子漢大丈夫應有的氣概！」

曹老闆一旁苦笑道：「這也不厲害，那也不厲害；找丁長喜要點條件，妳反而說他厲害，妳究竟在想甚麼？我真被妳搞糊塗了！」

小玉眼睛翻了翻，道：「你胡扯甚麼！我幾時說過他厲害？跟丁長喜那種人談生意，不先撈點血本回來，那不變成傻瓜了！你糊塗，小葉可不糊塗，他當然要那麼做！」說完，還搖撼著葉天的胳臂道：「小葉，你說我講的對不對？」

葉天只好點點頭道：「對，對，對極了！」

這次輪到曹老闆傻住了，張口結舌的望著小玉，半晌沒有吭聲。

小玉回望著他，道：「咦！你還發甚麼呆，趕快走吧！」

曹老闆揚起鞭子，遲遲疑疑道：「是到鼎廬，還是到小葉家裡？」

小玉道：「當然是到小葉家。」

葉天眉頭緊緊一皺，道：「到我家幹甚麼？」

小玉道：「我還有件事，要跟你好好研究一下。」

葉天道：「妳打算跟我研究甚麼？」

小玉道：「你身上的味道，我一定要搞清楚，你身上為甚麼會有蠟燭味道！」

黯色的門窗，黯色的四壁，連擺設在房中的桌凳櫥櫃也一律都是黯色，就像曾經被火燒過一般，將房中所有的東西全都燒成了焦炭般的顏色，看上去毫無光澤。

房中唯一顯眼的，便是床上一條原本可能是白色的被單，但現在早已變成了土黃色。
小玉正睡在那條土黃色的被單中。
陽光從後窗的縫隙中斜射在床前，也照亮了小玉清麗脫俗的臉。她的眼睛還沒有睜開，鼻尖卻已開始聳動。
她突然嗅到了一股似酸非酸、似辣非辣的氣味。
打從夜晚開始，她似乎對各種氣味都很敏感，除了滿床的汗酸味。
小玉毫不遲疑的跳下床，用被單將赤裸的身子緊緊包住，然後輕輕的打開房門，躡手躡腳的走了出去。
門外是一間堆滿材料和各種打造鐵器用具的工作室，穿過工作室便是廚房。
廚房的爐尚有餘溫，像是剛剛熄火不久，灶上一隻鐵筒裡還在冒著熱氣。筒裡煮的竟是染料，那股怪的氣味，正是從筒裡發散出來的。
葉天是鎖匠，怎麼會突然染起東西來了？
小玉小心的將筒裡的東西拎起來，雙手撐開一看，竟是昨夜葉天還穿在身上的那件小褂，這時已被染成藏青色，只有胸前依然留著兩道月牙形的白色，仔細一瞧，赫然是兩只形狀完整的殘月環印，不僅齒痕齊全，而且上面的花紋也極為明顯。
這是怎麼印上去的？為甚麼只有那兩只殘月環的部位不沾染料？
小褂上的水成串的朝下淌，連小玉腳下的被單都已染上了一片顏色，但她卻渾然不覺，只呆望著那兩道白色的印痕出神。

過了很久，她才突然想起昨夜在葉天身上嗅到的蠟燭味道，身子不禁微微一顫，脫口尖叫道：「蠟染，原來他用的是蠟染！」

葉天不知何時已站在她背後，笑著接道：「妳這個女人好像還不太笨？」

小玉霍然回道：「可是蠟染需要高溫，你是用甚麼方法把蠟燭熔化掉的？」

葉天道：「熔化蠟燭並不需要太高的熱度，我若連那麼一點熱度都沒有，我還能算個男人嗎？」

說著，將小玉手上的小褂往旁邊一缸清水裡一丟，緊緊地把她擁入懷中，同時手掌也開始在她身上摸索起來。

小玉匆匆朝四下掃了一眼，紅著臉道：「你又來了，大白天也不怕被人看到！」

葉天卻一本正經道：「小玉，妳誤會了，我現在正在試驗給妳看啊！」

小玉臉孔忽然變得更加紅潤，氣息喘喘道：「原來……你練過『赤焰掌』！」

葉天輕哼一聲，道：「那種旁門左道的功夫，我還不屑於去練它。」

小玉昂首吃驚地望著他，道：「難道你練的是『玉佛掌』？」

葉天笑笑道：「妳知道的好像還真不少。」

小玉道：「可是『玉佛掌』是少林功夫，你不是少林弟子，他們怎麼可能把這種功夫傳給你？」

葉天道：「這是個秘密，現在我還不能告訴妳。」

小玉跺著腳道：「小葉，你太過分了！事到今天，你還不肯相信我？」

葉天忙道：「我並不是不相信妳，而是這件事有關別人的安危，妳知道了也沒有甚麼好處。」

小玉扭著身子道：「我不管！我只認為你我之間不該再有任何秘密，否則我算甚麼？你說！」

葉天想了想，道：「好吧，好在我們的立場差不多，妳知道了也無所謂，我這套掌法是跟少林寺的一位高僧交換來的。」

小玉道：「拿甚麼交換的？」

葉天道：「他不教，我不開。」

小玉道：「開甚麼？」

葉天道：「關大俠身上的手銬和腳鐐。」

小玉恍然道：「原來那次的行動，少林寺也有份，那就難怪連錢玉伯都抵擋不住了。」

葉天道：「這是有關少林安危的大事，妳可千萬不能說出去。」

小玉嘆了口氣，道：「我跟誰去說？我是聶雲龍的女兒，說了也沒有人會相信我，因為我爹早就被他們安上反叛的帽子了。」

葉天朝旁邊的水缸瞟了一眼，道：「就是為了那兩只殘月環？」

小玉道：「不是兩只，是三只，三個人同時發現的三只殘月環和那批寶藏的秘密。」

葉天微微一怔，道：「妳說三個人？」

小玉道：「不錯。」

葉天道：「那麼除了妳爹和『粉面閻羅』曹剛之外，還有一個人是誰？」

小玉道：「就是當年押解欽犯、身受重傷尚不至死的錢玉伯。」

葉天道：「照妳這麼說！錢玉伯也極可能是被曹剛害死的？」

小玉道：「那還用說！可嘆錢玉伯一直把曹剛當成親信，卻沒想到最後竟會死在他手上。」

葉天感嘆道：「由此可見那批人太沒人性了！為了爭權奪利，再親近的人也照樣會下毒手，彼此根本毫無道義可言！」

小玉冷笑了一聲，道：「不過這次姓曹的就做得太過分了，錢玉伯跟我爹可不一樣，人家在京裡多少有點關係，聽說上面已經有人對他的死因產生懷疑，現在好像正在派人調查中。」

葉天道：「果真如此，曹剛就應該待在京裡才對，怎麼還放心跑到外面來尋寶？」

小玉道：「那是因為只有使用大批的金錢，才能把事情平息下來，所以這次他非得到這批寶藏不可，否則不但神衛營統領的寶座不保，只怕連老命都很難保住。」

葉天道：「好，這次我們就多動點腦筋，無論如何也不能讓他得手。」

小玉道：「但就目前的實力來看，我們恐怕還鬥不過他。」

葉天道：「鬥不過他，我們可以慢慢想辦法，就算拖時間，我們也可以把他活活拖死。」

小玉道：「你未免把曹剛看得太簡單了，只要他把那六只殘月環湊齊，你想拖一天也不會饒過你。」

葉天又是一怔，道：「妳說殘月環一共只有六只了？」

小玉道：「是啊，難道你連殘月環一共有幾只都不知道？」

葉天強笑道：「我當然知道，我不過是確定一下罷了。」

小玉道：「而且據我所知，另外那三只殘月環的下落已全在曹剛的掌握中，我想很快就會落到他的手裡。」

葉天道：「妳放心，就算他把那六只殘月環湊齊，寶藏的地點也不是一時半刻可以找到的，日子還長遠得很，咱們非把他拖死不可。」

他緩緩道來，語氣十分堅定，似乎極有把握。

但小玉卻連嘴巴都聽歪了，斜著眼睛瞄了他半晌，才道：「小葉，你到襄陽，究竟是幹甚麼來的？」

葉天眉頭一皺，道：「又是老調重彈，這幾年妳至少已問了我幾十次，妳煩不煩？」

小玉道：「我發誓這是最後一次問你，希望你能老實告訴我。」

葉天道：「表面是來做生意，其實是在避禍，至於避甚麼禍，要不要我從頭到尾向妳報告一遍？」

小玉道：「那倒不必。」

葉天道：「妳怎麼忽然又扯到這個問題上面來？我想妳一定有甚麼特殊原因。」

小玉道：「我只是有點奇怪，憑你這雙巧手，何處去不得？為甚麼偏偏要躲在襄陽？」

葉天嘆了口氣，道：「那是因為我發現有很多處境跟我差不多的人都躲在這裡，所以我才留下來。萬一被抓去殺頭，起碼也多幾個夥伴，總比孤零零的一個人要好得多……」

說到這裡，環抱著小玉的手臂忽然一緊，道：「當然，最主要的還是因為妳，如果當初沒有碰到妳，也許我早就離開了。」

小玉稍許掙扎了一下，道：「你少灌我迷湯，我不是小寡婦，我可不吃這一套。」

葉天愁眉苦臉道：「其實我說的都是老實話，信不信全在妳了。」

小玉抬頭正視著他，道：「那麼你留在襄陽，並不是為了那批寶藏？」
葉天道：「當然不是。不瞞妳說，這件事是在楊百歲那批人找到我之後，我才知道的，過去我連聽都沒聽人說過。」
小玉點點頭道：「那就難怪你連最重要的關鍵都不知道了。」
葉天微微一怔，道：「甚麼最重要的關鍵？」
小玉道：「就是那批寶藏的地點。」
葉天猛地嚥了口口水，道：「妳知道？」
小玉道：「我當然不知道。」
葉天神色一變，道：「妳是不是想告訴我，『粉面閻羅』曹剛早就知道那批寶藏的地點了？」
小玉粉首輕搖，不慌不忙道：「你不要緊張，在那六只殘月環全落在他手上前，他也跟我們一樣，不過，我想第一個知道的一定是他，而且日子恐怕也不會太遠了。」
葉天愣了一下才突然叫道：「原來那批寶藏的地點是隱藏在殘月環裡！」
小玉立刻道：「不是隱藏，是清清楚楚的畫在上面。現在你明白了吧？」
葉天好像反而糊塗了，皺著眉頭道：「妳的意思是說那環上的花紋，就是藏寶的地面圖？」

小玉道：「不錯。」

葉天搖頭道：「錯了，簡直錯得離譜。老實告訴妳，我早就下功夫研究過了，別說只有六只殘月環，就算六十只，也湊不起一幅地圖來。」

小玉滿臉狐疑道：「不會吧？我爹明明是這麼交代我的，應該不會錯才對呀！」

葉天鬆開小玉，將清水中的小褂撈起來擰乾，然後攤在她面前，道：「妳仔細看看，像不像是地圖？」

小玉只看了一眼，便開始搖頭嘆氣，因為每只殘月環上面，只有兩三條極其簡單的紋路，既不能彼此相連，也沒有任何標示，再多也不可能構成一幅地圖，難怪如今看得大失所望。

葉天倒表現得很沉著，道：「當然，六只湊在一起，也許會另有發現，不過以我經驗判斷，只憑上面的花紋想要找到那批寶藏的正確地點，恐怕不是容易的事！」

小玉沉吟片刻，道：「或許曹剛知道的比我爹爹多些，你還是當心一點的好。」

葉天笑笑道：「他知道的再多也沒有用，我有辦法叫他永遠也找不到第六只。」

小玉吃驚地望著他，道：「你真想把你手裡的那一只毀掉？」

葉天道：「誰告訴妳我手裡有一只？」

小玉道：「昨天你自己說的。」

葉天道：「那只是我隨口唬唬曹剛的，其實我手裡這只根本是假貨。」

小玉道：「真的呢？」
葉天道：「我想應該在司徒姑娘手裡。」
小玉臉孔一板，道：「東西還在人家手裡，你便說得如此有把握。看起來，你跟那個司徒姑娘的交情還蠻不錯嘛？」
葉天「噗嗤」一笑道：「我發現妳吃醋的功夫實在高人一等，甚麼醋妳都敢吃。」
小玉道：「我不該吃嗎？」
葉天道：「當然不該，我連司徒姑娘是誰都不知道，妳吃哪門子飛醋？」
小玉道：「你想不想知道她是誰？」
葉道：「妳認得她？」
小玉道：「當然認得。」
葉天神情大振道：「請妳趕快告訴我，那個女人究竟是甚麼來歷？」
小玉輕哼了一聲，道：「我現在還不想告訴你，等我哪天高興的時候再說！」
說完，秀髮一甩，轉身就想回房。
誰知剛剛走出幾步，突然又縮回來，滿面驚愕的指著那間堆滿器具的工作室，尖叫道：「你那裡面一定有機關！裡面的東西好像都在動！」
葉天「噓」的一聲，道：「小聲點，外面一定是來了客人。」
小玉立刻壓低嗓門，悄聲道：「這麼早，誰會跑來找你？」

葉天道：「一定是生客，妳先進去避避。」

他一面說著，一面已拖著小玉走了進去。這時堆置在室內的雜物器具，果然正在自動的朝後挪動，同時臥房的牆壁也在緩緩的往外移。

兩人走入臥房不久，那兩間房已變成了一間，原來隔在中間的那面牆壁已移到外面，剛好將所有的雜物全部擋在牆後，連陳設在室內的櫥櫃桌凳等也都已隱入壁中。陰暗的臥房頓時變得明亮起來，而且顯得空空蕩蕩，唯一剩下來的就是一張床。

小玉環首四顧道：「房裡甚麼都沒了，你叫我躲在哪裡？」

葉天回手一指，道：「妳沒看到嗎？那張床還在等著妳。」

小玉跺著腳道：「小葉，你是怎麼搞的！在這種時候，你還有心情跟我開玩笑？」

葉天繃著臉，一本正經道：「妳看我像在跟妳開玩笑嗎！」

小玉看看他的臉，又看看那張床，嗔道：「可是你怎麼可以叫我光著屁股躲在床上見客！像話嗎？」

葉天失笑道：「誰叫妳光著屁股在床上見客？人不會躲到床後面去？」

小玉指著床後的牆壁，又急又氣道：「你自己看看，那地方能躲人嗎？」

這時院中已傳來了沉重的腳步聲。

葉天似乎已無暇跟她多作解釋，匆匆把她往床上一推，然後將散在床邊的各種衣物配件，以及手裡那件半乾半濕的小褂，統統扔給她，那張床也開始緩緩的朝上翻，同時床後的牆壁也逐漸在往後陷。
小玉這才恍然而悟，開心得笑嘻嘻道：「原來這裡也有機關！」
葉天又「噓」的一聲，輕輕道：「妳小心一點，牆壁裡邊也有。」
小玉忙道：「在哪裡？你快告訴我！」
葉天道：「在牆壁合起來之後，左首自然會出現一道窄門，窄門下面是一條暗道，直通石掌櫃臥房的衣櫥裡。」
小玉緊抓著床沿，道：「哪個石掌櫃？」
葉天道：「就是後街『石名園』的那個石掌櫃，我去年曾經帶他到妳那兒吃過飯，妳忘了？」
小玉道：「是不是那位鬍子白白的老大爺？」
葉天道：「不錯，正是他。」
小玉道：「我知道了，只要認識的人就好辦。」
葉天道：「有件事妳千萬記住，妳要出去之前，一定要在壁櫥門上敲三下，無論有沒有人應聲，都不能多敲！」
小玉道：「少敲行不行？」
葉天道：「也不行，只能敲三下，不能多，也不能少，否則……就麻煩了。」
小玉道：「好，看在他那把年紀份上，我也不便嚇唬他，就只敲三下，行了吧？」

葉天笑了笑，朝她光溜溜的身子瞄了一眼，道：「還有，石掌櫃雖然上了年紀，但也是個男人，所以妳最好把衣裳穿起來，免得害他老人家中風。」

小玉沒有回答，只發出一串「吃吃」的嬌笑聲。

嬌笑聲中，床身已然翻起，整個陷進了牆壁中，床底與牆壁頓時結合成一體，連顏色也完全一樣，只是上面多了幾根紅裡透黑的棗木棍，每根棍子全都擦得閃閃有光，整整齊齊的排列在翻起來的床底上。

除此之外，房裡再也沒有其他東西，看來唯一可以待客之物，便是那幾根棗木棍。

葉天就站在那排棍子旁邊，一副靜待貴客光臨的樣子。

腳步聲響很快便已到了門外，那人似乎對葉天這棟房子特別感興趣，在門前察看許久，才突然「砰」的一聲，一掌結結實實的擊在門板上。

門板顯然十分牢固，竟然紋絲不動。

那人停了片刻，第二掌又已擊出，用的力量更猛，誰知手掌尚未觸及門板，房門忽然自動啟開。那人好像一時收掌不及，身子整個衝了進來，剛剛站穩腳步，只聽轟然一聲，房門又已自動關閉。

葉天一見那人的打扮，眉間便已皺起，原來又是一襲黑袍、面容蒼白的黑袍怪人。

那黑袍怪人目光閃閃的朝四下掃了一眼，最後終於停在那排棍子上，語氣極為森冷道：「江陵葉夫人的相思棍法倒也小有名氣，你大概就是她的兒子吧？」

葉天笑笑道：「我是葉夫人的兒子沒錯，但你又是誰？」

黑袍怪人微微愣了一下，道：「難道那姓聶的丫頭還沒有把我的身分告訴你？」

葉天搖著頭，道：「你不是『粉面閻羅』曹剛，裝也裝不來的。」

黑袍怪人道：「哦？何以見得？」

葉天道：「因為你沒有他那股氣勢。」

黑袍怪人道：「甚麼氣勢？」

葉天道：「你知道麼，叫花子穿上龍袍也不像皇帝，因為他討飯討慣了，眼睛總是朝上看的。像你這種人，充其量也只能做做他的替身，一輩子也休想坐上神衛營統領的寶座，因為你天生就沒有那種架勢！」

黑袍怪人冷笑。

葉天繼續道：「不過看來你身手不弱，想必也不是無名之輩，你何不把面具取下來，彼此坦誠的談一談？說不定也可以交個朋友。」

黑袍怪人冷冷道：「我既不想跟你談甚麼，也不是來跟你交朋友的。」

葉天道：「那麼你來的目的是甚麼呢？」

黑袍怪人甚麼話也沒說，只伸出了一隻手掌。

葉天朝那隻手掌瞄了一眼，道：「看你這隻手掌，應該是個使劍的高手，我說的對不對？」

黑袍怪人道：「我不是來叫你看手相的，我只想討回我的東西。」

葉天道：「甚麼東西？」

黑袍怪人一字一頓道：「殘月環！」

葉天哈哈一笑道：「老兄，你真會開玩笑，我幾時拿過你的殘月環？」

黑袍怪人道：「你也不必再跟我裝蒜，昨夜林道上那只殘月環，分明是落在你的手裡，你想賴也賴不掉的！」

葉天道：「我根本就沒有跟你耍賴的必要，因為就算那只殘月環落在我手裡，那也是『粉面閻羅』曹剛遺失之物，也輪不到你老兄來討。」

黑袍怪人冷哼一聲，道：「果然在你手裡，那就好辦了。」

葉天笑笑道：「依我看來，一點也不好辦。」

黑袍怪人倒背著雙手，四下看了看，最後停在葉天面前丈餘之外，冷冷道：「當年葉夫人以一套相思棍法縱橫大江南北，也確實風騷過了一陣子，但不知你學了她幾成？」

葉天想了想，道：「我想總有個十五六成吧！」

黑袍怪人怔了怔，好像生怕自己聽錯，小小心心問道：「你說……十五六成？」
葉天道：「沒錯，也許還多一點。」
黑袍怪人縱聲尖笑道：「你也真敢胡吹！如果你的棍法當真能超過葉夫人，也就不必躲在襄陽做縮頭烏龜了。」
葉天道：「你搞錯了，我留在襄陽，並不是為了躲誰，而是等著一群龜孫來給我送鑰匙。」
黑袍怪人道：「送甚麼鑰匙？」
葉天道：「當然是開啟那扇寶藏之門的鑰匙。」
黑袍怪人赫然又從懷裡掏出一只烏黑的殘月環，在手上轉了轉，道：「你所說的鑰匙，大概指的就是這種東西吧？」
葉天瞇著眼睛，嚥了口口水，道：「不錯……莫非閣下也是趕來給我送鑰匙的？」
黑袍怪人又是一聲冷哼，道：「有本事只管拿去，不過我事先不得不警告你，要想從我手裡把東西拿走，得憑真本事，靠嘴皮子是沒用的。」
葉天也不嚕嗦，回手抓著一根棗木棍，稍許猶豫了一下，又換了一根粗一點的在手裡抖了抖，然後凝視著黑袍怪人，道：「你的劍呢？」
黑袍怪人道：「你的功夫怎麼樣姑且不論，眼光倒也利得很，居然能看出我是使劍的，倒也真不簡單。」

說完，將殘月環隨便朝腳下一丟，不慌不忙地脫下黑袍，蓋在那只殘月環上，然後隨手將纏在腰間的一條烏黑的腰帶取下，只聽「啪」的一聲，那條腰帶陡然彈了開來，竟然是一柄百煉精鋼的軟劍。

劍身在黑袍怪人手中不停地顫動，發著刺眼的光芒。

葉天愣了一下，急忙去換另一根棍子，尚未容他轉過身子，一條黑影已撲了過來。

請續看《魔手飛環》（下）　縹緲

于東樓武俠經典珍藏版

魔手飛環（上）艷殺

作者：于東樓
發行人：陳曉林
出版所：風雲時代出版股份有限公司
地址：10576台北市民生東路五段178號7樓之3
電話：(02) 2756-0949
傳真：(02) 2765-3799
執行主編：朱墨菲
美術設計：許惠芳
業務總監：張瑋鳳
出版日期：2024年9月珍藏版一刷
版權授權：于東樓
ISBN：978-626-7464-84-7
風雲書網：http://www.eastbooks.com.tw
官方部落格：http://eastbooks.pixnet.net/blog
Facebook：http://www.facebook.com/h7560949
E-mail：h7560949@ms15.hinet.net
劃撥帳號：12043291
戶名：風雲時代出版股份有限公司

風雲發行所：33373桃園市龜山區公西村2鄰復興街304巷96號
電話：(03) 318-1378　　傳真：(03) 318-1378
法律顧問：永然法律事務所 李永然律師
北辰著作權事務所 蕭雄淋律師

行政院新聞局局版台業字第3595號 營利事業統一編號22759935

定價：340元　**版權所有　翻印必究**

國家圖書館出版品預行編目資料

魔手飛環／于東樓 著. -- 初版 -- 臺北市：風雲時代出版股份有限公司，2024.09- 冊；公分（于東樓武俠經典珍藏版）
ISBN：978-626-7464-84-7（上冊：平裝）
ISBN：978-626-7464-85-4（下冊：平裝）

863.57　　113007221